きみの友だち

重松清

新潮社

きみの友だち
目次

装画・挿画　木内達朗
装幀　新潮社装幀室

きみの友だち

あいあい傘

1

十一歳の誕生日のプレゼントは、新しい松葉杖《まつばづえ》だった。銀色のアルミ製――「脚」の途中についているゴムのアジャスターで長さを調整できる仕組みだ。

いままで使っていた松葉杖は子ども用で、長さも変えられなかった。背丈が急に伸びた四年生の終わり頃からサイズが合わなくなって、五年生に進級してからは背中を丸めて歩いていた。

「これなら中学を卒業するぐらいまでは使えるから」

お母さんはリボンをかけた松葉杖をきみに渡しながら言った。

クッションのついた「台」を腋《わき》の下にあてがい、指の形に合わせてくぼんだグリップを握りしめて立ち上がると、お父さんは「似合う似合う似合う」と拍手をして、誕生日のお祝いに遊びに来ていたおばあちゃんに軽くにらまれた。

きみも同じ。お父さんはなにもわかってないなあ、と思う。似合うも似合わないもない。松葉杖がなければ歩けない。両親は「リハビリをがんばれば、また歩けるようになるから」と言う。

でも、きみは知っている。食べかけのパスタのようにあちこちでちぎれた左膝《ひざ》の神経は、もうつなぎ直すことはできない。五年生にもなれば、立ち聞きや盗み聞きだってうまくなるのだ。

「恵美《えみ》、なにか一言挨拶《あいさつ》しろよ」とお父さんは言った。こういうところもわかっていない。シャンパンを飲みすぎて酔っぱらってしまったのかもしれない。

お父さんにかまわず、部屋の中を歩いてみた。「長さ、合わなかったら直してあげるから」とお母さんに声をかけられて、だいじょうぶ、とうなずいた。いままでの松葉杖より歩きやすい。サイズは一回り大きいのに、前に振り出しても重みはほとんど感じない。まだ三歳の弟がケーキを頰張《ほおば》って「ぼくもー、ぼくもするー」とせがんだから、よほど軽やかに歩いているように見えるのだろう。

「ブンちゃん」きみは立ち止まって、弟を振り向いた。「あんたはこんなもの使わなくても歩けるんだから」

わざと言った。「こんなもの」を少し強く言ったのも、わざと。弟はきょとんとしていたが、おばあちゃんとお母さんは困った顔を見合わせ、お父さんは急にしゅんとして、テレビに目をやった。

今年の誕生日、家に招いた友だちはいない。

去年は違った。十歳の誕生日には、同級生が五人、別のクラスからも三人、遊びに来た。みんなで『ハッピー・バースデイ』の歌を歌ってもらい、ケーキのロウソクを一息に吹き消したときには、クラッカーも鳴らしてもらった。

交通事故に遭《あ》ったのは、その数日後のことだった。

恵美ちゃん――僕はこれから、きみと、きみにかかわりのある何人かの子どもたちの話をしようと思う。

最初は、きみだ。

あの日は、朝のうちはいい天気だったのだ。給食の時間には先生から「梅雨《つゆ》の晴れ間」という言葉も教わった。でも、午後から急に雲行きがあやしくなり、まるで下校時間を狙《ねら》ったように雨が降りはじめた。

傘を持ってきていたのは、友だちの中ではきみだけだった。「午後、ところによりにわか雨」の天気予報を信じたお母さんが「念のために持って行きなさい」と言ってくれたおかげだ。

友だちが「わたしも入れて！」ときみに駆け寄って、傘に入ってきた。「あいあい傘だねーっ」と二人で笑っているうちはよかったが、「わたしも！　わたしも！」と友だちが増えて、しまいには五人で押しくらまんじゅうをするように一本の傘を分け合うことになった。歩きづらくてしょうがないし、傘からはみ出した肩は雨で濡《ぬ》れてしまった。本音《ほんね》では少し迷惑でも、「恵美ちゃん、恵美ちゃん」とみんなが寄ってくるのは、悪い気分ではなかった。

狭い歩道をふさいで、ぺちゃくちゃおしゃべりしながら歩いた。そこにもう一人、同じクラスの子が「わたしもお願い！」と駆けてきた。

さすがにうんざりして、「だめだよ、もう定員オーバー」と断った。でも、その子は「いいじゃん、友だちでしょ、ねっ？」と無理やり傘の下に入って、きみは押し出された格好で、傘をほとんど使えなくなってしまった。

やだなあ、と思った。せっかく傘を持ってきたのに、これはわたしの傘なのに、と悔《くや》しくなったし、悲しくもなった。

　ふと見ると、前のほうに一人で傘を差して歩いている子がいた。前後のグループからぽつんと離れた、ひとりぼっち――ちょっと太った体つきに見覚えがある。隣《となり》のクラスの子だ。

「ねえ、あの子、名前なんていうんだっけ」

　隣の友だちに訊《き》いたら、「さあ……」と言われた。二人目の友だちも「顔はわかるんだけど、名前、なんていったかなあ」と首をかしげた。三人目でやっとわかった。楠原由香《くすはらゆか》ちゃん。もっとも、名前を教えてくれた友だちも「どんな子？」ときみが訊くと、「よくわかんない、すごくおとなしいから」としか答えられなかった。

　四人目の友だちで、やっと、少しだけわかった。

「わたし、一年と二年のときにクラスが同じだったんだけど、あの子、あんまり学校に来てなかったから……」

「不登校とか？」

「じゃなくて、なんかねー、体が弱いっていうか、悪いんだって、どこか。半年ぐらい入院してたこともあったと思うけど……でも、あんまり仲良くなかったし、しゃべんない子だったから、よくわかんない」

　ふうん、ときみはうなずいて、もう一度由香ちゃんの後ろ姿を見た。うつむいて、とぼとぼと歩いている。体が弱くて、悪くて、おとなしくて――すれ違ったときの印象では、顔もかわいくなかったし、勉強もあまりできそうには見えなかった。

「仲のいい子とかいるの？」

「いないと思うよ」

じゃあサイテーじゃん、と心の中でつぶやいたとき、傘の下の誰かが水たまりをよけようとして、押しくらまんじゅうのかたまりが傾いた。「ちょっと、押さないでよ」「危ないよ、転んじゃうよ」「押さないでってば」……きみは傘の外にはじき出されてしまった。降りしきる雨に髪や顔があっという間にびしょ濡れになって、もう我慢できなくなった。

あんたたち出て行ってよ、これ、わたしの傘なんだから——。

言いたくても、友だちには言えない。

だから、「もういい、わたし、由香ちゃんに入れてもらうから」と、ガードレールの切れ間から歩道の外に出た。ガードレール沿いに走って由香ちゃんに追いつくつもりだったのに、勢いがつきすぎて、車道に飛び出す格好になってしまった。

クラクションよりも早く、車の影が迫ってきた。

白いライトバン——と気づいたのを最後に、あの日の記憶は途切れている。

入院生活は三カ月におよんだ。大きな怪我《けが》が左膝の複雑骨折だけですんだのは、ほんとうに運が良かった。車があとほんのちょっとスピードを出していて、きみの体があとほんのちょっと車道の真ん中に寄っていたら、どうなっていたかわからない。

でも、きみは、命が助かった幸運に感謝する前に、事故に遭った不運に打ちひしがれた。ライトバンの運転手よりも、むしろ傘を奪った友だちを恨《うら》んだ。あの子たちさえ傘に入ってこなければ、こんなことにはならなかった。友だちだから、と遠慮したから事故に遭った。

「あんたらのせいだから！」

連れ立ってお見舞いに来た友だちを、泣きながら責めた。謝っても許さなかった。お見舞いに来るたびに、何度も何度も言った。別の友だちが病室を訪ねたときには、あの五人の悪口ばかり言いつのった。「恵美が自分で車道に飛び出したんだから……」と友だちをかばうお母さんにも、枕やティッシュペーパーの箱をぶつけた。覚え立ての裁判の言葉をつかって「コクソしてよ！ソンガイバイショウさせてよ！」としつこく言うと、お父さんに叱《しか》られた。

やがて、友だちはお見舞いに来なくなった。あの五人だけでなく、他の子も。

きみのいない教室の片隅で、誰かが「恵美ちゃんもあそこまで言うことないのにね」と口火を切った。最初はおそるおそる——でも、別の誰かが「だよねー」と応じると、その声はとたんに大きくなり、あっという間に教室中に広がった。途中から、話は事故に遭う前のきみの悪口に変わった。仲良しだった子が次々に、「ちょっとわがままだと思ってたんだよねー」「言うのは悪いから言わなかったんだけどー、身勝手なところあるじゃん」と、いままでの、ほんとうにあったのかどうかはわからない不平不満を口にして、そのほとんどは「そうそう、わたしもそう思ってた」とみんなにも受け容《い》れられた。

秋になってきみが退院したときには、もう謝ってくる子はいなかった。

交通事故が奪ったものは左脚の自由だけではなかった。

友だちがいなくなってしまった。

事故が原因でも、事故のせいにはできないことぐらい、小学四年生のきみにもわかっていた。

クラスの人気者だと思っていた。でも、それは嘘《うそ》——何人かを責め立てただけで、「みんな」が敵に回った。きみはあまり笑わなくなった。にわか雨が降っても誰も傘には入れてやらない。誰の傘にも入らない。そう決めてしまうと、「入れて！」と頼んでくる子や「入らない？」と誘ってくる子は誰もいなかった。

2

誕生日の翌日の学級会で、男女に分かれてなわとび大会の話し合いをした。失敗せずに何人つづけて跳べるかをクラス対抗で競う、学期末恒例の大会だ。五年生の一学期は、クラス替えして初めての大会ということになる。

いい記録を出すには、跳び手のがんばりはもちろん、回し手の息の合い方やなわを回すうまさも欠かせない。速すぎず遅すぎずの一定のテンポでなわを回しながら、みんなが疲れてくると微妙に速さをゆるめたり、跳び手ごとに好みのテンポに合わせたり……そうやって、うまく記録が伸びれば百回以上も、跳び手と違って途中で休むこともできずになわを回しつづけるのだ。

だから、どこのクラスも、回し手はスポーツの得意な子が担当していた。仲良しで息の合うコンビがいいし、できれば背丈も揃《そろ》えたほうがいい。身長に差があると、なわを回してつくる輪が傾いてしまい、それをまっすぐにするためになわを持つ手を不自然な高さにすると、すぐに疲れて、同じテンポを保てなくなってしまう。

でも、きみのクラスでは、回し手のメンバーを選ぶことはできなかった。

「一人は決まりだよね……」

クラスの女子でいちばんいばっている万里《まり》ちゃんが、つまらなそうに言った。「だって、なわとびできないんだもんねー、しょうがないよねー」と、ひらべったくねばついた声でつづけて、話し合いの輪のいちばん外にいるきみを振り向いて、「跳べないでしょ、どうせ」と答えのわかっていることを——わかっているから、訊いた。

底意地の悪い子だ。四月に初めて同じクラスになったときから嫌いだった。向こうもそうなのだろう、なにをやっても、こっちがなにも言わなくても、いちいち突っかかってくる。

きみは黙ってそっぽを向いた。後ろの席に立てかけていた新しい松葉杖の置き方を直すふりをして、グリップをそっと握りしめた。

「じゃあ、万里ちゃん、あと一人は?」

堀田《ほった》ちゃんが訊いた。「話し合い」ではなく「万里ちゃんが決める」集まりになっている。堀田ちゃんのように万里ちゃんに媚《こ》びる子がいるから、そうなってしまう。堀田ちゃんも嫌いだ。去年の誕生日には家に招いた一人だった。でも、いまは嫌いだ。堀田ちゃんは、昨日がわたしの誕生日だったってこと、覚えていただろうか……?

「由香ちゃんしかいないんじゃないですかあ?」と万里ちゃんは大げさなため息をついた。みんなも「やだぁ」と笑う。

由香ちゃんは、きみと同じようにみんなの輪のいちばん外にいて、きみとは逆に申し訳なさそうにうつむいた。ふだんは色白の顔を赤くして、太った体をしょんぼりと縮める。でも、しかたない。きみが万里ちゃんでも、由香ちゃんを回し手にする。運動が全然できない子が跳び手になったら、順番が回ってきたところで、記録は途切れてしまう。

「あーあ、ウチらのクラスって、すっごい損してるよねー。もう絶対に優勝できないよ」

万里ちゃんが言った。すかさず堀田ちゃんが、「万里ちゃんが一人で十回つづけて跳べれば優勝できるのにね」とご機嫌をとる。

「じゃ、そういうことで、回し手は決定でいいよね」

真っ先に拍手をして「さんせーい」と言ったのも、堀田ちゃんだった。

「次は跳び手の順番決めまーす。回し手のひとは関係ないから参加しないでくださーい。回し手同士で仲良く話し合ってくださーい」

　みんなは困った顔で、小さく笑った。きみと目が合わないようにうつむいてしまう子もいた。さすがに堀田ちゃんも今度は合いの手を入れなかった。

　きみはまたグリップを握りしめた。やっぱり、前の松葉杖よりずっと握りやすい。指先の力がきちんとグリップに伝わる。強く握る。それが歯を食いしばる代わりになる。

　立ち上がる。みんなから離れた席に座った。由香ちゃんもこっちを見ていた。あいかわらず申し訳なさそうな顔で、わたしなんかとコンビになってごめんなさい、と謝っているみたいだった。おいでよ、と手で呼んだ。笑って迎えることはできなかったが、そっぽは向かなかった。四月に由香ちゃんと同じクラスになったとき、ほんとうは、少しうれしかった。なぜかはわからない。事故に遭う前だったらそんなことは思わなかったはずだ、ということだけ、わかる。

　そもそも、なぜあの日、由香ちゃんの傘に入ろうとしたのだろう。いままでしゃべったこともないのに、断られるかもしれない、とは考えなかった。たとえ傘に入れてもらってもなにを話せばいいのかわからなかったのに、なんとかなる、と思っていた。

　なにより――入院中、あれほど友だちを責め立てて、しまいには「傘持って行けって言ったからだよ！」と事故をお母さんのせいにまでしたきみなのに、由香ちゃんが悪いんだとは一度も思わなかった。それがいまでも不思議だ。

　きみの隣の席に座った由香ちゃんは、まず最初に「失敗したらごめんね」と、「もしも」の話ではなく、もう実際に失敗してしまったみたいな顔で言った。

「べつにいいよ、こんなの勝たなくてもいいし」

きみはそっけなく言った。事故を境に、そんなしゃべり方をするようになった。「歩けないからスネてるんだよねー」と、いつか万里ちゃんに聞こえよがしに言われたことがある。こいつ、全然わかってない、とそっぽを向いて冷ややかに笑ってやった。

「和泉《いずみ》さん」――由香ちゃんはきみを苗字《みようじ》で呼んで、「練習どうする？　今日、晴れてるし、二人で特訓する？」とつづけた。考える間もなく「しない」と答えると、またしょんぼりと、申し訳なさそうにうつむいてしまう。

二人で話をしたことは、いままでなかった。由香ちゃんがクラスの誰かと話をしているところも、ほとんど見たことがない。四月からずっと気になっていた。でも、話しかけるタイミングが見つからなかった。事故に遭ったあの日は平気で駆けて行けたのに、いまはなにをしゃべればいいか決めないといけない気がして、それが見つからないから話しかけられない。

由香ちゃんはうつむいたまま、顔を上げない。

「だって、どうせみんなで練習するんじゃん」――きみの口調はつい言い訳めいてしまう。

「でも……そのときにうまく回せないと、みんなに悪いし」

「関係ないよ、そんなの」

ちょっと腹が立った。由香ちゃんが「みんな」を気づかうのが嫌だった。

「みんな」は信じない。きみはいつも思う。「みんなと仲良く」なんて、そんなの嘘だ。傘に入れるのは一人、せいぜい二人。友だちだから、と無理して五人も傘に入れることはなかった。あの五人の中で、すっごく仲良し、という子は一人もいなかった。こっちの肩が雨に濡れてもいいから、この子だったら傘に入れてあげたい、入ってほしい……そんな子は、よく考えてみたら、友だちの中には誰もいなかった。

　だから、もう「みんな」とはしゃべらない。「みんなの中の誰か」が話しかけても、愛想笑いは浮かべない。そう決めて、それを実行して、「みんな」は愛想笑いを浮かべない子には話しかけてこないんだな、と知った。

　しばらく沈黙がつづいたあと、やっと由香ちゃんは顔を上げて、遠慮がちに言った。

「……和泉さんって、昨日、誕生日だった……よね？」

「なんで知ってんの？」

「クラス名簿に出てたから」

「って、四月につくったやつ？」

「そう……みんなの誕生日、カレンダーに書いたから……で、昨日、和泉さんの誕生日なんだなあ、って」

「なんで？　なんでそんなのカレンダーに書いてんの？」

「……ごめん」

「違うって、怒ってるんじゃなくて、なんで？」

　由香ちゃんは顔を赤くして、そうでなくてもか細い声をさらに小さくして、「病院のまね」と言った。きみが入院していたのと同じ、大学病院のことだった。小学校に上がる前の由香ちゃんは、小児病棟にずっと入院していた。由香ちゃんのような幼稚園児から小学六年生まで、ほとんどが長期入院の子どもで、病院の中には小学校も特別に設けられていた。

「『お友だちの部屋』って呼んでた部屋があったの。黒板とか机とか本棚とかテレビがあって、小学生の子はそこで勉強もするんだけど、ちっちゃな子も具合のいいときには、自由に入って遊べるの」

そんな部屋があるなんて、きみは知らなかった。整形外科の病棟と小児病棟は広い敷地の端と端だったし、松葉杖の練習で中庭を散歩していたときにも、子どもの入院患者の姿はめったに見なかった。中庭に出られないぐらい病気の重い子が多かったってことなのかなと、いま思った。

『お友だちの部屋』には、看護師さんが手作りした大きなカレンダーが貼《は》ってあった。そこには入院中の子ども全員の誕生日が書き込まれていて、誰かの誕生日には、ベッドから出られる子はみんな『お友だちの部屋』に集まってお誕生日会をする。

「看護師さんやお医者さんが人形劇してくれたり、手作りのプレゼントくれたり、歌をうたってくれたりするだけなんだけど、それがすごく楽しみだったの、みんな。カレンダーめくって、あと何日、あと何日……って」

その頃のことを思いだしたのか、由香ちゃんはうれしそうに、初めて笑った。

きみは――正直、ちょっとあきれて、「それのまねしてんの？」と訊いた。

「うん……」

「でも、全然違うじゃん。べつにお誕生日会なんかしないし、一緒に入院とかしてたら、それはまあ、友だちっぽい感じになると思うけど……でも、全然違うじゃん」

由香ちゃんは、またしょんぼりとして、「ごめん……」とうつむきそうになった。

「違う違う、怒ってないって」

あわてて言ったきみは、「でもわかるよ、なんとなく、その気持ち」と笑って、なんで気をつかって慰めてるんだろうなあ、と今度は自分に向けて苦笑した。

由香ちゃんは気を取り直すように、ふう、と息をついて、きみに言った。

「和泉さん、誕生日おめでとう」

家族以外からもらった唯一の「おめでとう」だった。

きみは思わずそっぽを向いて、二回深呼吸をして、言った。

「ちょっとだけ、特訓しようか」

由香ちゃんが笑ったのが気配でわかった。たんぽぽの綿毛がふわっと舞い上がるような、まんまるでやわらかい笑顔だった。

「あとさあ……苗字で呼ばなくていいから。『さん』付けも嫌いだし」

そう言ったあと、急に手持ちぶさたになって、松葉杖のグリップをつかんだ。ギュッと握りしめると、手のひらや指は痛くなったのに、背中がくすぐったくてしかたなかった。

3

放課後、家に帰ってから出かけるのはひさしぶり——五年生になってからは初めてだった。

お母さんの車に乗せてもらわずに一人で松葉杖をついて、近所の公園に向かった。

由香ちゃんは先に来て、合唱の指揮者みたいに胸の前で手を振っていた。きみに気づくと、恥ずかしそうに手を下ろした。なわとびのなわを回す練習だったのだろう。「そんなに張り切らなくてもいいじゃん」とあきれ半分にきみが言うと、「でも、初めてだから」と頬を赤くする。

「去年は？　去年とかおととし、跳び手だったの？」

「……学校休んでたの。一年から三年までは毎年その頃入院してたし、去年も、回し手に決まってて、練習もしたんだけど、本番の前に熱が出ちゃって、みんなに迷惑かけちゃって……」

「なにそれ、そんなに具合悪いの？」

「うん……蒸し暑くなって、汗かくようになると、だめなんだって」

そうか、じゃあ去年見かけたのは、ほんとうにたまたまだったんだな。黙ってうなずいたので、由香ちゃんは勘違いしたのか、「でも」とあわてて付け加えた。「今年はだいじょうぶだよ、ほんと、いつもより体調いいし、絶対に迷惑かけたりしないから」

「そんなのいいんだけど……どこが悪いの？」

「腎臓。生まれつき悪くて、体の中の水分の調節とかがうまくできなくて」

だからほら、と自分のぷくぷくした頰を指で軽く突いた。

「むくんでるの。具合がほんとに悪くなったら、いまの倍ぐらいになっちゃうこともあるし。こういうの、水太りっていうんだよね」

冗談でなごませるつもりだったのだろう、由香ちゃんは、うふふっと笑った。

でも、きみは笑い返せなかった。病気の名前は訊かなかったし、教えてもらってもどうせわからない。ただ、そんなにしょっちゅう入院しているということよりも、むしろ、学校に通っているときにも病気の症状は出ているんだということが、胸をずしんと重くさせた。

「ま、いいや、じゃあ、やろうやろう」

由香ちゃんからなわの端を受け取り、わざと邪険《じゃけん》に、犬をしっしっと追い払うように手の甲を振った。由香ちゃんは何歩かあとずさって立ち止まる。「そんなに近いわけないじゃん」ときみに言われ、あわてて小走りに距離をとると、なわがピンと張った。

「遠すぎーっ。なわとびとか、やったことないの？」

皮肉を交えて訊くと、由香ちゃんは「うん……」とうなずいた。「激しい運動して汗かいたらだめだって言われてたから」

　きみの胸はまた重くなる。苦いものが喉《のど》の奥に湧いてくるのも感じた。

「早くやろう、立ってると疲れるから」——なに張り合ってるんだろう、と自分でも思う。

「あ、ごめんなさい、ごめんなさい」

「謝らなくていいから」

　なわを、ひゅん、と回した。不意をつかれた由香ちゃんの手の動きはそれについていけずに、なわを落としてしまった。

「しっかり持ってなきゃだめじゃん」

　なんだか由香ちゃんと一緒だと怒ってばかりだ。


　なわを回す練習を始めると、怒る回数はどんどん増えていった。へたなのだ、由香ちゃんはとにかく。腕の振りが大きすぎる。手首をおかしな具合にこねて回すから、なわが空中でたわんで、そのぶん地面につくタイミングもずれてしまい、輪がいびつになるのはもちろん、ひどいときにはなわが地面を叩く音が二度も聞こえてしまう。

「なにやってんの、ちゃんとタイミング合わせてよ」「速さとか輪の大きさとか、揃えてくれない？」「なんで速くなったり遅くなったりするかなあ」……。

　左手で松葉杖をついて、右手でなわを回す。そうでなくても窮屈な姿勢に加えて、失敗つづきで、しだいにいらいらしてきた。

　由香ちゃんが一所懸命やっていることはよくわかっても、このままでは、万里ちゃんに好き放題に言われてしまうのは目に見えている。いつもは相手にしない。なにを言われても知らん顔して、たまに目が合ったら「それがどうかした？」という顔をして、そっぽを向く。でも、いまは違う。万里ちゃんに悪く言われてしまうことを想像しただけで、むしょうに悔しい。

「しっかりやってよ、全然進歩してないじゃん」

「……ごめんなさい」

「由香ちゃんがミスしたら、わたしのせいにもなっちゃうんだからね」

「……ごめんなさい」

謝るそばから、またタイミングがずれる。きみはカッとして、なわを足元に放り投げた。右の松葉杖を拾い上げて、「もういいよ、やめよう」と言った。

由香ちゃんは泣きだしそうな顔になった。それを見て、よけい腹が立って、松葉杖のグリップを握りしめた。

「あのね、由香ちゃん、あんたは知らないと思うから、いいこと教えてあげる」

「……なに？」

「わたし、去年のちょうどいまごろ交通事故に遭ったじゃん」

「うん……」

「悪いけど、それ、半分は由香ちゃんのせいだから」

言葉は自分でも驚くほどすらすらと出て、事故に遭う直前のことを一息に説明した。

由香ちゃんは声もなく驚いて、顔をゆがめた。バカだなあ、ときみは思う。関係ないじゃん、わたしが勝手に、友だちでもないくせに傘に入ろうとしただけで、由香ちゃんはちっとも悪くないのに……と思うから、「あんたのせいでしょ？　自分でもそう思うでしょ？」とつづけた。

由香ちゃんは顔をゆがめたまま、うなずいた。なわの端が、手からぽとりと落ちた。

「雨の日とか、冬とか、いまでも痛いの」――これは、ほんとう。

「もう、一生治らないみたいだし」――これも、たぶん。

「雨の日に学校に行くのって、死ぬほど大変なんだよ。傘を差したら松葉杖がつけないし」――これはちょっと大げさに言った。雨の日にはお母さんの車で送り迎えしてもらっている。でも、中学生になったら、もう無理だろう。

「三年のときみたいに、由香ちゃん、入院してればよかったんだよね。そうしたら、わたしもこんなにならずにすんだんだから」――これは、嘘。絶対に嘘。

由香ちゃんは泣きだしてしまった。

きみは黙って背中を向け、松葉杖を前に振って歩きだす。もう夕暮れどきだったが、空には暗い色の雲が垂れ込めて、夕陽は見えなかった。


不意に涙がぽろぽろこぼれ落ちたのは、晩ごはんを食べているときだった。なにげなく顔を上げたら、ふと壁のカレンダーが目に入った。昨日の日付に、お母さんが花のマークを付けてくれていた。それで由香ちゃんを思いだしたのだ。

「どうしたの？」と驚いて訊くお母さんには、なにも言えなかった。内緒にしたかったのではなく、由香ちゃんに言った言葉をもう一度繰り返す勇気がなかった。

なんとか泣きやんでごはんの残りを食べたあと、お母さんが弟をお風呂に入れている隙《すき》に、コードレスの受話器を持って自分の部屋に入った。

クラス名簿を開いて、由香ちゃんの家の電話番号を押した。でも、その先――「通話」のボタンを押す勇気が、どうしても湧いてこなかった。

夕方はごめん、あれ嘘だから、ごめん、絶対に嘘……。

ベッドに腰かけて何度つぶやいても、由香ちゃんには届かない。

玄関のドアが開いた。お父さんが仕事から帰ってきた。靴を脱ぐ間もなく「タオル、タオル」とお母さんに声をかけたお父さんは、「まいったよ、雨になっちゃって……」と言った。


翌朝、泣き腫《は》らした赤い目をしょぼつかせながらランドセルを背負った。お母さんは「ほら、ブンちゃん、テレビ観《み》ないで早く食べちゃいなさい。もぐもぐ、ごっくん、もぐもぐ、ごっくん」と弟をせかして、出かける支度をする。雨の日の朝はいつも忙しい。来年、弟が幼稚園に入ったら、もっと忙しくなるだろう。

「恵美、先に車に乗ってて。もう時間ないから」

「……うん」

「ブンちゃん、こぼしてるって。テレビ切っちゃうよ」

「……お母さん」

「なに？」

ごめんね、と小さな声で言った。聞こえなくても——どっちかと言えば聞こえないほうがいいと思っていたが、お母さんは弟が脱ぎ散らかしたパジャマを片づけながら「なに言ってんの」と笑った。「そういうときは、ありがとう、でいいの」

黙ってうなずいたら、玄関のチャイムが鳴った。

「はいはいはーい、誰ぇ？　もう、朝っぱらから」とインターフォンのモニターを覗《のぞ》いたお母さんは、驚いた顔できみを振り向いた。

「恵美、お友だちみたいよ」

モニターに映っているのは、由香ちゃんだった。もともとまるい顔が、広角レンズのせいでさらに横に広がっていた。でも、胸をどきどきさせながらドアの前に立っているのは、モニターのゆがんだ画像でも、わかった。

あわてて玄関に出たきみに、由香ちゃんは「迎えに来たの」と言った。「今度から雨の日、一緒に行きたくて」

おとな用の大きな傘を提《さ》げていた。二人で入っても濡れないように、と考えたのだろう。そして、昨日のことをそこまで気にしていたのだろう。

「一緒に行ってもいい？」

すぐには答えられなかった。うなずくと、由香ちゃんがほんとうに悪かったんだと認めてしまう気がして、でも、断ると、由香ちゃんにもっと悲しい思いをさせてしまいそうで……由香ちゃんが家に来ちゃだめなんだ、と思う。その前に、こっちがしなくちゃいけないことや、言わなきゃいけないことがあったのに。

「……だめ？」

そんなことないけど、と首を横に振って、まいったな、どうしようかな、と困っていたら、お母さんが部屋から出てきた。「迎えに来てくれたの？　ありがとう」とにっこり笑って由香ちゃんに声をかけ、「一緒に車で送って行ってあげるわよ」とつづけた。

「そうしようよ、由香ちゃん」

きみも言った。逃げ道が見つかった。「そのほうが早いし、やっぱり歩くの大変だし」――急いで右の靴を履《は》き、いつもは時間がかかる左の靴も、うまく足が滑り込んでくれた。

由香ちゃんは「ありがとうございます」とお母さんに言った。ちょっと残念そうな顔で。でも、きみが怒っていないのを知って、ほっとしたように。

車の後ろのシートに、弟を間に挟んで座った。ほんの二、三分の短いドライブの間、きみはずっと窓の外を見つめていた。

4

雨は一日であがって、次の日には梅雨明けを思わせるような青空が広がり、それからしばらくいい天気の日がつづいた。

放課後の特訓の甲斐《かい》があって、由香ちゃんは少しずつ、なわを回すコツを覚えてきた。きみもいらいらすることが減って、由香ちゃんがなわを回すテンポがずれたときには、とっさに合わせられるようにもなった。

体育の授業で初めて跳び手を入れて練習したときも、悪口を言いたくてうずうずしていた万里ちゃんが黙り込んでしまうほど、うまくいった。

ぜんぶで十七人の跳び手が列をつくって、順番に跳んでいく。時間制限があるので、数をかせぐにはタイミングが合うのを待っているわけにはいかない。自分の番を待っている間に体を揺すってテンポを覚え、なわの輪の中に入って、跳んで、外に抜けて、次の子もすぐに入って、跳んで、抜ける。

外に抜けた誰かが、列のお尻に戻りながら「けっこう跳びやすかったね」と前の子に言った。別の誰かは「このテンポだと楽だよね」と言って、さらに別の子は「いいんじゃなーい？」と笑った。

一巡目がもうすぐ終わる。堀田ちゃんがなわの輪の中に入った。ジャンプ――かかとに、なわが当たった。みんなから「あーあ……」と残念そうな声があがる。

「なにやってんだよ、ばーか、てめえ」

男の子みたいな乱暴な口調で、万里ちゃんが怒った。そのときは、まだ、顔は半分笑っていた。

「ごめん、許してっ」と両手を合わせる堀田ちゃんのしぐさも冗談交じりだった。

でも、その次も堀田ちゃんのところでなわが止まった。まるで最初のときのビデオを再生しているみたいに、かかとになわをひっかけてしまったのだ。ジャンプのタイミングが遅く、高さも足りないせいだ。

みんなの「あーあ……」は、今度はため息交じりになった。万里ちゃんの「ばーか」の声も、さっきよりとげとげしい。堀田ちゃんは「ごめーん、なんか今日、調子悪いなあ」と決まり悪そうに言った。「次はがんばりまーす」とスキップして列に戻ったが、顔は真っ赤になっていた。

三度目。調子よく進んでいた流れを断ち切ったのは、また堀田ちゃんだった。輪に入るときにしくじって、なわを踏んづけてしまった。

「サイテー、こいつ！　もう死ね！」

万里ちゃんは本気で怒りだした。堀田ちゃんが「ごめんっ、マジにごめんっ、ごめんなさいっ」と頭をぺこぺこ下げても許さなかった。

「クラスに迷惑かけんなよ、ばーか、くそ、死ね、土になれ」

「……はーい、土になりまーす」

おどけて床に這いつくばった堀田ちゃんは、笑っているのに泣きそうな顔をしていた。

四度目。みんなは軽やかに跳んで、緊張のほぐれたうれしそうな顔で輪の外に抜けていく。緊張している。おびえている、のほうが近かった。その少し前から胸に手を当てて深呼吸を繰り返していた。堀田ちゃんの順番が来た。

「ミスんなよ！」

万里ちゃんがとがった声で言った。堀田ちゃんの肩がびくっと縮んだのが、きみにもわかった。

なわが回る。タン、タン、タン、と規則的なテンポで床を打つ音が響く。

堀田ちゃんは動けなかった。足がすくみ、輪の中に入るタイミングがつかめなくなってしまったのだ。体を大きく上下に揺すっても、足は床に貼りついてしまったみたいに、その場からぴくりとも動かない。

きみはなわを止めた。記録が途切れた。でも、万里ちゃんは文句を言わなかった。代わりに、堀田ちゃんから顔をそむけ、「足引っ張るヤツ、いらないよね。次からは堀田ちゃん抜きでやるから」とみんなに言った。「いいよね？」――みんな黙っていた。こういうときに真っ先に「さんせーい！」と言う役目の堀田ちゃんは、顔を手で覆って泣きだした。

黙っているのは見捨てるということで、泣いてしまうのは負けを認めたことと同じ。それを知っているきみは、なにも言わず、表情も変えずに、なわをまた回しはじめた。

「かわいそうだったね、堀田さん」

公園のベンチで由香ちゃんが言った。

「べつに……いいんじゃない？」

きみはそっけなく応《こた》え、ジゴウジトクってやつだよ、と心の中で付け加えた。体育の授業が終わると、堀田ちゃんは誰からも口をきいてもらえなくなった。万里ちゃんの命令だ。堀田ちゃんは反省が足りない、と万里ちゃんは言った。すぐにぺらぺらおしゃべりをしてるから本気でクラスのためにがんばろうっていう気になれない、だから、みんなに迷惑をかけなくなるまで、はじく。

「堀田さん、一緒に特訓すればいいのに……」

由香ちゃんは優しい。だから、「無理だよ」と返すきみの声は、さらにつっけんどんになる。

「わたしや由香ちゃんとくっついたら損するってわかってるもん、あいつ」

「なんで?」

「だって、そんなことしたら、マジにもう万里ちゃんのほうには戻れなくなるじゃん」

「なんで?」

きょとんとして訊く。由香ちゃんは優しくて、とろくて、にぶい。万里ちゃんたちが自分をどんな目で見ているのか気づかず、気づいていても、それをあたりまえのことだと受け容れている。

まいっちゃうなあ、ときみは苦笑いを浮かべた。でも、もう腹は立たないし、いらだちもしない。由香ちゃんはそういう子で、そういう子だからいいんだな、と思う。

「由香ちゃん、今日の雲はどんな感じ?」

「うん……けっこう似てる」

「よかったじゃん」

うふふっ、と由香ちゃんは笑う。ほんとうはたいして似ていないんだろうな、とわかるから、きみも黙って笑い返す。

大学病院の『お友だちの部屋』の壁や天井には、空が描いてあった。雲がいくつも浮かび、風船も浮かび、虹《にじ》がかかって、鳥や飛行機やちょうちょやホウキに乗った魔法使いが飛び交って、お日さまがあちこちにある、おとぎ話のような不思議な空だ。幼稚園の頃の由香ちゃんは、部屋の真ん中にいると、自分も空の上にいる気分になったという。特に雲が好きだった。天井にぽつんと描かれた小さな雲。『もこもこ雲』と一人で名付けた。じっと見つめていると、ほんとうにもこもこと、いまにも動きだしそうな気がしていた。

いまでも『お友だちの部屋』には空が描いてある。もっとも、壁や天井は、ちょうど由香ちゃんが小学校に入学するときに塗り替えられていた。新しい絵も空を描いていたが、昔よりもほんものの空に近いタッチで、『もこもこ雲』もない。でも、由香ちゃんは短い入院をするたびに部屋に入って、あの雲を探す。月に一度の検査の日に、看護師さんにお願いして部屋に入れてもらうこともある。

『もこもこ雲』は、天井が塗り替えられる前に逃げ出して、ふだんはほんものの空に浮かんでいて、ときどき部屋に戻ってきてるんじゃないか――五年生になっても、心の片隅で、ほんのちょっとだけ、信じている。

そして、きみは、そんな子どもじみたことを言う由香ちゃんに、心の片隅でいつも「ごめんね」を繰り返している。特訓の初日に言ったひどい言葉を、まだ謝っていない。昼間の堀田ちゃんと同じで、タイミングがつかめないのだ。

「恵美ちゃん」

「なに？」

「堀田さんの誕生日って、九月なんだよ」

「……ふうん」

「誕生日までに、みんなとまた仲良くなってるといいね」

きみはなにも言わずに空を見上げる。


堀田ちゃんは、何日もみんなからはじかれたままだった。昼休みや放課後に体育館で練習をするときにも呼んでもらえない。たとえ列に並んでいても、後ろの子が順番を抜かしてどんどん跳んでいく。万里ちゃんが怖いからではなく、しだいに堀田ちゃんをひとりぼっちにするのが面白くなってきたみたいだ。四年生のときにきみをはじいた「みんな」のように。

きみは知らん顔をしてなわを回しつづけ、由香ちゃんは堀田ちゃんを見るたびに、まるで自分のせいでそうなってしまったかのように、しょんぼりとした顔になる。

最初はみんなを言いなりにしてご機嫌だった万里ちゃんは、日にちがたつにつれて、つまらなそうな様子になっていった。クラスのみんなは誰も万里ちゃんに逆らわない。でも、堀田ちゃんほどタイミングよく合いの手を入れて、お世辞を言ってくれる子はいない。それが物足りないのだろう。子分がいないと寂しいのだろう。堀田ちゃんをそろそろ許してやりたくて、でもみんなは面白がって堀田ちゃんをはじきつづけているから、自分からは言い出せなくて……。

バカだな、あの子。きみは思う。「みんな」がいちばん面倒くさいんだよ、そんなことも知らなかったの？　と教えてやりたい気もする。大嫌いだった万里ちゃんのことを、いまも嫌いは嫌いでも、なんとなく「嫌い」の種類が変わった。

5

体育館に、堀田ちゃんの甲高《かんだか》い声が響きわたった。

体育の授業中――先生のいる前では、さすがにみんなも堀田ちゃんの順番を抜かすことはできなかった。堀田ちゃんは跳んだ。やっぱり、また、かかとをなわにひっかけてしまった。

みんなはもう失望や落胆の声はあげない。かえって失敗を喜んでいるように、黙って、にやにや笑うだけだった。

すると、堀田ちゃんは顔を真っ赤にしてきみに詰め寄ったのだ。

「いま、わざと速くしたでしょ！」

つかみかかりそうな剣幕で叫び、すぐに由香ちゃんを振り向いて「あんたも！」と言った。

「二人でやったの！　二人でわざとやったの！」

男子のなわとびを見ていた先生が驚いて戻ってきた。堀田ちゃんは先生にも「和泉さんと楠原さんが回す速さを変えるんです！　わたしのときだけ！」と半べそをかいて訴えた。話が呑《の》み込めない先生が「はあ？」と怪訝《けげん》そうに言うと、すぐにまたきみに向き直って、「正直に言ってよ！　このまえもずーっとやってたじゃない！　だから跳べなかったの！　跳べるはずないじゃない！　なんでそんなことするのよ！」とまくしたてる。

いいかげんにしてよ、と言い返したかった。松葉杖となわで両手がふさがってさえいなければ、突き飛ばしてやってもよかった。

でも、「謝ってよ！　早く謝ってよ！」と声を裏返らせた堀田ちゃんの目が真っ赤に染まり、瞳《ひとみ》がちらちらと――逃げるように揺れ動いているのを見たら、なんだか、もう、どうでもよくなってしまった。

「わたしも見てた！」

万里ちゃんが言った。「堀田ちゃんが跳ぶとき、急に速くした！」ときみを指差して、「わざとだった！」とにらみつけた。

あ、そういうことか。きみは冷静だった。なるほどね。万里ちゃんの言葉に驚いた堀田ちゃんの様子からすると、二人で示し合わせて、というわけではなさそうだ。それなら、べつにいい。堀田ちゃんが騒ぎ立てたときには黙っていた子も、万里ちゃんの一言には、そうそう、そんな気がした、わたしも思ってた、と反応する。まあ、「みんな」なんて、どうだっていいや……。

先生はきみを見て、「和泉さん、それ、ほんとうなの？」と訊いた。

きみはゆっくりと、そっけなく、言った。

「すみませーん。今度からちゃんとやりまーす」

一瞬、みんなは黙り込んだ。

先生は由香ちゃんにも同じように訊いた。この子は関係ないです、わたしだけです、わたしが一人で堀田ちゃんに意地悪したんです、ときみが言うより早く、由香ちゃんは顔を赤くしてうつむいてしまった。違う――あんたは、きょとんとしていなくちゃいけない。

でも、由香ちゃんは消え入りそうな声で「ごめんなさい……」と言った。

「ほら！　ほらね！　ほら、やっぱりそうじゃん！」と堀田ちゃんはうわずった声をあげた。

堀田ちゃんは「みんな」の世界に戻っていった。かわいそうな被害者――万里ちゃんたちは授業が終わると堀田ちゃんを取り囲んで、口々に慰めた。堀田ちゃんは涙ぐんでいた。万里ちゃんは「だいじょうぶだよ、カタキはとってあげるから」と言った。

きみと由香ちゃんは、「みんな」から離れて、二人で体育館を出て行った。

「恵美ちゃん、なんであんなこと言ったの？」

「そっちこそ……あんた関係ないじゃん」

「……ごめんなさい」

「べつに怒ってないけどさ、バカだなあ、由香ちゃん、って思う」

「うん……」

「ほんと、バカ」

渡り廊下の窓から空を見上げた。厚い雲が垂れ込めている。梅雨の晴れ間も今日まで——夕方からはまた雨になる、と天気予報は言っていた。『もこもこ雲』は、いま、どこにいるのだろう。真っ白で、雨の湿り気をちっとも含んでいないような『もこもこ雲』は、梅雨どきには居場所がなくて困っているのかもしれない。

松葉杖のグリップを握り直した。杖を大きく前に振り出して、幅跳びをするように体を浮かせて進んだ。後ろから、足音と笑い声が追いかけてきた。あっさりと、きみたちを抜き去った。どんなに先を急いでも、松葉杖のきみと、とぼとぼ歩く由香ちゃんは、走っている子に追いつくことはできない。遠ざかる「みんな」の中に、堀田ちゃんと万里ちゃんもいた。堀田ちゃんはちらりとこっちを振り向いたが、万里ちゃんに肩を小突かれて、すぐに前に向き直った。

はねられたんだな、と気づいた。さっきまでの堀田ちゃんのように、仲間はずれにされる。無視される。話しかけてもらえなくなる。それが万里ちゃんのカタキ討ちなのだろう。でも、仲間はずれ以上の意地悪なことはされないだろうなと、なんとなく、思った。

「ゆっくり行こう」

きみは松葉杖に体を預けて、足を止めた。

由香ちゃんは笑いながらうなずいたが、ふと不安に駆られた顔になって、「回し手、もうクビになっちゃうのかなあ」と言った。

「そんなことないよ。どっちにしたって、わたしは跳び手になれないんだし、優勝しようと思ったら、やっぱり、由香ちゃんは回し手だよ」

「……だよね」

でも、回し手しかやらせてもらえないなわとびを、つまらないと思うのは、つまらない。

「わたしさ、さっきなわを回しながら思ったんだけど、跳び手ってサルみたいだよね。サーカスとかの動物っていうか、こっちが操《あやつ》ってる気、しない？」

「ちょっと、する」

「でっしょーっ」

おばさんみたいに言って、でも跳び手だった頃もけっこう懐かしいなあ、と思う。

「ね、由香ちゃんさあ、あんたなわとびで跳んだことないの？」

「うん……一度もない」

「跳んでみたいとか、思ったりする？」

由香ちゃんは、遠慮がちに、小さくうなずいた。

自転車を乗り回して学区中を遊び場にしていた頃の記憶をたどって、ジャングルジムのある公園を探した。ありふれた遊具に思えても、転落事故が怖いせいか、意外と置いてある公園は少ない。思い当たったのは、二丁目の公園だけだった。

帰り支度をしながら行き先を告げると、由香ちゃんは「でも、恵美ちゃんの家から遠いよ」と心配そうに言った。

「平気だよ、学校から直接行けばいいし、お母さんには途中で電話しとくから」

「雨、降りそうだよ」

「だから、五時になったらお母さんに迎えに来てもらうように頼むって言ってんの」

「……わたし、傘持ってきてるけど」

ほら、と廊下の傘立てから持って来たのは、おとな用の傘だった。

「今日、雨になるってニュースで言ってたから」と由香ちゃんは得意そうに言ったが、わかってないなあ、ときみは苦笑いを浮かべる。「わたしを送ってからウチに帰ったら、六時過ぎちゃうって」と言うと、由香ちゃんは自分の家に帰る時間をプラスすることを忘れていたのだろう、「あ、そっかあ」と感心した顔になって、それから、いつものようにしょんぼりとうつむいた。

「ジャングルジムがないとだめな理由も、あんた、わかってないでしょ」

「うん……なんで？」

二人でなわとびをするには、なわの片方の端をどこかに結ばなければいけない。鉄棒や滑り台の柱に結ぶと、回しているうちにゆるんでずり落ちてしまうが、格子になったジャングルジムなら、縦と横の棒が交差するところに結べばいい。

「わたしの身長と完璧《かんぺき》には合わないし、両方で回すんじゃないから輪もゆがんでるけど、でも、いちおう跳べることは跳べるから」

「恵美ちゃん、回してくれるの？」

「あたりまえじゃん、わたししかいないんだから」

ほら行くよ、と先に立って歩きだすと、由香ちゃんは後ろから「ごめんね」と言った。

きみは振り向いて、「そういうときは、ありがとう、でいいんだよ」と——そっけなく言うつもりだったのに、背中が不意にくすぐったくなって、笑いながらになってしまった。


覚悟していたとおり、由香ちゃんは何度も何度もなわにひっかかった。足に当たってしまうのはともかく、上から落ちてくるなわが顔に当たるなんて、一年生や幼稚園の子みたいだった。

でも、由香ちゃんはとても楽しそうで、きみも辛抱強くなわを回しつづけた。三回つづけて跳べたときには、思わず「やったね！」と歓声も出た。由香ちゃんはそれに律儀《りちぎ》に応えておじぎしたから、四回目は、なわを頬に当ててしまったのだけれど。

五時になった。お母さんの車が公園の前の道路に停《と》まって、軽くクラクションを鳴らした。その音を待っていたみたいに、雨がぽつぽつと落ちてきた。

お母さんは弟を車に残して、傘を差して公園の中まで迎えに来てくれた。

あいあい傘になったお母さんときみは、おとな用の傘を差した由香ちゃんと向き合った。由香ちゃんの傘はやっぱり大きすぎる。グリップの太さも手に合っていないので、両手で、何度も握り直して、そのたびに傘はふらふら揺れる。

「楠原さんも乗っていけば？　家まで送ってってあげるから」

お母さんが誘うと、由香ちゃんは「はい」とも「いいえ」とも答えず、まだ濡れきっていない足元の地面に目を落とした。

どうしたの？　とお母さんは怪訝そうにきみを見た。

きみはクスッと笑って、松葉杖を大きく――思いきり大きく前に振り出して、お母さんの傘から出た。一歩、二歩、三歩目で、由香ちゃんの傘に入った。由香ちゃんはあわてて傘を持ち上げて、きみを迎えてくれた。

「お母さん、先に行ってて。車まで由香ちゃんと一緒に行くから」

びっくりしたのは、お母さんより、むしろ由香ちゃんのほうだった。

でも、そのあと浮かべた笑顔は、由香ちゃんよりお母さんのほうが深かった。

「じゃあ、ランドセルだけ持ってってあげようか？」

「ううん、いい、だいじょうぶ」

「……楠原さん、いいの？　二人だと歩きにくくない？」

なにか言いたそうな顔になった由香ちゃんは、途中で言葉にするのをあきらめて、首を何度も横に振った。お母さんも、まだ訊きたいことがあるみたいだったが、うん、わかった、とうなずいて、「先にゴールに行ってるね」と車のほうへ歩きだした。心配そうな様子も名残《なごり》惜しそうなそぶりもなく、さっさと遠ざかっていく。早足で歩いてくれてるんだな、とわかる。わかるようになったんだと思う。いつから――十一歳になってからの何日間かで。

由香ちゃんと目が合った。「足元、気をつけて歩いてよ」ときみはぶっきらぼうに言った。ゆるみかけた頬を抑えると、自然とそんな声になってしまう。

「松葉杖の先で、足、踏んじゃうかもしれないから。けっこう痛いんだよ、それ」

由香ちゃんは、ひゃっ、とあとずさりかけた。

「気をつけて歩けばいいんだから」ときみはあきれて笑う。由香ちゃんと一緒にいると、こういう笑い方が結局いちばん自然なんだな、と気づいた。

歩きだす。ゆっくりと、ゆっくりと。肩に雨が落ちる。傘の骨の先から垂れた雨だれが、髪の毛を濡らす。でも、由香ちゃんは一所懸命に傘をまっすぐ立ててくれている。早く歩きすぎないように、歩幅を狭めて、関係ないのに息まで詰めて。

カエルの王国の女王さまのお出かけに、家来《けらい》がハスの葉っぱを傘にして付き従う——そんな絵本を読んだことがある。うそ。家来なんかじゃないけど、と自分に言った。

先にゴールインしたお母さんが、車の後ろの窓を開けた。

「ふぁいとーっ、ふぁいとーっ、おねえちゃん、と、あと、ともだちーっ、ふぁいとーっ」

弟が窓に身を乗り出して、舌足らずな声で、あいあい傘の二人を応援してくれた。

ねじれの位置

1

満場一致で決まるはずだった。自信はあった。発表したときのみんなの反応はばっちりだったし、担任の本宮《もとみや》先生も、いいぞ、というふうに大きくうなずいていたし、書記をつとめる川原《かわはら》くんは、きみの発表した案をひときわ大きく黒板に書いてくれた。

〈信号は　渡る前にも　右左〉

交通安全の標語だった。来週から始まる秋の全国交通安全週間に向けて、全校でクラスごとに標語とポスターをつくる。五年三組の標語は、きみの考えた案で決まり――のはずだった。

ライバルはいない。他の案はどれもつまらない。〈雨の日は　傘を差すから　危ないよ〉だの〈気をつけよう　ガードレールの　ない道路〉だの〈行き帰り　まっすぐ前見て　歩こうよ〉だの……。

標語の上手《うま》い下手《へた》なんて、ほんとうはきみにもよくわからない。みんなにもわからない。だから、おそらく、きみが勝つ。和泉文彦《いずみふみひこ》――「ブンちゃん」が考えた標語だからというだけで、み

んなの頭には、それが一番なんだ、というのが刻み込まれる。五年三組はそういうクラスで、きみは、そんな五年三組の、間違いなくヒーローだった。

ブンちゃん——次は、きみの話だ。

「他に意見ありませんか？」

司会の細田《ほそだ》くんが、教卓から教室を見まわして言った。

「決まりだろ、もう」

すかさず三好《みよし》くんが言った。「ブンちゃんのでいいじゃん、サイコーだもん」とつづけ、きみをちらりと見て、へへっと笑う。

「だめだよ」きみは怒った顔で言った。「ちゃんと投票して、多数決で決めようぜ」

はっきりと「勝ち」がわかったほうが気分がいい。負けるはずがない。勉強でもスポーツでも、五年三組の男子できみにかなう子は誰もいない。

「じゃあ、投票にする？」

細田くんは、自信なさげにきみを見て言った。学級委員のくせに、困ったときにはいつもきみを見る。一学期の学級委員はきみだった。「委員を務めるのは一年に一度だけ」という決まりさえなかったら、二学期もきみが委員に選ばれていたはずだった。

「さんせーい！」

きみが手を挙げて応えると、細田くんはほっとした顔になり、ようやく学級委員の威厳を取り戻して「じゃあ、投票にします」と言った。そこまでは筋書きどおりだった。

でも、黒板に向いた細田くんの視線を引き戻すように、教室の後ろから声が聞こえた。

「意見、言っていいですか？」

耳慣れない男子の声だった。あいつだ、とすぐにわかった。二学期から入ってきた転校生――五年三組の一員になってまだ十日足らずの、中西《なかにし》くんだ。

予想外のことに細田くんは言葉に詰まり、救いを求めるようにきみを見た。

出端《でばな》をくじかれたきみはムッとして、でもそれを顔には出さずに、いーんじゃない？　と目で応えた。その視線を、中西くんに向けて滑らせる。おとなしい奴《やつ》だと思っていた。前の学校は、市役所の近くの城山《しろやま》小学校だった。二丁目に建ったばかりのマンションに引っ越してきた。知っているのはそれだけだ。

中西くんは席に着いたまま、黒板を指差して「和泉くんの提案した標語、いいけど、ちょっと間違っていると思います」と言った。「直したほうが、ずっとよくなるから」

教室は一瞬静まり返った。男子の何人かがきみを振り向き、女子の何人かは怪訝そうに顔を見合わせた。

中西くんは落ち着いた口調で、きみの標語の間違いを説明した。このままでは意味が通らない、渡るのは横断歩道や交差点なんだから「信号を渡る」という言い方はおかしい、「渡る前」と言うのなら、「信号」ではなくて「横断歩道」や「交差点」に替えたほうがいい……。

教室がざわついた。男子は困惑顔できみと中西くんを交互に見るだけだったが、女子は小声でしゃべりながら、そうだよね、とうなずいている子が多かった。きみはあわてて本宮先生の顔を盗み見た。先生は腕組みをして、ふむふむ、と中西くんの意見に納得している様子だった。

「だめだよ、変だよ、それ」

きみは声を張り上げる。「絶対だめだよ、そんなの、そっちのほうがおかしいって」と一息につづけ、そこから先はとっさに考えたことを口にした。

「『交差点』なんて言っても、一年生や二年生だと意味わかんないよ。難しい言葉つかってカッコつけても、意味がわかんなかったら標語にならないから、だからオレ、わざと『信号』にしたんだよ」

中西くんをにらみつけた。でも、中西くんはきみには目を向けず、細田くんに「もっといい直し方があります」と言った。

冷静な中西くんの口調や表情に吸い寄せられたみたいに、細田くんは「発表してください」と応え、川原くんもチョークを持って黒板に向かった。

〈信号は　青になっても　右左〉

黒板の字は、途中から――「青になっても」の一言に、川原くんが、あ、そっか、とうなずいた。たのを境に大きくなった。

教室のざわめきも、どっちつかずで揺れ動いていたのが、しだいに一つの声の束《たば》にまとまっていいった。うなずくしぐさがあちこちで交わされる。三好くんが、ブンちゃんどうする？　と心配そうにこっちを見ていた。それがうっとうしくて、よけい悔しくて、きみはそっぽを向いて椅子《いす》に座り直し、窓の外を見つめた。

「じゃあ……いまの中西くんの提案も入れて、どれがいいか……投票に、します」

細田くんが気まずそうに言った。きみは窓の外を見つめたまま、空に浮かぶ雲の輪郭を目でなぞる。勝てない。わかっていた。

五年三組、男女合わせて三十七人のうち、中西くん本人を含む二十三人が〈青になっても〉に投票した。きみの〈渡る前にも〉に手を挙げたのは十人――いつも「ブンちゃん、ブンちゃん」とまとわりついてくる連中ばかりだった。

きみは、中西くんの標語に手を挙げた。他の誰にも負けないぐらい右手をピンと伸ばして、高く掲《かか》げた。でも、中西くんは、「では、五年三組の標語は、中西くんが提案した……」と細田くんが言いかけるのを制して、最初と変わらない落ち着きはらった態度で言った。

「和泉くんとぼくの合作です」

ゴム印で軽く捺《お》されただけだった「負け」が、その瞬間、焼きゴテで強く胸に押しつけられたような気がした。

中西くんの下の名前は、「基哉《もとや》」という。前の学校では友だちから「モトくん」と呼ばれていたらしい。五年三組でも、標語の一件をきっかけに中西くんを「モトくん」と呼ぶ子が増えてきた。転入したばかりの頃はおとなしかった中西くんも、新しい環境に馴染《なじ》んできたせいか、標語の投票でトップをとって自信をつけたのか、少しずつみんなの輪の中に入るようになった。入ってみると――中西くんは、みんなの予想以上にデキる奴だった。

交通安全週間のポスターは、図画の得意な十人ほどでつくることになった。持ち寄った下描きの中では、きみの絵がいちばん上手かった。〈信号は　青になっても　右左〉と標語をレイアウトするときには少し悔しかったが、「やっぱりブンちゃんって絵が上手いよなあ」「さすがだよなあ」とみんなに褒《ほ》められて気を取り直していたら、中西くんが「こんなのどう?」と下描きを持ってきた。すでに色がついていた。絵柄の一つ一つが大きく、くっきりとした色使いで、標語の文字もおとなのつくったポスターみたいにきれいだった。

負けた。すぐにわかった。きみが苦労した左右に首を振る子どもの姿も、中西くんは楽々と描いていた。きみは一人の男の子に首を振らせて、マンガみたいな横線を何本も描いて動きを表現していたが、中西くんは右を向いた子を三人、左を向いた子を二人描いていた。そのほうがずっと自然で、〈青になっても　右左〉の様子もはっきりと伝わる。

みんなも同じことを感じていたのだろう、標語を決めた学級会のときのような沈黙が、きみを包み込む。

「……あ、でもさー」

三好くんがあわてて言った。「モトくん、ポスター係じゃないから」——きみをちらりと見る視線がわずらわしくて、「ポスターはポスター係でつくるんだからさあ」と笑う表情がうっとうしくて、なにより「モトくん」が気にくわない。

「関係ねーよ、そんなの」

きみはそっけなく、怒った声で言った。誰の顔も見たくなかったから、半ズボンのポケットに両手をつっこんで、体を揺すりながらつづけた。

「ポスター係なんて誰が入ってもいいんだし、もう色まで塗ってるんだから、中西の絵でいいよ、中西、上手いもん、いいよ、すごく、オレのより全然いいって、マジ、ほんと」

せっかくの援護射撃が無駄になった三好くんは、それでもきみに気をつかって、「すっげー、モトくん、ブンちゃんに褒められるってすげーよなー」と大げさに驚いた。

中西くんは、へえー、とあきれた顔になって、「べつにたいしたことないと思うけど」と、誰にともなく言った。

2

「そういう子がいてくれたほうが、いいよ。あんたはずーっとお山の大将だったんだから」

薄型のデジタルカメラをかまえたお姉ちゃんは、二階の窓から雲を撮りながら、きみを振り向かずに言った。

きみは黙って、梨をいっぺんに二切れ頰張った。お母さんに皿を渡されたときには「恵美と二人で食べなさい」と言われていたが、もういいや、どうせお姉ちゃん食べないし、と三切れ目も口に押し込んだ。

お姉ちゃんの趣味は写真だ。気に入った雲を見つけると、メモリーが一杯になるまで夢中で写真を撮る。窓際に置いた椅子から身を外に乗り出して、長いときには三十分近くも。

「あんたが負けるのを見て、ざまーみろ、って思ってる子もいるかもね」

お姉ちゃんは、いつもそっけなくしゃべる。言うこともキツい。大学一年生と小学五年生という歳の差のせいではなく、誰に対してもそうだ。だから友だちはほとんどいない。数少ない友だちとも学校以外ではめったに会わない。「わたしのペースに付き合わせるのも悪いしね」と、いつかお母さんと話しているのを聞いたことがある。お母さんは「でも、そんなの……」と言いかけたが、お姉ちゃんはそれをさえぎって「わたしが嫌なの」と、思いきりそっけなく――でも、笑いながら言った。

たしかに、お姉ちゃんのペースは、みんなとは違う。子どもの頃の交通事故で左膝を複雑骨折して、折れた骨が神経を傷つけたせいで、いまでも松葉杖がないとうまく歩けない。大学に通うときも、ふつうなら駅まで徒歩五分の道のりに、倍以上の時間がかかる。それでも、お父さんやお母さんが「車で送ろうか」と声をかけても、絶対に断る。親戚のおばさんによると、がんこで、意地っ張りな性格……お姉ちゃんは、親戚の中にも仲良しのひとはいない。

でも、きみはお姉ちゃんが好きだ。しょっちゅうケンカをしていても、やっぱり好きだ。お父さんやお母さんには言えないことでもお姉ちゃんには話せるし、他のおとなに言われたらムッとすることでも、お姉ちゃんなら、まあいいや、になる。

いまも、そう。「最近学校でなにやってんの？」と訊いてきたのがお姉ちゃんではなかったら、「生意気な転校生が来たんだ」とは話さなかっただろう。

「中西くん、なにも悪いことしてないじゃん、あんたがひがんでるだけでしょ」

「そんなことないよ」

「じゃ、一人でライバル意識燃やしてアタマに来てるんだ、ブン」

「……違うって」

「でもさ、ブンが全敗しちゃうって、かなりすごくない？」

「……全敗ってわけじゃないけど」

「でも、大事なところ、全部負けてるわけでしょ？」

なにも言い返せなかった。それはそうなんだよなあ、とうなずいた。あんがい素直に――これも、お姉ちゃんが相手だから。

得意だった水泳で、今日、中西くんに負けたばかりだった。遠泳の記録をとった授業で、チャイムが鳴るまで泳いでいたのは、きみと中西くんだけだった。二人とも二百メートルを泳ぎ切って、一学期のクラス記録――きみが持っていた百七十五メートルを大幅に更新した。記録は時間切れで引き分け。三好くんは「あいつ、チャイムのおかげで助かったよな。もっと時間があったら、絶対にブンちゃんの勝ちだよな」と言ってくれたが、ほんとうは二百メートルが限界だった。走って更衣室に向かう元気が残っているぶん、中西くんのほうが上だった。

「ねえ、ブン。中西くんって見た目カッコいいの?」

「うん……まあまあ、だけど」

「あんたとどっちがカッコいい?」

「……わかんないよ、そんなの」

「コンビ組んじゃえばいいのに」

「え?」

「ライバルの男の子二人組って、なんか、いいじゃん」

お姉ちゃんはそう言って、カメラを不意にきみに向けた。あわてて手をかざして顔を隠すと、ケチ、と口をとがらせる。

「だって、二人ともべつにケンカしてるわけじゃないんでしょ?」

黙ってうなずいた。

「二人でしゃべることなんかも、たまにあるの?」

今度は、首を横に振った。

「無視してるんだ、ブンが」

「……ってわけじゃないんだけど」

「しゃべってみればいいのに」

「やだよ、そんなの」

ムッとして言い返すと、隙ができて、すかさず写真を撮られた。「勝手に撮るなって言ってるじゃん」といつも言っているのに。「いいじゃない、ブンを撮るのがわたしのライフワークなんだから」――ほんとうだろうか？

「でも、ほんとに中西くんと一度しゃべってみれば？　けっこう気が合うかもよ」

「合わないって、なんか違うんだもん」

「違うから合うってこと、あるんだよ」

「……オレ、ヤなの、あいつ、なんかヤなんだよ、とにかく」

ふうん、とお姉ちゃんはまたうなずいて、「自分よりデキる子がクラスにいるのって、どんな気分？」と訊いた。

「……べつに」

「でも、そのほうがいいんじゃない？　連勝記録とか背負《しょ》ってるとキツいじゃん。早いうちに負けといたほうが楽だって、マジ、人間って」

お姉ちゃんは、たまに優しい顔になる。そういうときに口にする言葉は、いつも、わかるようなわからないような、難しいものばかりだ。

3

体育の授業で、五十メートル走のタイムを取った。上位四人が、半月後に迫った運動会のクラス対抗リレーの代表選手になる。

きみと中西くんは同じタイムでトップを分け合った。だから、困ったことになった。アンカーはもちろん一人きり——きみと中西くんのどちらかになる。

「ブンちゃんのほうが速かったよなー、オレ、見てたもん、先生がストップウォッチ押すの、モトくんのとき一瞬遅かったんだよ」

三好くんが耳打ちした。「ほんとほんと、マジ、見てたもん、遅かったんだよ」と念を押して、へへっと笑う。

「……どっちが？」

「って？」

「ストップウォッチ押すの遅かったって、スタート？　ゴール？　どっちだった？」

三好くんは言葉に詰まる。目が泳ぐ。

「……ゴールのほう」

きみは笑ったまま「ばーか、ゴールで遅かったらタイムも遅くなるじゃん」と三好くんの頭を小突いて、その場から離れた。女子のタイムを取っている先生の後ろ姿を、ちらちらと盗み見た。怖かった。もしも先生が「じゃあ、和泉と中西、直接対決で決勝戦、走ってみるか」と言いだしたら——勝つ自信は、なかった。

誰とも話したくないので、あたりを歩き回った。でも、黙っていると耳が敏感になりすぎる。おしゃべりをするみんなの声が、どれも「モトくんのほうが速かったよな」「アンカー、モトくんだよな」としゃべっているように聞こえてしまう。

中西くんは地面に座って、同じ班の子と話していた。笑っていた。五十メートル走を終えた女子も何人かおしゃべりの輪に加わっていて、そこに、きみがひそかに片思いしている坂井朋美《ともみ》さんもいた。うそぉ、と坂井さんが目を丸くする。ほんとだよマジだってば、と中西くんが言う。

やだぁ、と坂井さんが隣の藤村有紀《ゆき》さんに抱きついて笑う。それを見て、中西くんもおかしそうに笑う。

きみは立ち止まる。こわばる頬を無理にゆるめて、「あのさー、中西……」と声をかける。振り向いた中西くんと目が合うと、顎《あご》の付け根がカッと熱くなった。

「あのさ……中西、リレーなんだけど……オレ思ったんだけど、おまえアンカーやれよ、そのほうがいいよ、オレはトップ走って、で、オレが貯金するから、アンカーはおまえでいいよ、おまえ足速いもん、わりと」

負けたわけじゃない。絶対に違う。自分から譲った。クラスのために。五年三組の勝利のために。

中西くんは話がよく呑み込めないのか、黙って、あいまいにうなずくだけだった。

代わりに、藤村さんが「ブンちゃん、おっとなーっ」と笑った。

きみはそそくさと立ち去った。坂井さんや藤村さんはすぐにおしゃべりに戻ったが、中西くんはきみの背中をじっと見つめていた。それが気配でわかったから、振り向かず、足も止めずに、みんなからどんどん離れても歩きつづけて、先生に「おーい、和泉、勝手に帰るなよー」と笑われた。

その日の放課後は、クラスで野球の練習をすることになっていた。次の週末は二組のチームとの試合だ。きみは家に帰るとオヤツもそこそこに自転車をとばして学校に戻った。エースで四番でキャプテン——試合も、練習も、きみがいなければ始まらない。

グラウンドに着くと、先に来ていた何人かはすでにキャッチボールをしていた。中西くんもいる。みんなに囲まれて、ちょっと困った様子でボールの握り方を見せていた。

きみに気づいた細田くんが、「ブンちゃん、すげえよ！　ちょっと来て！」と、その場に飛び跳《は》ねながら手招きした。「モトくん、シュート投げられるんだよ！」

そんなの嘘だ。クラスで変化球を投げることができるのはきみだけで、きみだってカーブがせいぜいで、シュートの握りで放ったら、ストライクを取るどころかキャッチャーまで届くかどうかも怪《あや》しいものなのに。

「とにかく見てよ、ブンちゃん。モトくん、もう一球投げてみて」

川原くんがキャッチャーの位置につき、みんなはわくわくした顔で中西くんの投球動作を見つめる。

投げた。ボールは右バッターの胸元に食い込むように曲がって、川原くんのグローブに収まった。文句なしのストライクだった。

「モトくん、カーブもすごいんだよな？　ちょっと投げてみてよ」

カーブも、ストライク。きみの投げるカーブよりも球が速く、曲がる角度も大きかった。

「すげーよ、モトくん、マジすげー。こんなにすげーのに、なんでいままで黙ってたんだよ。もっと早く教えてくれりゃいーじゃんよお、そしたら、一組とか二組とかに、もう負けるわけないじゃんよお……」

細田くんは中西くんを褒めたたえながら、ちらちらときみを見る。声がふだんよりねばついて聞こえる。お姉ちゃんが言ってたのって、これ、なのかな、と思う。

「どうする？」

マウンドに戻ってきた川原くんに訊かれた。

きみはハッとして、身をかわすようにうつむいてしまう。

今度から、ピッチャー、どうする――？　誰かがそう切り出したら。

ブンちゃんのままでいいの――？　そんな話の流れになったら。

「とりあえず順番に打っていく？」と川原くんはつづけた。きみはほっとして、「そうだな」と笑い返した。でも、うまく笑えたかどうかわからない。

細田くんと目が合った。細田くんは、もう、いつものようなおどおどとした顔ではない。試しているのかもしれない。きみが知らん顔をしてエースの座にとどまろうとしたら、そのとき、待ってましたと「モトくんがピッチャーになったほうがいいじゃん」と切り出すつもりなのかもしれない。もしもそうなって、多数決で決めることになったら……。

「ブンちゃん、どうする？　先にノックのほうがいい？」

川原くんに重ねて訊かれ、われに返ったきみは、思わず声を張り上げていた。

「あのさー、キャプテン命令するから」

そうだよ、オレ、キャプテンだもんな、と自分でうなずいた。

「今度から、中西がエースだから。で、オレ、ショート守るわ、うん、バッティングに専念して、オレ四番で、中西三番、最強じゃん、完璧じゃん……」

しゃべりながら、へへっ、へへっ、と笑った。みんなもホッとした様子だった。それに気づくと、泣きだしそうになって、だから笑いつづけるしかなかった。

「ちょっと待って」

中西くんが、笑い声をさえぎった。

「オレ、ピッチャー、しない」

驚いて振り向くみんなの視線にかまわず、中西くんはまっすぐ、きみを見ていた。

「運動会のリレーも、オレ、走らない」

みんなの視線が、今度はきみに向いた。きみは中西くんを見つめ返し――にらみつけて、「なんでだよ」と言った。「勝手なこと言うなよ」

「だって……」

中西くんは言いかけて、少しためらった。視線がすっと横に逃げた。

「だってさ……悪いもん、和泉に」

きみは左手にはめていたグローブを足元に叩きつけて、中西くんに殴《なぐ》りかかった。


初めて中西くんに勝った。でも、それは「ずる」で勝っただけのことだ。先制攻撃が決まって、中西くんは地面に倒れた。そこにのしかかって、顔を何発か殴ったところで、みんなに止められた。

中西くんは口の中を切った。「だいじょうぶ?」「歯とか折れてんじゃない?」と取り囲む細田くんたちに、平気だから、と手振りで応え、そのまま一人で帰ってしまった。

グラウンドに気まずい沈黙が流れた。三好くんが「じゃ、ピッチャー、ブンちゃんのままで決まりってことで」と言ったが、他のみんなの反応は鈍かった。

三好くんはあせって「あれぇ?」とひょうきんなポーズで首をかしげたが、誰も笑ってくれなかったので、きみを振り向き、すがるように笑った。

「ブンちゃん、やったね、不動のエース」

きみは黙って、両手で三好くんを突き飛ばした。小柄な三好くんはふわっと宙に浮くように尻《しり》餅《もち》をつき、とっさに両手で頭をかばいながら、半べその顔と声で「なにすんだよお、ブンちゃん！」と言った。

きみはみんなに背を向けて歩きだした。誰も呼び止めなかった。最初からそうだろうと思っていたし、声をかけられても無視するつもりだった。

でも、しばらくすると、二、三人がおかしそうに笑う声が聞こえた。きみの話題なのか、中西くんのことなのか、全然関係ない新しい話なのか……なんだか、「負け」をいっぺんに背負わされたような気分だった。

グラウンドの隅に停めておいた自転車にまたがって、ペダルを踏み込んだ。体がぐいっと前に出て、小さな風を受けた。いきなり殴りかかったことではなく、「ごめんな」と言わなかったことを、いまになって、悔《く》やんだ。

4

家に帰りたくないし、グラウンドにも戻りたくない。自転車をとばして、町を走りまわった。ときどき遠くの空を見た。夏の入道雲は、もう空にはない。ブラシでさっとこすったような雲が、うっすらとオレンジ色に染まっている。

すっごくきれいな雲だ——と決めた。この雲を見逃したら、あとでぜーったいに後悔するから——と自分に言い聞かせているうちに、ほんとうに、すっごくきれいな雲で、この雲を教えてあげないとお姉ちゃんに叱られてしまいそうな気がしてきた。

電話ボックスを見つけた。早く中学生になってケータイを買ってもらいたいな、あ、でもお母さんは高校生までだめだって言ってるけど、みんな持ってるもんな、いまだって持ってる奴いるもんな、と関係ないことをわざと考えながらボックスに入り、お姉ちゃんの携帯電話を鳴らした。

「ブン、どうしたの？」

「お姉ちゃん、いま、どこ？」

「家だけど」

「あのね、えーとね、雲、雲、雲がすっごくきれいで、写真撮ったほうがいいよ絶対、マジ、マジ、死ぬほどきれいなの、いま二丁目のコンビニの前にいるんだけど、ここから見たらサイコーなの」

窓を開ける音が、電話から聞こえた。「うそ、全然フツーじゃん」と拍子抜けして笑う声も聞こえた。

きみはあわてて「そんなことないって」と言った。「ここからだと、すっごいの」

「どこでも同じだって」

「違うってば、ほんと……いま写真撮らないと、ぜーったい後悔するから」

お姉ちゃんは「はあ？」とあきれた声で言った。

きみは受話器を耳に当てたまま、しょんぼりとうなだれた。だよな、こんなの、昨日とおんなじような雲だもんな、と盛り上がっていた気分が急にしぼんでしまった。

「で、なんであんた二丁目なんかにいるわけ？」

訊かれて初めて、気づいた。でたらめに走っていたつもりでも、自転車は少しずつ少しずつ、中西くんのマンションに近づいていた。コンビニのすぐ裏手に、真新しいマンションが見える。家が何階なのかは知らない。等間隔に並んだ窓のどこかに、あいつがいる。こっそり見られているような気がして、マンションに背中を向けた。

「どうしたの、聞こえてる？　ブン？」

「……うん」

「なんで二丁目にいるの？」

「たまたま……ちょっと……」

電話を切りたかったが、こういうときにかぎって受話器は耳にぴったりと貼り付き、手が固まってしまったように動かない。

ふうん、とお姉ちゃんがうなずく気配がした。笑い声も聞こえた、ような。

「行ってあげようか」とお姉ちゃんは言った。いつものようにそっけない口調だったが、そのぶん、恩着せがましくもなかった。

「そこで待っててよ、四時半までには行けるから」

「……いいの？」

「雲、見てあげる」

電話が切れると、急に手が自由になった。胸につっかえていたものが、なにもしゃべらなかったのに、すうっと抜けていったような感じだった。電話ボックスを出て、空を見上げた。すっごくきれいな、フツーの雲――やっぱ、ちょっと嘘っぽかったな、と笑った。

でも、笑ったあと、今度は別のものが胸につっかえてしまう。いまはまだ四時を少し回ったばかりで、家からここまで、お姉ちゃんの足だと、やっぱり二十分近くかかるだろう。

来てほしかったわけではない。でも、来てくれたらいいな、とは思っていた。お姉ちゃんの足のことは忘れていない。でも、電話で話しているときには思いださなかった。

雲を見た。さっきより険しいまなざしになった。ほとんど動いていない雲に、もっときれいになってよ、と心の中で声をかけた。五時までに、すっごくきれいな形と色になってください、お願いします、と祈った。

ここから家までの道順を思い浮かべた。途中に公園がある。距離はコンビニの前で待つのとたいして違わない。それでも、そこで待とう、と決めた。

コンビニに駆け込み、お菓子のコーナーを探した。よかった。ボンタン飴《あめ》があった。甘ったるくて歯にねばつくボンタン飴は、きみは苦手だったが、お姉ちゃんの大好物だ。「うざったい友だちみたいな味だよね」とワケのわからない悪口みたいなことを言いながら、お姉ちゃんはいつもうれしそうに、懐かしそうに、子どもみたいにわざとねちゃねちゃと音をたてて食べる。

二丁目の公園には、思いがけないひとがいた。

中西くんが一人で野球の練習をしていた。コンクリートの塀にボールをぶつけて、跳ね返ってくるゴロを捕って、また投げて、また捕って……。さっきと同じ服だった。家に帰らずに寄り道をして、途中でやめてしまった練習のつづきをしているのだろう。

きみは迷いながら自転車を降りて、カゴからグローブを取り出した。困ったことになってしまったのか、ラッキーだったのか、よくわからない。ただ、明日、クラスのみんながいる前では言えなくなるはずの言葉を、いま、ここでなら、言えそうな、言えるかも。

中西くんはゴロのバウンドにグローブの動きを合わせそこねて、ボールをはじいた。足元に転がったボールを拾い上げたとき、歩いてくるきみに気づいた。

やっぱ、だめ——目が合ったとたん、言葉が引っ込んだ。笑って声をかけるつもりだったのに、ムッとした顔になってしまった。中西くんのほうも、さっきのケンカのことを思いだしたのか、なんだよ、というふうにきみを見ていた。

「ここ使うなよ」

そんなこと、言うはずではなかったのに。

「オレが予約してたんだから、どけよ」

リハーサルしていたわけではないのに、どうして、こういう言葉だけすらすらと出てくるのだろう。

中西くんは「なに言ってんだよ」と笑ってとりあわず、またボールを壁にぶつけた。横に角度をつけて投げたから、跳ね返ったボールは遠ざかっていくゴロになって、それをダッシュで追いかけてキャッチ――逃げられた、と思った。カッとした。「使うなって言ってんだろ!」と声を張り上げると、中西くんもさすがに怒った顔でこっちを振り向いた。

「公園って、べつに和泉のものじゃないだろ」

Tシャツが土で汚れている。その汚れの中には、さっき口の中を切ったときの血も混じっているだろう。「なに言ってんのか、ワケわかんねーよ」と吐き捨てた中西くんは、またボールを壁にぶつける。今度はまっすぐ。跳ね返ったボールもまっすぐなゴロになったから、きみとの距離は縮まらない。

「練習、もう終わったの?」

ボールを投げて、捕って、を繰り返しながら、中西くんは訊いた。

きみも少し冷静になって、「まだやってると思うけど……オレ、すぐに帰っちゃったから」と答えた。「でも、あいつら下手だから、練習してもムダだよ」――よけいな一言だったな、と自分でも思う。

中西くんはボールを投げながら「さっきも言ったけど、オレ、ピッチャーやんないから」と言って、転がってくるボールを捕りながら「和泉が先発しろよ」とつづけた。

「……オレ、もうショートだから、決めたから」

「先発すればいいじゃん、エースなんだし」

「やだよ」

エースはもうおまえなんだから、と心の中で付け加えた。

でも、中西くんも「じゃあ、べつのピッチャー決めろよ。オレはリリーフでいいから」と譲らない。

「キャプテン命令だから」

「オレ、べつにまだチームに入ってるわけじゃないし……いばんなよ、和泉」

「いばってんの、そっちじゃん」

嘘だ。わかっている。中西くんは全然いばってなんかいない。

中西くんは「いいかげんにしろよ、オレもマジ、怒るぞ」とすごんだ声を出して、またボールを壁にぶつけた。

跳ね返ってくるゴロを、きみはダッシュで中西くんの前に出て捕った。あっ、と声をあげた中西くんにかまわず、捕ったボールをすぐに壁にぶつけ、また自分で捕った。

「なにするんだよ！　返せよ、ボール！」

中西くんが駆けてくる。怒っている。「ふざけんなよ！」――怒鳴りながらきみの前に出て捕ろうとして、前にダッシュするきみと、ぶつかった。

走ってきた勢いは中西くんのほうがまさっていた。肩にはじきとばされた格好で、きみは地面に倒れてしまった。

　中西くんもぶつかったはずみで足元がよろけ、ボールを捕りそこねた。バウンドの小さなゴロになったボールは、二人の背後に転がっていく。

　でも、それを気にする間もなく、きみは起き上がって中西くんにつかみかかり、迎え撃つように身構えていた中西くんも、きみのシャツの襟元《えりもと》をつかんだ。

　揉《も》み合いになった。きみは中西くんに顔を何度も小突かれ、きみも中西くんの太ももに膝蹴《ひざげ》りをぶつけた。体つきががっしりしているのはきみのほうだが、背は中西くんのほうが高い。きみの頭突きが中西くんの顎に当たる。中西くんはきみを突き飛ばして距離をとり、跳び蹴りで腰を狙った。

　途中から二人とも倒れ込んで、馬乗りになったり体をひっくり返したりしながら、ケンカをつづけた。最初は五分五分だったが、しだいに中西くんのほうが優勢になってきた。顔をガードする両手が一瞬はずれて、ヤバッと思ったときも、何度もあった。

　負ける。このままだと、今度もまた、負けてしまう。

　中西くんに組み敷かれたきみは、地面の土を爪でひっかくようにつかんだ。目つぶし――そんなのだめだ、と手のひらを開き、土を捨てたとき、中西くんの頭上を白いものがよぎった。

　ボールだった。驚いた二人が振り向くと、お姉ちゃんがいた。

「拾ってきてよ」

　ケンカのことはなにも言わず、塀に届かずにバウンドしたボールを松葉杖で差して、「ほら、どっちでもいいから球拾いしてよ」と――やっぱり、そっけなく言った。

5

コンビニの袋からアイスもなかを三つ出したお姉ちゃんは、一つを自分が取り、一つを買い物をしてきたきみに渡し、もう一つを、遠慮して首を横に振る中西くんに無理やり押しつけた。

「捨ててもしょうがないんだから、食べればいいじゃん」

中西くんに向かっても、お姉ちゃんは無愛想な声で言う。でも、「ほら、食べちゃいなよ、溶けちゃうよ」とつづけた声は、なんとなくうれしそうにも聞こえた。

きみは黙ってアイスもなかをかじった。中西くんもうつむいて、もなかをかじる。お姉ちゃんを真ん中にして、ベンチに並んで座って――お姉ちゃんが自分の両脇に置いた松葉杖を中西くんはさっきからちらちら見て、そのたびに、うつむく角度が深くなっていく。

「いまのケンカ、ブン、負けてたと思う?」

お姉ちゃんに訊かれて、きみは「うん……」と低い声で答え、アイスをまたかじる。口の中で溶かさずに呑み込むと、みぞおちに冷たいかたまりが滑り落ちる感覚が気持ちよかった。

「正直じゃん」とお姉ちゃんは笑った。きみがコンビニでアイスを買っている間、お姉ちゃんは中西くんと一緒に待っていた。二人でなにを話していたのかは知らない。中西くんの様子からすると、意外とずうっと黙ったままだったかも、とも思う。

お姉ちゃんは、今度は中西くんに話しかけた。

「中西くんって、なんでもできるよね」

「……そんなこと、ないです」

「でも、デキる子だよね、中西くんは」

褒めているのに、褒めているようには聞こえない。

「負けたことなんて一度もないんじゃない？」

ブンもあんたが転校してくるまでそうだったんだけど、と付け加えた。

中西くんはうつむいたまま、そんなことないです、と言いかけたが、その前にお姉ちゃんは夕暮れの空を見上げてつづけた。

「でもさ、あんたも、いつかは誰かに負けるから」

ほんとだよほんと、と念を押して、「いいじゃん、それで」と笑った。優しい顔だった――から、わかるような、わからないような、難しいことを言う。

中西くんは一口だけかじったアイスを見つめたまま、なにも応えない。

お姉ちゃんは「ま、いいけどね」と自分のアイスをぱくっと大きくかじって、また空を見上げた。

「全然フツーの雲じゃん。来て、損しちゃった」

きみはあわてて「さっきは、きれいだったんだよ」と言った。「ほんと、マジ、死ぬほどきれいだったの」

ふうん、とお姉ちゃんはアイスを食べながらうなずく。信じてくれたかどうかはわからない。ただ、べつに怒ってるわけじゃないんだな、とは思う。

「この公園に来るの、ひさしぶりだなあ」とお姉ちゃんは言った。

「来たことあるの？」

「子どもの頃……っていうか、そうだ、ブンと同じ、五年生の頃」

もう松葉杖をついていた頃だ。

「由香と遊んだの」

懐かしい名前だ。顔もまだ覚えている。お姉ちゃんのたった一人の友だち——いつか「親友なんでしょ？」と言ったら、「知ったふうなこと言うな、バカ」と本気で怒られた。

お姉ちゃんは公園を見渡し、一人で納得してケリをつけたみたいにうなずいて、アイスを食べ終えてから松葉杖をついて立ち上がった。

「ねえ、アイスのお礼で、モデルになってよ。このままでいいし、こっち見なくていいから、アイス食べてて」

中西くんが気をつかって腰を浮かせかけたら、お姉ちゃんはデジタルカメラを構えながら「違う違う」と言った。「あんたたち二人ともモデル」

きみはためらいながら、お姉ちゃんの座っていたところに移って、中西くんとの距離を詰めた。でも、これも「違うってば」と言われた。「間《あいだ》が空いてなきゃだめじゃん、『友だちになる五分前』って感じで」

ないないないっ、そんなのないよ——とは言えなかった。

ちらりと横を見ると、中西くんも耳の付け根を赤くして、あせったようにアイスをかじっていた。

写真をもう一枚撮ることになった。お姉ちゃんはジャングルジムを指差して、「二人とも、わたしが言うとおりの場所に登ってほしいの」と言った。

きみと中西くんは、立体の格子の「へり」の場所に腰かけた。お互いにそっぽを向いた格好で、段も、列も、ずれている。『ねじれの位置』というんだと、お姉ちゃんが教えてくれた。中学校の数学で習う言葉なのだという。

「口で言うのって難しいんだけど、二本の直線が、平行じゃないんだけど、交わらないの。ずれてるっていうか、空間の奥行きが違ってるっていうか……とにかく、いまのあんたたちみたいなのを、ねじれの位置っていうの」

よくわからない。ただ、横にまっすぐ手を伸ばしても、上や下にまっすぐ伸ばしても、二人の手はぶつからない。

お姉ちゃんは松葉杖をついて、ジャングルジムのまわりを歩く。モニターを覗いて首をかしげたり、「ちょっと違うかなあ」とつぶやいたり、ジャングルジムから遠ざかったり、また近づいたりして、なかなかアングルが決まらない。

中西くんが、ぽつりと言った。

「お姉さんって、足、ずっと悪いの？」

「うん……ガキの頃、交通事故に遭ったから」

声もねじれの位置になってるんだな、と気づいた。ねじれの位置のほうが正面から向き合うよりも話しやすいんだな、とも。

「さっき、オレがコンビニに行ってるとき、姉貴となにしゃべってたの？」

「なにも……お姉さん、ずっと写真撮ってた、雲の写真」

なんだよ、気に入ってたんじゃん、お姉ちゃん――。

「だからオレ、お姉さんって無口なひとだと思ってたんだけど」

「無口っていうか、無愛想だろ」

笑いながら言うと、中西くんも、ちょっと困ったふうに「うん、まあ……」と笑った。

ふと見たら、お姉ちゃんはジャングルジムからだいぶ遠ざかっていた。遠ざかってくれたのかもしれない、と思った。

中西くんも同じことを考えていたのか、「それでさ……」と野球のことを切り出した。「オレ、マジ、リリーフでいいから」

理由があった。中西くんの投げるカーブやシュートはよく曲がる。でも、そのぶん、すぐに肘《ひじ》や手首が痛くなってしまう。

「でも、一イニングだったらばっちりだし、ストレートは和泉のほうが速そうだから、先発がおまえで抑えがオレだったら、絶対に打てないよ、相手」

なるほど、とうなずいた。いいじゃん、無敵の黄金リレーじゃん、と胸がふわっと浮き立って、でもそれを悟《さと》られたくなかったので、「オレ、完投するけど」と言った。ねじれの位置は、わざとそっけなくしゃべるときにも、いい。

代わりに、きみは半ズボンのポケットを探る。

「ボンタン飴、食うか？」

「なにそれ」中西くんはあきれて笑った。「シブすぎない？」

「嫌いなのか？」

「ってほどじゃないけど……ねちゃねちゃするじゃん、歯に。あと、なんか甘ったるいし」

同じだ。そういうところは気が合うんだな、ときみも笑った。

「でも、姉貴は好きなんだよ、ボンタン飴」

「そうなの？」

「うん、甘ったるくて、ねちゃねちゃするところがいいんだって」

変わってるだろ、ときみは笑う。

ヘンだよなあ、と中西くんも笑う。

その笑顔を――お姉ちゃんに撮られた。いつものように、勝手に、黙って、ちょっとした隙を見逃さずに。

モニターで画像を確かめたお姉ちゃんは、顔を上げ、「いま、二人ともおんなじ笑い方してたよ」と言った。

思わず中西くんの顔を見ようとして顔を下に向けたら、体のバランスを崩して落っこちそうになった。真上を振り仰いだ中西くんも、きみの顔を見ることはできないだろう。

だから、きみと中西くんがともに浮かべた「まいっちゃったな……」の苦笑いは、いつまでたっても、ねじれの位置のままだった。

ふらふら

1

きみはときどき、怖い夢を見てうなされる。

今夜は、時限装置付きの落とし穴にひっかかってしまう夢だった。たったいままで平らだった足元の地面が不意に消えうせて、きみの体は立った姿勢のまま、まっすぐに、どこまでも、どこまでも、どこまでも、落ちていく。

布団を跳ね上げて目を覚まし、暗闇《くらやみ》の中で、はあはあ、と荒い息をついて、額をじっとりと濡らす汗を指先でぬぐう。

体を起こしたまま、しばらく動かない。いろいろなことを考えそうになる。でも、頭を使うと寝付かれなくなるから、空気になれ、透明になれ、と自分に言い聞かせる。

やがて息が整い、汗がひく。ゆっくりと、コップの水をこぼさずに運ぶようなつもりで横になったきみは、ぐっすりと眠るためのおまじないを唱える。

「……堀田《ほった》ちゃん、ファイト、堀田ちゃん、ファイト、ファイト、おーっ……」

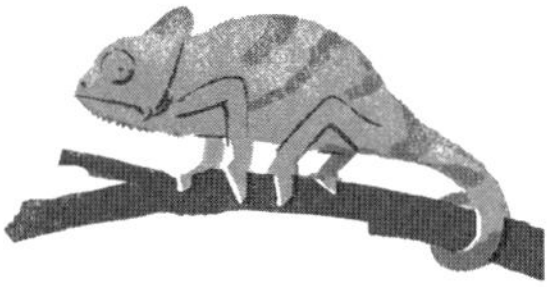

きみはクラスの人気者だ。友だちがたくさんいる。「堀田ちゃん、堀田ちゃん」とみんなに呼ばれて、呼ばれたら必ず「ほいほーい」と振りを付けて駆け寄って、おしゃべりの話題にすばやく合流する。付き合いがよくて、よくしゃべって、よく笑う。みんなを笑わせるのが大好きで、将来はお笑い芸人もいいな、なんて思っていて、休み時間の教室でどっと笑い声があがるとき、その中心には、いつだってきみがいる。

「堀田ちゃんって面白すぎーっ」と言われると、うれしくてしかたない。「堀田ちゃん、なんか笑えることしてよ」とリクエストされると、張り切ってネタを考える。

さっきベッドに入る前も、クラス担任の水田《みずた》先生の物真似《ものまね》を練習していた。われながら上出来だった。これはウケるぞ、ぜーったいに爆笑だぞ。わくわくして眠りについたはずなのに、怖い夢を見てしまった。

最近——二学期になってから、そんなことが増えた。ネタがウケるかどうかのプレッシャーだろうか。お笑いの勝ち抜き番組でチャンピオンの座を防衛する芸人さんと同じなのだろうか。

でも、だいじょうぶ、きみは深呼吸して掛け布団を胸まで引き上げる。一年D組にきみをおびやかすようなライバルはいない。明日もまた、きみは休み時間の教室の退屈を一手に引き受けて、友だちを笑わせるはずだ。だいじょうぶ。絶対にだいじょうぶ。念のために、おまじないをもう一度——。

「堀田ちゃん、ファイト、堀田ちゃん、ファイト、ファイト、おーっ……」

堀田ちゃん——きみの話をする。

翌朝、いつものように公園の前で同級生のモロちゃんと行き合った。「うーっす」「はよーっす」と挨拶を交わして、ゆうべのテレビの歌番組の話をしながら学校に向かう。途中から、モロちゃんの仲良しの子が一人また一人と加わっていく。最後にグッチが合流したら、中学校まではあと少しだ。

学校の正門は三叉路《さんさろ》にある。左右と正面からの通学路が、そこでぶつかる。

モロちゃんたちのおしゃべりが盛り上がっていくにつれて、きみは少しずつ歩く速さをゆるめていく。みんなが左の道から学校に入ったあとも、正門の手前でしばらくぐずぐずして、真ん中からやってくるナツコのグループを見つけると、やっほー、と手を振る。これも、いつものことだ。

ナツコたちとは正門から昇降口まで。お笑いのネタを交換し合って、靴を履き替えたあたりで、なにげなく、自然に、すうっと別れる。

昇降口では、同級生以外のグループをつくって登校してくる友だちを待ち受ける。部活のグループ、同じ団地のグループ、同じ塾のグループ、先輩と一緒のグループ……クラス別になった靴箱の手前で「じゃあねえ」とばらけたところを狙って、一人ずつに朝の挨拶をする。

「おはよっ」「おはよっ」「よっ、うっす」「宿題やった?」「体育、鉄棒ってマジだと思う?」……始業時間が近づくと同級生もたてつづけにやってくるので、忙しくてしかたない。クラスが違っても顔見知りの子には一声かけておきたいから、他のクラスの靴箱のほうにも目をきょろきょろさせどおしで、なんだかバスケットボールのディフェンスをやっているみたいだ。

始業の予鈴《よれい》が鳴った。正門の扉が閉まるまで、あと五分。もう一年D組の女子のほとんどは教室に入っていて、残りはいつもぎりぎりの時間に登校する二つのグループだけだ。

今日はどっちが先かな、と少しどきどきしながら外を覗いた。

「堀田ちゃーん、はよーっす」

先に来たのは、クラスで一番大きなグループ、遠藤ちゃん率いる六人組だった。

おーい、待ってたよーん、と両手を大きく振って、六人を迎える。洋服やお化粧の話が大好きな遠藤ちゃんたちは、いつも歩きながら雑誌を広げて、アレが欲しいとかコレがいいじゃんとかおしゃべりしながら登校するので、来るのが始業ぎりぎりになってしまう。

「ねえ、堀田ちゃん、ちょっと見てよ、これ。今月のセックス相談すげーエグいの」

遠藤ちゃんは手に広げて持った雑誌を指差して、「ほら、ここ、ここ」と言う。

きみはわざと、どたどたとした足取りで遠藤ちゃんたちに駆け寄る。

「なになになに、ちんこまんこの話?」

「やだぁ、もう、堀田ちゃーん……」

ウケた。六人とも笑ってくれた。うれしくなって、「毛じらみの相談だったら切り抜いていい?」とスカートの上から股間《こかん》をポリポリと掻《か》く真似をして、それでまたみんなは「やだぁ、男子に聞こえてるしー」と笑い、「見られてるしー」ときみの肩を叩く。ウケてる。今日も、だいじょうぶ。

「ちょっとマジ、読ませて」

「教室で読めばいいじゃん、もう予鈴鳴ったんでしょ?」

「いいから、ちょっとだけ、一瞬、一瞬」

遠藤ちゃんから受け取って読んだセックス相談の記事は、べつに大騒ぎするほどの内容ではなかった。中学三年生の女の子が、高校生の彼氏から体を求められて困っている。あまりしつこく迫ってくるので、指だけＯＫにしたけど、ばい菌とか処女膜が爪で破れるとか心配です――知らねーって、そんなの、と笑いとばした。

「堀田ちゃん、行こうよ」とうながされた。誘われたら断れない。時間稼ぎをあきらめて、みんなと一緒に歩きだした。

昇降口をちらりと見ると、待っていた最後の一組がちょうど姿を見せた。銀色の松葉杖をついた恵美ちゃんと、小柄で太った由香ちゃんが、寄り添うように連れ立って歩いている。

今日は二人とも遅刻しなかった。きみはほっとして、ほっとしている自分に気づいて、関係ないじゃん関係ないじゃん、と遠藤ちゃんたちを追いかける。

恵美ちゃんとは小学三年生の頃からずっと同級生で、由香ちゃんとは五年生、六年生と同じクラスだった。付き合いは長い。でも、いまは遠い。

悪いのは自分だと、思う。

きみは秘密のメモを持っている。最初につくったのは中学に入学してしばらくたった頃で、それから何度も改訂版をつくり直した。自分の部屋の机の中にしまって、学校には絶対に持って行かない。

週刊誌でおなじみの芸能界人脈図や連続ドラマの人物相関図の――一年Ｄ組版だ。

十九人の女子全員の名前を書き出して、学校の行き帰りのグループや昼休みにお弁当を食べるグループ別に囲んだり、仲良し同士を青い線でつないだり、ケンカ中の二人を×印付きの赤い線で結んだりして、人間関係がひと目でわかるようにしてある。

改訂版をつくるときには、グループの囲み方に苦労する。複雑なのだ。

学校の行き帰りの付き合いに、教室の中での付き合いに、部活や塾といった放課後の付き合いもある。二つ以上の囲みが重なっている子もいるし、一つの囲みの中でさらに囲みができているグループもある。できあがったばかりのグループ、近いうちに分裂しそうなグループ、いがみ合っているグループ、すぐに連合軍を組むグループ……。

なーんか大変だよなあ、と思う。ほんとややこしいなあ、とため息が漏れる。

大変で、ややこしいから、秘密のメモが必要になる。星座を書き入れた天球図のようなものだ。星をつないで星座をつくるという知恵がなかったら、遠い昔のひとびとはきっと、夜空を見上げるたびに星の数のあまりの多さにうんざりして、途方に暮れていたはずだ。

〈堀田芳美《よしみ》〉の名前は、メモの真ん中に記してある。すべてのグループの囲みがそこで重なって、青い線が何本も集中する。

〈堀田芳美〉から出ている×印付きの赤い線は、一本だけ――メモの隅に向かって伸びている。小さな囲みだ。〈和泉恵美〉と〈楠原由香〉の二人きり、どことも重ならず、どことも青い線でつながっていない。改訂版をつくっても、そこだけは手直しする必要がない。

クラスの子は、二人を「浮いてる」と呼んだり、「沈んでる」と笑ったりする。どっちにしても、二人が、ぽつん、としているのは確かだ。

入学したばかりの頃は「堀田ちゃんと小学校同じでしょ、なんで全然カラまないわけ？」とよく訊かれた。そのたびに、「あのひとたち、昔からあんな感じだから」と小さな嘘をついた。いまはもう、誰もそんなことは訊かない。来年のクラス替えのあと、新しく同級生になった子が二人のことを訊いてきたら、D組だった子はみんな「昔からあんな感じだから」と答えるだろう。

でも、メンバーが増えることも減ることもない小さな囲みは、いつかテレビのドキュメンタリーで観た自給自足の南の島みたいで、その島に暮らすひとたちが意外と幸せそうに微笑《ほほえ》んでいたことを思いだして、ときどき、二人のことがひどくうらやましくなる。怖い夢にうなされた翌朝は、特に。

2

モロちゃんとグッチが、つまらないことでもめた。モロちゃんが送ったメールにグッチが返信しなかったとか、その前にモロちゃんがグッチから借りたCDの歌詞カードに折れ目を付けたとか、その程度の理由で何日もぎくしゃくしたすえに、グッチはグループから抜けると言いだした。

それだけならいい。〈川口沙里奈《さりな》〉を囲みからはずし、〈諸積芙美《もろづみふみ》〉と×印付きの赤い線で結べば、秘密のメモの手直しは簡単にできるはずだった。

ところが、グッチは「堀田ちゃんも抜けない?」と誘ってきた。「もうさあ、あいつサイテーじゃん。ずーっとキレかかってたんだもん。モロみたいなわがままなヤツ知らないって」

もともとヤバそうな二人だと思っていた。どちらも勝ち気で、自分の考えを譲らない。しかもグッチに言わせると、毎朝登校するとき、モロちゃんのグループに途中から入れてもらう格好になるのが悔しい——らしい。だってしょうがないじゃん、あんたの家、学校のすぐ近所なんだから。喉元まで出かかった言葉を、きみはなんとか呑み込んだ。

くだらない。ガキっぽい。バカみたい。言いたいことはいくらでもあるが、そんなことを言いだしたらやっていけないことも、きみは知っている。

「ねえ、堀田ちゃん、一緒に抜けようよ」

「……仲直りしちゃわない？」

「なんで？」

「なんで、って……べつにいいじゃん、モロちゃんも悪気があるわけじゃないんだしさあ」

「あ、なに、堀田ちゃん、モロの味方につくわけ？　ふーん、そうなんだ、あんた」

「そうじゃなくてさあ……」

「だったら抜ければいいじゃん」

「ってゆーかさあ……」

「モロとわたしのどっちにつくわけ？」

どうして、こう、白黒をはっきりさせたがるんだろう。二つのうち一つを選ばせたがるんだろう。みんなそうだ。一学期の頃から、こんなふうにグループを抜ける抜けないのトラブルに巻き込まれたことは何度もある。そのたびにうんざりして、まあいいじゃん、まあいいじゃん、と話をごまかしているうちに、ケンカ中の二人がなんとなく仲直りして、話はうやむやのまま、とりあえずの平和を取り戻してきた。

「平和」なんて大げさだ、と小学校の低学年だった頃なら思うだろう。でも、いまは、その言葉をひりひりと実感する。小学校の高学年、五年生あたり——男子と気軽に遊ばなくなった頃から、そう感じるようになった。

「平和」の反対語は「戦争」。大げさではない。これはほんとうに「戦争」なんだ、と思う。ほんものの戦争でひとが殺されるように、教室の人間関係に疲れたり追い詰められたりした子は、ときどき死を選ぶ。捕虜《ほりょ》になることでしか生き延びられない子もいるし、徴兵制でしかたなく最前線に向かう子だっている。

きみは、「平和」が好きだ。「戦争」をして勝つことよりも、「平和」なまま、なんとなく負けているほうがましだと思う。

でも、グッチは逆だった。きみがどんなに「仲直りしたほうがいいって」と言っても、頑として譲らない。「謝るのはモロのほうじゃん」――仲直りと謝るのとは違うんじゃないかときみは思うけれど。

最後の最後には、「戦争」の好きな子の切り札を持ち出された。

「こっちにもプライドがあるんだからね」

さらに、つづけて――。

「悪いけど、堀田ちゃんみたいにプライドのない子にはわかんないと思う」

さすがにカチンと来た。プライドがないと言われて怒るぐらいのプライドは、きみにだってある。

「……なに、それ、どういう意味」

「だってそうじゃん、あっち行ったりこっち行ったり、ふらふらしちゃってさ」

グッチは、ぷい、と顔をそむけて立ち去ってしまった。

その夜、きみはまた怖い夢を見た。

断崖《だんがい》絶壁に架《か》かった橋の真ん中にへたり込んでしまって、身動きできなくなってしまう夢だった。橋を渡った先は見えない。どこから渡ってきたのかもわからない。ただ、お尻をついて体を低くしたまま、立ち上がることも体を起こすことも怖くてできない、その恐怖だけが、夢の中の世界とは思えないほど生々しく迫ってくる。

目が覚めた。パジャマの背中が濡れるほど汗ばんでいた。

明かりを消したままのキッチンで麦茶をごくごく飲んだ。空気になれ、空気になれ、と暗闇の中で祈った。D組で「戦争」が始まった。透明になって、目立たないように、邪魔にならないように、でもみんなに必要な、空気になりたい。

「……堀田ちゃん、ファイト、堀田ちゃん、ファイト、ファイト、おーっ……」

喉は潤《うるお》っているはずなのに、おまじないをつぶやく声はかすれて、震えていた。


グッチとモロちゃんは、完全に決裂してしまった。もう、登校のときに二人が一緒のグループになることはない。グッチはいままでより少し早めに家を出て、教室でサワちゃんたちのグループと合流している。

でも、秘密のメモによると、サワちゃんのグループの中にグッチと青い線でつながっている子はいない。もともとサワちゃんたちはアニメやマンガの同人誌が好きな子たちで、グッチとは話が合わないはずなのだ。

休み時間にさりげなくサワちゃんのグループに顔を出して確かめると、あんのじょう、グッチは退屈さを必死に押し隠してアニメのマニアックな話に相槌《あいづち》を打っている。きみと目が合うと、あんたには関係ないでしょ、というふうにそっぽを向いてしまう。

ヤバいかも、このままだと。おせっかいや親切ではなく、正義感のようなものとも違って、とにかく、きみは「平和」が好きだ。「戦争」が嫌いだ。

再来週には遠足がある。せっかくの楽しい遠足のお弁当の時間に、グッチが形だけサワちゃんのグループに入ってつまらなそうにお弁当を食べている姿を想像すると、いてもたってもいられなくなる。

授業中、メモの中身を必死に思いだして、グッチと音楽の好みが似ている子を探した。ナツコのグループの千葉ちゃんなら、いいかも。ナツコとモロちゃんはふだんから仲が良くないから、グッチもすんなりグループに入れそうだ。

〈千葉ちゃんとだったら話が合うと思うよ〉

小さく折り畳んだ手紙を、先生の目を盗んでこっそり回してもらった。

グッチは手紙を受け取って、中身をちらりと見た。わくわくしながら見つめていたら——グッチは、きみには目を向けず、手紙をびりびりに引き裂いてしまった。


次の休み時間に、グッチはモロちゃんと仲直りした。あれほど嫌がっていたのに自分から謝って、「で、それでさあ……」と気まずさをあっさり捨てて、モロちゃんと内緒話を始めた。

話はすぐにまとまった。二人は「戦争」でいうなら同盟を結んで、連合軍をつくった。

敵は——きみだ。

3

宣戦布告は、グッチがした。

「あのさー、みんな思ってたみたいよ、堀田ちゃんのこと、なーんかむかつくって。ほら、あんたってカメレオンみたいじゃん。ふらふらしててさー、まわりに合わせるじゃん、なんでも。なんかさー、そーゆー子って信用できないよねって、みんな言ってんの。意見一致してんの、悪いけど。自業自得《じごうじとく》ってやつ？」

　モロちゃんにも、怖い顔で言われた。

「堀田、あんた、うちらとグッチ引き裂こうとしたってマジ？　グッチのことナツコのグループに売り込もうとしてたんでしょ？　あんたなに考えてんのよ、クラスめちゃくちゃにする気？」

　ナツコと千葉ちゃんは二人がかりできみを責めたてた。

「なんでうちとグッチがくっつかなきゃなんねーんだよ、バーカ、ひとのこと勝手に決めんなよ」「やり手ばばあしてんじゃねーよ、なんか調子こいて、勘違いしてねー？」

　グッチの言っていた「みんな」というのは、ただの脅し文句ではなかった。ほんとうに、みんな、だった。グッチとモロちゃんから始まった連合軍は、あっという間に他のグループにも広がっていった。お互いに後ろ姿をにらみつけるだけの関係だったモロちゃんとナツコでさえ、急に仲が良くなった。

「戦争」が始まってからもしばらくは話しかけてくれていたチアキと紺野《こんの》ちゃんは、最後に言った。

「堀田ちゃんってさ、八方美人じゃん？　それって、やっぱ、ずるいかも」「ときどき思ってたんだよね、うちらも。堀田ちゃんってほんとは興味のないことでも、とりあえず『なになに？』って首つっこんでくるじゃん、ぶっちゃけ、ウザかったりするわけ」

　そして、最後の最後に、二人は言った。

「悪いけどさー、かばうほど好きくないし、堀田ちゃんのこと」「反省するしかないんじゃない？　ちゃんと反省したら、みんなもいつかはわかってくれると思うよ」「やっぱさ、人間、カメレオンじゃだめなんだと思うよ」「そうそう、信念がないと」「ま、とにかく、がんばってよ」

「じゃーねー」

秘密のメモの改訂版は、一週間前とはまるで別ものになってしまった。
〈諸積芙美〉と〈安西奈津子《なつこ》〉が青い線で結ばれるなんて、一週間前には想像すらできなかった。
連合軍のリーダーになったモロちゃんとグッチのグループが勢力を増して、おとなしい子が集まっているサワちゃんのグループを呑み込んでしまった。クラスで一番大きなグループの座を奪われた遠藤ちゃんの一派は、グッチたちにすり寄るように連合軍と友好関係を結んで、きみをはじいた。

メモの真ん中にいる〈堀田芳美〉は、いまはもう、どこの囲みにも含まれていない。星座に入れてもらえない星は、夜空にいくつあるのだろう。
改訂版の仕上げに、クラス全体を包み込むような大きな楕円《だえん》を描いた。これが連合軍。含まれていないのは、きみと、恵美ちゃんと由香ちゃんだけだった。

「……堀田ちゃん、ファイト、ファイト、堀田ちゃん、ファイト、おーっ……」

小学生の頃、きみはひとりぼっちになったことがある。
五年生の夏だった。同じクラスでいちばんいばっていた万里ちゃんに嫌われた。歯向かうようなことはなにもしていないのに、ただ、なわとびが下手だというだけで怒られ、罵《のの》られて、しまいには口をきいてもらえなくなった。万里ちゃんが口をきかなければ、他の子も従うしかない。あのクラスの女子は、みんな、あの子の捕虜だった。

休み時間にひとりぼっちでトイレに行くときの心細さや恥ずかしさは、忘れない。ひとりぼっちで黙って家に帰るときの寂しさや、それをお母さんに見られたらどうしようという不安は、まだくっきりと胸に残っている。

万里ちゃんは本気で「戦争」をしていたわけではない。自分の力をみんなに見せつけるための生《い》け贄《にえ》が一人いれば、それでいい。わかっていた。だから、悔しかった。自分が生け贄ていどの存在でしかないことが、むしょうに悔しくて、情けなくて、悲しかった。

だから――身代わりをつくった。

二人いっぺんに。

いまでもそのことを思いだすと、胸がうずく。五年生の夏の記憶をたどると、いまは別のクラスになった万里ちゃんの顔よりも、恵美ちゃんや由香ちゃんの顔のほうが先に浮かんでくる。

今度は、しない。もう二度と、あんなことはしない。

万里ちゃんのときとは違って、これは本気の「戦争」だから。みんなからきちんと嫌われているのだから、あの頃よりずっと、たぶん、ずっと、ましなんだと思う。

「……堀田ちゃん、ファイト、ファイト、ファイト、堀田ちゃん、ファイト、おーっ……」

一週間たっても「戦争」はつづいている。このままずっと、かもしれない。

年賀状、だいじょうぶだろうか。ふと思った。いまはまだ十月になったばかりなのに、一度心配になると止まらなくなった。

お正月には、届いた年賀状の枚数を必ず両親から訊かれる。何十枚という葉書の束を見せると、お父さんもお母さんも、ほっとした顔になる。いじめに遭っていないかどうか、それで判断しているのだ。単純だ。自分宛ての年賀状を、絵柄も変えて、字も変えて、何枚も何枚も何枚も何枚も書けば、両親は安心するだろう。

あ、でも、と気づく。喪中なら年賀状が届かなくてもいい。田舎のおじいちゃん。おばあちゃん。両親。背中がぞくぞくして、ごめんなさい、ごめんなさい、ごめんなさい、と謝った。

自分の喪中だってだいじょうぶだ。

あ、でも——お葬式に誰も来なかったら、どうしよう……。


「……堀田ちゃん、堀田ちゃん……ファイト、おーっ、堀田ちゃん、ファイト……」

ひとりぼっちになって十日目、きみはおまじないを唱えるときに、初めて泣いた。夕食のとき、お母さんに「遠足のオヤツ、友だちと交換するんだったら、数のあるやつにしなきゃね」と言われたことを思いだしたから。

4

放課後、正門前からバスに乗った。遠足のオヤツを買わなければならない。明日が雨になるように祈っていたが、秋晴れの空模様は明日もつづきそうだ。「戦争」も終わってくれなかった。ほんものの戦争ならクリスマス休戦があっても、教室の中の「戦争」は、そこまで優しくはない。
女子の「戦争」のことは、もう男子にも知れ渡っている。「女子って怖《こ》えーっ、鬼じゃんよお」

という男子の声も聞こえてくる。同情するような、面白がっているような、複雑な目でちらちらとこっちを見る男子もいる。そんなふうに言われて、そんなふうに見られることが、なによりも悔しくて、恥ずかしくて、つらくて、キツいんだというのを、誰もわかってくれない。

バスは駅前のデパートへ向かう。学区内のコンビニやスーパーマーケットだとD組の子に会ってしまいそうで嫌だった。ひとりぼっちだというのはもう隠せなくても、ひとりぼっちのくせに遠足のためのオヤツを買っている、という姿を見られたくなかった。

それに、理由がもうひとつ——。

バスの車内にも広告が出ていた。今週、デパートのペットショップでは『世界の爬虫類《はちゅうるい》フェア』が開かれている。カメレオンもいるらしい。悪口にしか出てこないカメレオンを、きみはまだ、じかに見たことは一度もなかった。

デパートに着くと、まず地下の食品売り場に下りていった。駄菓子コーナーで、なるべくパッケージが地味なお菓子を選んだ。ちっとも楽しくない。お母さんのお使いでゴミ袋を買うのと変わらない。オヤツの予算は五百円以内だったが、三百円ちょっとで、もういいや、と屋上のペントハウスに設けられた爬虫類フェアの会場に向かった。

カメレオンのケージは、意外と混み合った会場の、いちばん目立つ場所にあった。斜めに渡した木の枝に抱きついたカメレオンは、緑色の体に黒の模様が入っていた。いつかテレビで観た枯れ葉色をしたカメレオンとは、種類が違うようだ。

色が変わるところを見てみたい。ケージの網を軽くつついたり、手をひらひら振ったりしても、カメレオンは緑色のままだった。もう一度、網を少し強くつついてみたら、後ろを通りかかった係員のおじさんに「ケージ、叩いちゃだめだよ」と注意された。

すみません、と小さく頭を下げて、おじさんを呼び止めた。

「このカメレオンって、色は変わらないんですか？」

おじさんは「叩かなくても変わるよ」と言って、「ほら」――ケージを指差した。

あわてて振り向くと、ほんとうだ、さっきまでの緑色にうっすらと黄色が混じって……と気づく間もなく、黄色は見る見るうちに濃くなって、黒い縞模様もオレンジ色に変わった。

「けっこう派手に変わったなあ」おじさんは芸を褒めるみたいにカメレオンに笑いかけて、同じ笑顔をきみにも向けた。「サービスしてくれたんだな」

言葉づかいはぶっきらぼうだったが、あんがい優しいひとなのかもしれない。

「ほっといても、こんなに変わるんですか？」

カメレオンの色が変わるのは、皮膚に刺激を受けたり、まわりの色の変化を目でとらえたときだと思い込んでいた。でも、おじさんは「感情の変化でも変わるんだよ、色は」と言う。

「そうなんですか？」

「カメレオンって、縄張り意識がすごく強いんだよ。縄張りを荒らす相手がいたりすると、もう、コロコロ、コロコロ、色が変わるから」

「怒ってるから？」

「うん、やっぱりね、怒るってのは、爬虫類でも同じだからねえ」

知らなかった。そうかあ、とケージにもう一度目をやった。カメレオンだって怒るんだ、怒って色を変えることもあるんだ、と思うと、なんとなくうれしくなった。

カメレオンは体の色を少しずつ緑に戻していた。木の枝に抱きついたまま、ほとんど身動きしないのに、目はひとときも休むことなく、前後左右に動きつづける。そっちのほうが自分に似ている、と思った。毎朝、昇降口でみんなと朝の挨拶をしていた頃――きょろきょろと周囲を見回して友だちを探していた頃の目は、きっとこんなふうに揺れ動いていたのだろう。

「カメレオンって、臆病《おくびょう》なんですか？」

「臆病かどうかはわかんないけど、神経質ではあるよね。ストレスに弱いんだ。いっぺんに何匹も飼ってると、すぐに順位ができる」

「カメレオンの中で？」

「そう。強いのと弱いのと……一回順位がついちゃうと、ひっくり返せないんだな、自分では。だから、ケージの中でいちばん弱いのは、ずーっとびくびくしてて、しまいには病気になっちゃうんだ」

おじさんは「人間とおんなじだなあ」と笑った。

ですね、ときみも笑う。ひとりぼっちになったいまの自分より、ひとりぼっちになりたくなくて必死だったあの頃の自分のほうが、ずっとかわいそうで、ちょっと笑える。

「カメレオン、好きなの？」

「好きっていうか……まあ、興味があるっていうか……」

「飼うのはけっこう難しいし、揃えなきゃいけないものもたくさんあるから、もし飼ってみたいんなら、今度はお父さんかお母さんと一緒においで。フェアは今週いっぱいやってるから」

はーい、と応えた。ひさしぶりに、いつもの陽気な堀田ちゃんの声が出せた。

爬虫類フェアをひとめぐりしたあと、ペントハウスを出た。空は夕焼けがきれいだった。最初はそれを見て気分が浮き立ったが、やっぱり明日の遠足は予定どおりだなと思うと、しょんぼりとうなだれてしまう。

ちょっと疲れた。立っていても、歩いていても、一緒におしゃべりをする相手がいないと、疲れるのが早い。おなかも空いた。明日のお菓子を食べればいい。どうせ明日は食べきれないだろう。百円ぶんでよかった。一口だけでよかった。全然なし、でもよかった。お弁当ならともかく、オヤツをひとりぼっちで食べている姿なんて、想像しただけで涙が出そうになる。

空《あ》いているベンチを探して屋上を見回した目が、途中で止まった。

うそ……と、声が出そうになった。

恵美ちゃんと由香ちゃんがいた。二人でベンチに座って、フェンスの向こうに広がる街を眺めながら、まるで、きみがやろうと思っていたことを先回りするみたいに、お菓子を食べていた。


ベンチの後ろから、声をかけた。

もしも、返事をしてもらえなかったら。もしも、ぷいとそっぽを向かれてしまったら。ずいぶん危険なことをしたんだ——と気づく前に、由香ちゃんが振り向いた。

「あれぇ？　どうしたの？　堀田ちゃん、なんでこんなところにいるの？」

ぷくぷくした顔をさらにまるくして、かるーく、あかるーく、と幼稚園の先生に指揮された子どもみたいに、笑った。

恵美ちゃんは黙っていた。笑ってはいなかった。でも、そっぽは向かず、「あっちに行ってよ」とも言わなかった。

「……買い物があったから」

きみの声は、かすれて、震えた。二人と話すのはひさしぶりだったし、なにより、同じクラスの誰かと話すのも。

「買い物って、明日のオヤツ？」と由香ちゃんが訊いた。きみが黙ってうなずくと、「わたしと恵美ちゃんも、さっき買ったの。で、それ、いま食べてるの」と、また笑う。

「明日はどうするの？」

「食べない。今日、ぜんぶ食べちゃうの」

「なんで？」

「だって、わたしと恵美ちゃん、バスでごはんだから」

さらりと言われたので、意味がわかるまで少し時間がかかった。あ、そうか、と思い当たると、急に居心地が悪くなった。

明日の遠足は、森林公園のハイキングだ。広い森をつっきった先にある芝生の丘で昼食をとることになっていた。でも、足の悪い恵美ちゃんと体の弱い由香ちゃんは駐車場の近くを自由行動して、お弁当をバスの中で食べる。ハイキングの班分けも二人抜きで組まれて――秘密のメモと同じように、二人はどこのグループにも入らず、二人きりの輪をつくる。

「バスの中でオヤツ食べてもつまんないもんね」と由香ちゃんは言った。

「うん……だよね」

「だから、景色のいいところで食べよう、って」

ここ、ここ、と由香ちゃんは自分の座った場所を指差して、「恵美ちゃんのアイディア」とうれしそうに言った。でも、恵美ちゃんは黙ったまま、ポッキーを食べていた。さっきから一言もしゃべらない。きみを見たのも最初だけで、あとはずっと空を見上げていた。

「堀田ちゃんも食べる？」

由香ちゃんはチョコボールの箱をきみに差し出した。

「いいの？」

「いいよお」

歌うように言った由香ちゃんは、ここ、ここ、と今度は自分の隣を指差して、「座る？」と誘ってもくれた。

五年生の頃のことを忘れているのだろうか。覚えていても、許してくれたのだろうか。どきどきしながらベンチに座った。「わくわく」と「びくびく」が両方混じった、でも、「わくわく」のほうがちょっと多い「どきどき」だった。

由香ちゃんはチョコボールの箱を軽く振って、クチバシの形をした口からチョコを一つ、きみの手のひらに落とした。きみは「ありがと」と言って、もっとちゃんとお礼を言ったほうがよかったかな、あ、でも、逆に「サンキュッ」と軽かったほうがよかったのかな、その前に「ごめん」かな、言うとかえってよくないのかな、と悔やんだり迷ったり悩んだりして、結局答えは見つからなかったので、とりあえず……。

「ぱくっ」

おどけた声としぐさで、チョコを口に放り込んだ。ふだんよりずっとへたなお芝居だったが、由香ちゃんは「やだぁ」とおかしそうに笑ってくれた。きみもうれしくなった。リスのようにチョコをふくんだ頬を、右、左、右、左、右と交互にふくらませると、由香ちゃんは拍手しながら笑う。

もっと。胸が熱くなってきたから、もっと――。

「やめれば？」

恵美ちゃんが言った。そっけない、怒ったような声だった。

「全然おもしろくないし、べつに芸をしてほしいなんて思ってないし」

空を見上げて、ポッキーを煙草《たばこ》みたいにくわえたまま、「なんでそんなことしなきゃいけないの？」と訊く。「ばかみたい」

浮き立っていたところに、冷たい水を浴びせられた。きみはしゅんとして、うなだれてしまう。

由香ちゃんも見るからに戸惑って恵美ちゃんを見て、きみを振り向いて、困り顔で笑った。

「あの……堀田ちゃん、あのさ、あのね……買い物のあと、どこか寄ったりしたの？」

なにもしゃべりたくない。しゃべるのが怖い。でも、由香ちゃんの気持ちはわかるし、うれしかったし、黙っているのも悪いので、『世界の爬虫類フェア』の話をした。

「エレベータを降りたところでやってたやつだよね？」

きみにではなく、恵美ちゃんに向かって相槌を打つところが、由香ちゃんらしい。そして、そんな由香ちゃんに返事すらしないのも、やっぱり恵美ちゃん、だった。

由香ちゃんはきみに向き直って、「爬虫類って、ヘビとかトカゲとか？」と訊いた。

「そう……あと、小さなワニもいたし、カメレオンとかも」

「カメレオンもいたんだぁ、通ったけど気づかなかった」

「きれいだったよ、カメレオン」

ふうん、とうなずく由香ちゃんに、恵美ちゃんが「見てくれれば？」と言った。あいかわらずそっけない口調だったが、きみに対するそっけなさとは微妙に違う。お父さんとお母さんが二人で話すときみたいだ、と気づいた。

「恵美ちゃんも行く？」

「わたしは行かないけど、由香、行けばいいじゃん」

恵美ちゃんはそう言って、「見てきなよ、カメレオンの色の変わるところ」とつづけ、「きれいって、そういうことでしょ？」――初めてきみを見て、初めて笑った。


ベンチに二人きりになった。恵美ちゃんは黙ってポッキーを食べつづけ、きみの口の中に残っていたチョコの甘みも、やがて消えた。

「恵美ちゃん……わたしもお菓子買ってきたから、食べる？」

鞄《かばん》を開けようとしたら、「いらない」と断られた。「明日食べるんでしょ？　いいよ、わたしのもまだあるし」

きみは首を横に振って、「食べないと思う、明日は」と言った。なんで？　と訊かれたら、ひとりぼっちがどんなに寂しくて悲しいか――いまなら話せそうな気がしたし、話したあとなら、五年生の夏のことを謝れそうな気がした。

でも、恵美ちゃんはオヤツを食べない理由は尋《たず》ねなかった。

代わりに、また空を見上げて、「さっきの芸、全然つまんなかったよ」と言った。

「……へただった？」

「へたっていうか、おもしろくなかったし、なんか嫌だった」

わかる。自分でも思う。いつも思っていた。みんなに笑ってもらうのはうれしくても、それを喜んでいる自分が、嫌だった。

わかるから――「でも、わたし、そういうキャラだし」と笑って言った。「恵美ちゃんも知ってるでしょ、小学生の頃から変わんないじゃん」

恵美ちゃんだって同じだ。由香ちゃんだって同じだ。ひとの性格は変わらない。まわりに合わせて変わりつづけることが変わらない、というのも「あり」だと思う。

「ずーっと変わらないと思う？」と恵美ちゃんは言った。

「うん……たぶん」

「無人島に行っても？」

最初は冗談だと思って、「やだぁ」と笑った。でも、恵美ちゃんはにこりともせずに「世界中で一人きりしか生き残らなくても、堀田ちゃん、ギャグやるの？」とつづけた。

笑ってくれるひとが誰もいなくても。

笑ってもらわなくちゃいけないひとが、誰もいなくても。

黙り込んだきみに、恵美ちゃんは言った。

「自分がつまんないんだったら、やめちゃえばいいのに」

きみは空を見上げた。さっきよりも夕焼けの色が濃くなった。小さくちぎれた雲が、西のほうに、ぽつん、と浮かんでいた。

「恵美ちゃん、一つだけ訊いていい？」

空を見上げたままだと、けっこうしゃべりやすいんだな、と気づく。

恵美ちゃんは「いいよ」と、箱から出したポッキーを一本くれた。それを受け取って、端っこのほうだけ小さくかじって、きみは言った。

「いつも由香ちゃんと二人きりで、寂しくない？」

怒るだろうか。恵美ちゃんが昔の話を蒸し返したら、謝る。ほんとうに、いまなら、心から謝れるし、謝りたいとも思う。

でも、恵美ちゃんは「べつに」としか言わなかった。

きみはポッキーをもう一口かじり、空のてっぺんを見上げて、「だよねー」と言った。明るい声になった。芸でもギャグでもなくて。

「楽しそうだもんね、恵美ちゃんと由香ちゃん。遠くから見てるとさー、けっこー、うらやましかったりするわけー」

恵美ちゃんはなにも言わない。きみも黙って、カリカリカリカリッと小刻みにポッキーを食べた。寂しい子どもが爪を嚙《か》むのと同じなのかな、と思う。

由香ちゃんがペットショップから戻ってきた。「カメレオンいたよ、かわいかったぁ」と笑いながらベンチに座るのと入れ替わりに、きみは席を立った。

「明日、わたしもバスに残ろうかなあ。車酔いしたとかなんとか、理由つけて」

恵美ちゃんは「いいんじゃない？」と応え、由香ちゃんはきょとんとした顔を、にっこりとほころばせた。

「ほんとに、一緒にいていいの？」

由香ちゃんは「じゃあ、明日、『平面ぐりこ』しようか」と言った。「階段でする『ぐりこ』だと疲れちゃうから、平らなところでやるの」

じゃんけんをして、パーで勝ったら「ぱ、い、な、つ、ぷ、る」で六歩、チョキで勝ったら「ち、よ、こ、れ、い、と」で六歩、グーなら「ぐ、り、こ」で三歩進む遊びだ。

「でもね、恵美ちゃん、すぐにかったるくなって、途中からグーしか出さないの。勝っても三歩ですむから、って。そんなのつまんないよねえ」

由香ちゃんはおかしそうに笑って、「三人だと『あいこ』が増えるし、トップとらないと進めないから、恵美ちゃん、もっと歩かなくてすむよ」と付け加えた。

でも、新しいポッキーをくわえた恵美ちゃんは、知らん顔して、なにも応えなかった。

5
「戦争」はあっけなく終わった。遠足のバスが出発する前に、気がついたら終わっていた。

教室に入ると、グッチが「おはよう！」と、まるできみを待ちかまえていたように駆け寄って、挨拶をしてくれた。ナツコも一緒だった。千葉ちゃんもいた。

「千葉ちゃん経由で、ナツコと親友になっちゃった」

グッチはうれしそうに言って、「堀田ちゃん情報、やっぱ、ばっちり」と指でＯＫマークをつくった。

まぶたが熱くなった。肩と背中から力が抜けて、急に体の重みがかかった膝が、かくんと折れてしまいそうだった。

おしゃべりが始まる。いつもの、陽気な堀田ちゃんに戻る。みんなが笑う。きみも笑う。グッチもナツコも千葉ちゃんも、まだ、きみに謝っていない。気づいていた。謝るつもりなんて最初からないんだろうな、ともわかっていた。だから笑いつづけた。みんなを笑わせた。次から次へとギャグをとばし、芸を見せて、「苦しいよお、おなか痛ーい」「死にそーっ」「もう、涙出てきちゃった」と、みんなを笑って泣かせてやった。

恵美ちゃんと由香ちゃんは、教室の前のほうの席にいた。きみに――みんなに背中を向けて、二人で交互にないしょ話をして、ふふっ、と笑っていた。机の上に置いたリュックサックは、二人おそろいのデザインだった。

教室からバスの待つ正門へ向かう途中、今度はモロちゃんが、「ねえねえ、堀田ちゃん」と話しかけてきた。

「オヤツ、あとで交換しようね」

モロちゃんと約束した。モロちゃんが「堀田ちゃん、マスカットのグミ好きだよね、わたし買ってるから」と言ってくれたので、きみは「おっしゃあっ」とがに股《また》の足を踏ん張って、全身でガッツポーズをつくった。でも、モロちゃんも、きみに謝ってはくれなかった。

振り向くと、長い廊下のずっと後ろに恵美ちゃんと由香ちゃんがいた。恵美ちゃんの体は松葉杖をつくたびに、ひょこん、ひょこん、と揺れる。その隣で由香ちゃんは、まるですでにハイキングが始まっているみたいに、廊下の景色を楽しそうにきょろきょろ眺めながら、ゆっくり、ゆっくり、歩く。

みんなからぽつんと遅れていても、二人はちっとも気にしていない。どんなに急いでも追いつけないことがわかっているから――だろうか。

きみは足を止めた。二人を待って、二人が追いつくと、「今日、一緒にお弁当食べようね」と声をかけて、それから……それから……。

「堀田ちゃん、なにしてんの、行くよ」

モロちゃんに呼ばれた。

きみは前に向き直る。「ほーい、待っててー」とおどけた声で、モロちゃんを追いかける。

行列の先頭のほうを歩いていたグッチとナツコが、こっちを見ていた。

冷たい目で――モロちゃんを。

バスの中で、グッチが「ちょっと代わって」とトモっちを別の席に移して、きみの隣に座った。

「堀田ちゃんはまだ知らないと思うから、教えてあげる」――坂道にさしかかって大きくなったエンジンの音に紛らせて、「あのね、モロのこと、みんなではじくから」と言った。

昨日の放課後、グッチとモロちゃんは一緒にオヤツの買い物に出かけ、そこでまたケンカになってしまった。「だってあいつ、死ぬほどわがままなんだもん」とグッチは言う。「だってあいつ、サイテーに身勝手なんだもん」と、モロちゃんの声も、聞こえないけれど、聞こえた。

きみをはじいた連合軍は仲間割れして、だから、きみをひとりぼっちにした「戦争」はあっけなく終わった。

代わりに、新しい「戦争」が始まる。

グッチはナツコを味方につけた。もともとモロちゃんとは犬猿の仲だったナツコは、すぐさまそれに乗って、新しい連合軍を組んだ。

最後列のシートに座ったモロちゃんは、仲良しの数人に囲まれて、昨日までと変わらない調子でにぎやかにおしゃべりしている。でも、それがあと何日つづくかはわからない。グッチとナツコの連合軍が一気に攻勢をかけて、モロちゃんをあっという間にひとりぼっちにしてしまうかもしれない。逆に、モロちゃんの反撃が決まって、ひとりぼっちになるのはグッチのほうだろうか。

「で、堀田ちゃん」グッチが言った。「あんたは、とーぜん、うちら、だよね？」

「で、堀田ちゃん」モロちゃんの声が、うんと遠くから聞こえる。「あんたは、とーぜん、うちら、だよね？」

きみは、えへへっ、と笑う。

きょとんとするグッチに、「やだ」と言った。「悪いけど、わたし、見物人ってことで」

「なにそれ」とグッチはにらんできた。

「なにそれ」とモロちゃんも、きっとにらんでくるだろう。

「友だちじゃないの？　うちら」――二人の声が重なった。

今度の「戦争」はいつ終わるのだろう。次の戦争では、誰がひとりぼっちになるのだろう。教室の中では、いつだって大きな「戦争」や小さな「戦争」が起きていて、秘密のメモは片隅の小さな囲みを残して、何度も何度も書き直される。

「……だね」

きみはぽつりとつぶやいて、その低い声のまま、「嘘だぴょーん……」と言った。

ああ、いま、色が変わったんだな、と思う。

グッチは「よかったあ」とほっとして笑う。「だよね、堀田ちゃんとわたし、親友じゃん」

モロちゃんも同じことを言うだろう。あの子にも、同じことを言うつもりだから。

それでまたグッチとモロちゃんが連合軍を組むのなら――メモをまた書き直そう。一人だけの小さな囲みを、きれいな色で書いてあげよう。


グッチはバスが森林公園に着くまで、きみの隣にいた。モロちゃんの悪口を、一学期の頃にさかのぼって次々に並べ立てて、「わかってると思うけど、堀田ちゃんをはじいたのってモロだからね」と何度も念を押した。

バスを降りるときもグッチはきみのそばから離れず、だから席に残った恵美ちゃんと由香ちゃんに声をかけることはできなかった。

きみはうつむいて二人の脇を通り過ぎる。呼び止められたらどうしよう……と不安に駆られているのに、呼び止められたらいいのにな、とも期待していた。

でも、二人は声をかけてくれなかった。

バスを降りると、公園のゲートの前でクラス別に整列することになっていた。バスが先に着いたA組やB組の子は、もう整列を終えて先生の注意事項を聞いている。

「はい、D組も急ぎなさーい」

ハンドマイクで先生にうながされて、みんなは早歩きになったり小走りになったりして、ゲートに向かう。みんな、ばらばら。みんな、くっついていても、ほんとうは「ぼっち」なんだと思う。みんなぼっち——ひとりぼっちよりも寂しいかもしれない、これ。

きみは足を止める。「なにしてんの?」と振り向くグッチに、「先行ってて」と言って、バスに駆け戻る。

先に気づいたのは由香ちゃんだった。あれほど楽しみにしていたのに、昨日の約束のことはけろっと忘れてしまったのか、「どうしたの?」とのんびりした声で訊いてくる。

恵美ちゃんは、ふうん、という顔できみを見る。恵美ちゃんは約束を覚えていたのだろう。そして、たぶん、きみが約束を破ってしまうことも最初からわかっていたのだろう。

きみは息をはずませて、リュックサックを背中から下ろした。

「これ……あげる……昨日のチョコボールとポッキーのお返し……」

オヤツのボンタン飴の小さな箱を、由香ちゃんに渡した。

「いいの?」由香ちゃんは心配そうに訊いた。「みんなと交換するんじゃないの?」

まぶたが熱くなる。肩と背中の力が抜けて、膝が折れそうになる。教室でグッチに話しかけられたときと同じ。でも、違う。絶対に、違っていてほしい、と思う。

きみは「あのさあ……」と口を開いた。なにを言えばいいのかわからない。「っていうかさあ……だからさあ……」と、先の言葉が出てこない。

うめき声とため息が入り交じった沈黙を、恵美ちゃんのそっけない声が断ち切った。

「昨日の話、嘘だから」

「……嘘って?」

「無人島に行くことって、ありえないから。あたりまえじゃん」

恵美ちゃんをじっと見つめた。

「あと、世界の最後の生き残りになることも、ありえない」

「……うん」

「誰かいるよ、絶対に。嫌かもしれないけど、いるよ、ずうっと」

うなずいた。いまなら言葉がなにか出てきそうな気がしたし、なにかを言わなくちゃいけないんだとも思った。でも、たぶん——しゃべると、また色が変わってしまう。

「がんばれば?」

恵美ちゃんはそう言って、胸の前でバイバイと手を振り、ボンタン飴のセロファンの封を切れずにいる由香ちゃんに「だめだよ、ちょっと貸しなって」と声をかけて、もう、きみには目を向けなかった。

きみはうつむいてバスを降りる。

「なにやってんの、堀田ちゃん、うちらラストだよ」

グッチに呼ばれた。さっき、きみが立ち止まった場所で待ってくれていた。

早く早く、と笑って手招かれた。

きみはバスをちらりと振り向き、うん、とうなずいて、小走りにみんなのもとへ向かう。

「……堀田ちゃん、ファイト、堀田ちゃん、ファイト、ファイト、おーっ……」

ぐりこ

1

中間試験は、ブンちゃんが学年でトップだった。

成績表を配るときに担任の安原《やすはら》先生が「五点差でワンツー・フィニッシュだったんだぞ」と言うと、二位になったモトくんは席を立って「くっそーっ！　あーっ、もう悔しい！」と冗談ぽく地《じ》団駄《だんだ》を踏んで、みんなを笑わせた。

前回——一学期の期末試験では、モトくんがトップをとって、十点差で二位に終わったブンちゃんは目にうっすらと涙を浮かべて悔しがっていた。その前、中学に入学して最初の定期試験だった一学期の中間試験は、ブンちゃんとモトくんは同点で首位の座を分け合った。これで一勝一敗一分け、ということになる。

ホームルームが終わると、モトくんはブンちゃんの席に来て「ブン、俺と五点差って、じゃあなに、おまえ、四百五十点もあったの？」と言った。

その一言と、「悪いかよ」とそっけなくうなずくブンちゃんのしぐさに、おおーっ、すげーっ、

と教室がどよめいた。五教科で五百点満点だから、四百五十点は平均九十点。確かにすごい成績だった。でも、平均八十九点で四百四十五点をとったモトくんだって、すごい。

「たいしたことねえよ、マジに頭のいいヤツはみんな私立に行ってんだから」

ブンちゃんが言うと、モトくんも「まあな」と応えた。逆にモトくんが「それに今回、ちょっと簡単だったしな、数学とか」と言うと、ブンちゃんも、そうそうそう、とうなずいて、「平均点高かったもんな」と笑った。

きみは、二人から離れた自分の席で、鞄にしまいかけた成績表をそっと開く。二百十六点。二十五点しかとれなかった数学の欄には、学年で下から数えて十位以下というしるしの赤いアンダーラインが引いてある。あと、英語と理科にも。

「モト、しょんべん行こうぜ」

「おう」

二人が席を立つと、まわりにいた連中は道を空けるように一歩あとずさった。自分もトイレに誘ってほしそうな顔になったヤツもいたし、そんなの無理だよと最初からあきらめて、二人の背中をまぶしそうに見送るだけのヤツもいる。

きみはどちらでもなかった。机に頬づえをついて、そっぽを向いた。

じゅう、きゅう、はち、なな……。

心の中でカウントダウンを始めた。

さん、にぃ、いち……ぜろ。

「しょんべん漏れそーっ」

勢いよく立ち上がる。近くの席にいた女子が「やだぁ」と嫌な顔をしたが、かまわず小走りに教室を出て行った。廊下の先のほうをブンちゃんとモトくんが並んで歩いているのを確かめて、たったったっ、と走って距離を詰め、二人の話し声が聞こえるところで歩調をゆるめた。

サッカーの話だ。スペインのリーガ・エスパニョーラとイングランドのプレミア・リーグのどっちがすごいか、について。ブンちゃんはエスパニョーラを応援して、モトくんはプレミアのほうが強いんだと言い張っていた。

よし、ときみは小さくうなずいた。えすぱにょーら、えすぱにょーら、と心の中で繰り返す。サッカー部の二人と違って、きみはサッカーのことは全然くわしくない。スペインのリーグをエスパニョーラと呼ぶことも初めて知った。だから、その名前を間違えるわけにはいかない。

また小走りになった。二人を追い越した。「あれ?」と声が聞こえた。ブンちゃんの声だった。

きみはすぐに足を止め、二人を――ブンちゃんを狙って、振り向いた。

「三好、なに走ってんの」とブンちゃんが言った。

きみはズボンの前を両手で覆い、腰をひいて、「しょんべん、漏れそうなんだよお」と笑いながら言った。

なんだ、おまえもトイレかよ、俺らもなんだよ。あ、そうなの、ぐーぜんじゃん。一緒に行こうぜ。なにしゃべってたの。サッカーのこと。サッカーってさ、エスパニョーラってちょー強いんだよな、ほら、スペインの。なに、三好、おまえもそう思うの、思うよな、うん、絶対そうだよ。エスパニョーラ、いいよ。うん、ほんと、マジいい。ブンちゃんも好きだろエスパニョーラ。あったりまえじゃん、ほら見ろよモト、三好もそう言ってんじゃんよお……。

そんなやり取りを想像して――期待していたのに、ブンちゃんは「なにやってんだよ」とあきれ顔で笑うとすぐにきみからモトくんに目を移し、話のつづきを始めた。

きみはしかたなく、また走りだす。トイレに駆け込んで、おしっこをするふりをして、二人が来るのと入れ替わりに外に出た。トイレにいた他のクラスの連中と「おぅ」「うーっす」と挨拶をしていたブンちゃんは、今度はきみに目も向けなかった。


ブンちゃんと俺って親友なんだぜ、と言っても、最初は誰も信じてくれない。

「ほんとだよ、嘘じゃないって」

小学校から一緒の友だちが証人になる。できれば低学年の頃の同級生がいい。

「なあ、俺、ブンちゃんと仲良かったよな？　親友でさ、学校の帰りとかいつも一緒だったじゃん、俺ら」

証人もうなずいてくれるはずだ。

「幼なじみだし、ほんと、ガキの頃から知ってるから、もう親友っていうより、双子の兄弟みたいなもんなんだ。すげえだろ？　びっくりしただろ？　けっこう意外な展開って気しない？」

得意そうに言って、へへーん、と笑う。嘘はついていない。小学三年生のときに、二人で「俺ら、親友だもんな」と友情を誓った。いまも絶交したわけではない。

ただ、遠くなっただけだ。最近はちっとも遊んでいない、というだけだ。

「親友っていっても、おまえとブンちゃんってレベル違うじゃん」——誰かにそう言われたら、なにも言い返せない、というだけのことなのだ。

三好くん——自分が物語の主役をつとめるなんて夢にも思っていないはずの、きみ。
きみを主人公にして、僕はこんな話を書いてみた。

晩ごはんのあとで中間試験の成績表を見せると、両親はそろって「うーん……」とため息をついた。一学期の試験のときと同じだ。でも、一学期の頃のように、二人がかりのお説教はされなかった。お母さんに少し小言は言われたが、覚悟していたよりずっとあっさり「じゃあ、もういいから、今度がんばりなさい」と解放された。

ラッキー、と最初は思った。お父さんもお母さんも優しくなったじゃん、と自分の部屋のベッドに寝ころんで、バンザイをした。

でも、アイスでも食べようと思って部屋を出たら、リビングで話す両親の声が聞こえてきた。

お母さんは途方に暮れた声で言った。

「部活もやってなくて、塾にも行ってて、それでなんでこんな成績になっちゃうわけ？」

お父さんの答えは、笑ってしまうくらい簡単なものだった。

「頭が悪いってことだろ」

お母さんは「でも、それじゃ困るじゃない」と言った。「このままだと、ほんと、ろくな高校に行けないわよ」

「しょうがないだろ、勉強に向いてないんだから。和夫《かずお》はのんびりした奴なんだし、もっと勉強以外で自分を活《い》かせる道っていうか、可能性っていうか、そういうの探していくしかないんだよ」

「うん……」

「もうアレだ、あんまり期待しないほうがいいんだって。親が期待かけすぎて、ひきこもりみたいになっちゃうと、そのほうが困るだろ」

「そんな寂しいこと言わないでくれる？」

「現実を見なきゃしょうがないだろ」

お父さんはいつも、自分自身の現実を見ていた。酒に酔って帰ってくると、上司と部下と得意先の悪口しか言わない。小さな会社の小さな部署の課長補佐――「もう部長の目はないだろうなあ」と、いつかお母さんに言っていた。

そんなお父さんの現実に付き合わされるのが嫌だから、お母さんは、きみに夢を見る。「カズくんは、やればデキる子なんだから、もっとがんばりなさい」――小学生の頃の口癖を最近聞いていないことに、いま、気づいた。

「和泉くんっているでしょ、ほら、ブンちゃん、よく遊びに来てたじゃない、ウチに。あの子なんて、サッカー部で一年生からレギュラーなのに、テストも学年でトップだって」

「そういう子っているんだよ、なにをやらせてもデキる子。そんなのと比べてやるなって。和夫がかわいそうだろ。まあ、そこそこでいいんだ、そこそこで」

きみは部屋に戻りかけて、ふと思い直し、わざと足音を大きくたてて廊下を進んだ。両親があわてて口をつぐむのが、リビングのドアを開けなくても、わかった。

「シャーペンの芯《しん》、買ってくんねー」

俺、頭悪いけど。

やってもむだだと思うけど。

ブンちゃんみたいになれるわけないけど。

心の中でぼそぼそと付け加えていたら、リビングからお母さんが「もう夜だから気をつけなさいよお」と言った。お父さんも「おっ、張り切って勉強する気になったか？」と笑った。

きみは黙って靴を履き、黙って家を出た。

2

翌週の月曜日、ブンちゃんとモトくんは学校中の注目を浴びた。週末に開かれた城南地区の新人大会で、サッカー部は創部以来初めての優勝を飾った。その殊勲者が、四試合で十四点をとったブンちゃんとモトくんのツートップだったのだ。

二人は大会のベストイレブンにも選ばれた。三年生が引退しているとはいえ、一年生で選ばれたのは二人だけで、これも大会史上初めてのことだったらしい。

全校朝礼で、校長先生はわざわざ二人の名前を挙げて「一年生なのに素晴らしいことです」と褒めたたえ、壇上から拍手を贈った。先生たちもあとにつづき、ざわついていた生徒たちも誰からともなく手を叩きはじめて、最後は体育館にいる全員の拍手喝采《かっさい》になった。

きみも拍手をした。手のひらが痛くなるほど、力いっぱい。

でも、ブンちゃんはちょっと怒ったように「ばっかみてえ」とつぶやいて、まわりの連中に「拍手とかやめろよ、みっともねえよ」と言った。モトくんも同じ。「学年とか関係ねえよ、そんなの」とふてくされて言って、ブンちゃんと顔を見合わせ、へっ、と短く笑い合う。

二人はときどき、暗号を交わすみたいに笑う。スポーツの得意なヤツや、勉強のできるヤツや、ギャグのさえているヤツ……クラスで目立つタイプの連中には、その暗号の意味がなんとなくわかっているみたいだ。

でも、きみにはよくわからない。もっと喜べばいいのにな、俺だったらすげえうれしいけどなあ、と二人がしかめつらになるのが不思議でしかたない。

朝礼が終わって体育館から教室に戻る途中、モトくんと離れて歩いていたブンちゃんに、後ろから声をかけた。

「ブンちゃん！　やったじゃん！」

振り向いたブンちゃんは、「はあーっ？」とうんざりした顔で言った。「なに言ってんだよ、おまえ、わけわかんねえ」

突き放された。

「だってさ……すげえじゃん、ブンちゃん、さすがじゃん」

「おまえに関係ねえだろ」

「……俺も自慢だもん、ブンちゃんのこと」

「ブンちゃんって言うなよ」

「え？」

「っていうか、三好、おまえうっせえよ、笑ってんじゃねえよ」

怒られた。びくっとして肩をすぼめ、あわてて笑顔を引っ込めてうつむいて、おそるおそる顔を上げたときには、ブンちゃんはもう野球部の田中としゃべっていた。

きみとブンちゃんは小学一年生からずっと同じクラスだった。知り合ったときから「ブンちゃん」と呼んでいて、他の呼び方をしたことは一度もない。

でも、ブンちゃんに怒られて、ふと気づいた。クラスで二人を「ブンちゃん」「モトくん」と呼んでいるのは、きみだけだった。勉強やスポーツに自信のあるヤツらは、「ブン」「モト」と呼ぶ。得意なものがなにもなくて目立たない連中は、本人のいないところでは「ブンちゃん」「モトくん」でも、直接しゃべるときには「和泉」「中西」と苗字で呼んでいる。

呼び捨てグループか、苗字グループか。同じ小学校から来た友だちも、いつのまにか二つに分かれていた。中学生になったから、なのだろうか。「ちゃん」や「くん」を付けるのはガキみたいでおかしい、のだろうか。

ブンちゃんは、「ブンちゃん」と呼ばれるのが嫌みたいだ。

なんで——？

きみにはわからない。中学生になってから、勉強以外にもわからないことが急に増えてきた。教室に戻って席につくと、胸がどきどきしはじめた。ああ、またた、と思う。わからないことに出会うと、不安で不安でしかたない。このまま、どんどん、わからないことばかりになってしまうのだろうか。わからないことばかりでも、おとなになれるのだろうか。おとなはみんな、わからないことなんてなにもないのだろうか。

小学生の頃はよかった。学年が下になればなるほど、よかった。

九九の七の段を、ブンちゃんより先に覚えた。ベルマークを集める福祉委員に、みんなの選挙で選ばれたこともあった。運動会のクラス対抗リレーではブンちゃんと一緒に選手になって、アンカーのブンちゃんにバトンを渡した。あだ名は、「みよし」だから「ヨッシー」。みんなにそう呼ばれなくなったのは、いつからだっただろう。ブンちゃんは、いつから「三好」と苗字で呼ぶようになったのだろう。五年生の途中で転入してきたモトくんと仲良くなった頃から——かもしれない。

ブンちゃんは最初、モトくんのことが大嫌いだったのに。負けず嫌いのブンちゃんは、モトくんといつも張り合って、ケンカばかりしていたのに。

ブンちゃんとモトくんは、なにをやらせても学年のトップと二位を競い合う。勝ったり負けたりして、互角のライバルだ。それはそれでいい。モトくんと仲良くなる前のブンちゃんは、モトくんに負けるたびに、きみにやつあたりした。それでも、いい。

ライバルはモトくんで、親友はヨッシー——になればいいのに。

ブンちゃんはモトくんをライバルのまま親友にした。きみは見捨てられた。

だって、おまえと一緒にいたって、つまんねえもん——。

実際に言われたわけではなくても、思い浮かべるブンちゃんの声は、ぞっとするほどなまなましく耳の奥で響いていた。


全校朝礼で拍手喝采を受けたあと、ブンちゃんとモトくんはずっと機嫌が悪かった。

休み時間のたびに廊下に出て、別のクラスのサッカー部の連中となにかひそひそと話していた。

「マジやばいって」と廊下を駆けてきてブンちゃんに耳打ちするヤツもいたし、心配顔でモトくんに「どうする？」と訊くヤツもいた。

なにかあった。そこまでは、きみにもわかる。でも、話には入れない。「どうしたの、ブンちゃん、なにかあったの？」と訊きたくても、訊けない。

放課後、やっと——噂《うわさ》ばなしで、いきさつがわかった。

「和泉と中西、狙われてるんだって。生意気だからシメるって、二年とか三年が」

苗字グループの辻本《つじもと》が言った。

「俺もそうなっちゃうんじゃないかとマジ思ってたんだよ。ブンもモトも目立つじゃん、で、サッカー部の二年生とかレギュラー奪われたわけじゃん、やっぱ、むかつくって」

呼び捨てグループの和田も言った。

きみはブンちゃんの席に目をやった。モトくんの席も振り向いた。二人はもう教室にはいなかった。サッカー部の練習に向かったのだろう。

「どうなっちゃうと思う?」と辻本に訊かれた和田は、「そりゃおまえ、決まってるだろ、ボコボコだろ」と答えた。

「二人とも?」「うん、今年の二年って荒れてるし、三年も怖えし」「ボコボコって、どんなふうに?」「知らねーけど、ボコボコなんだよ」「どーすんの」「どーもできないって、ガッコの先輩に狙われたら逃げる場所ねーじゃん」「だよなあ」「やられるしかねーよ」「うん」「あと、土下座して謝るとか」「泣いたらセーフ?」「死ぬほど泣いたらセーフなんじゃねえの? ケータイで写真撮られると思うけど」「なにそれ、ちょー恥じゃん」……。

辻本と和田は——話を聞いている他の連中も、不安そうな顔をしていた。ブンちゃんとモトくんに同情する顔でもあった。でも、なんとなく、微妙に、うれしそうな顔のようにも見えた。

「だいじょうぶだよ」

きみは言った。「ブンちゃん、ケンカ強《つえ》えもん」とつづけ、「モトくんもけっこう強いし、マジ、ブンちゃん強えの。俺、知ってるもん、ハンパじゃねーもん」——そうそうそうそう、と自分で何度もうなずきながら言った。

和田は、へっ、と笑った。辻本も「三好より強えのって、あたりまえじゃん」と笑った。

「そうじゃなくて、ほんとに強えんだよ、年上にも負けねーよ」

嘘ではない。ブンちゃんは四年生のときに六年生を殴って泣かせた。きみをいじめるヤツらをやっつけてくれたのだ。

でも、和田は「小学生のケンカと一緒にすんなよ」と言って、辻本や他の連中も、無理に決まってるじゃん、という顔になった。

それが悔しくて、悲しくて、きみは声を張り上げてつづけた。

「ブンちゃん、いつも俺に言ってるもん、二年とか三年とかに負ける気しねえ、って。本気出したら高校生にも勝てるって、俺、聞いてるもん、ブンちゃんに」

みんなは、ふうん、と笑うだけだった。

3

電話の鳴る音と、キッチンから電話のあるリビングに向かうお母さんの足音で、うたた寝から覚めた。学校から帰って、ベッドでごろごろしているうちに寝てしまった。ゆっくりと体を起こし、うたた寝の名残のあくびをしていたら、お母さんに呼ばれた。

「カズくん、電話よ。佐藤くんだって」

思わず「はあ？」と声が出た。学校にも塾にも、「佐藤」という名前の友だちはいない。

「早く出なさいよ、外からみたいだし、お母さん揚げものしてる途中なんだから」

しかたなく、怪訝なまま電話に出た。

「よお、1のAの三好って、おまえ？」

低い声が耳に流れ込んできた瞬間——先輩だ、と知った。受話器の向こうに、何人かの気配を感じた。にやにやとしたねばつくような笑い顔と、ぞっとするようなおっかなさも。

きみはキッチンのお母さんに聞かれないよう、口元を手で覆って、「誰ですか？」と訊いた。

「誰でもいいだろ、てめえ、ぶっ殺すぞ」

「……すみません」

「チラッと聞いたんだけど、おまえ、サッカー部の和泉文彦《ふみひこ》のダチだって？」

きみは受話器を握ったまま目をつぶる。

「なんかよお、和泉って、二年とか三年とか目じゃねえって言ってるんだって？　おまえから聞いたってヤツ、何人もいるんだけどよ」

スパイが、いた。和田？　辻本？　それとも、あの場にいた誰か……？

「よお、それ、マジか？」

「……あの、すみません……」

違うんです、嘘です、ごめんなさい、と言おうとしたら、「なんだよ」とすごんだ声でさえぎられた。「おまえ、嘘ついたのかよ」

ビクッ、と肩がすくんだ。考えるよりも先に、「いいえっ」と答えていた。

佐藤先輩は「よし」と言った。「じゃあ、おまえが証人だからな、あいつがバックレたら、おまえが証言しろよ、いいな」

膝が震えた。

「おまえケータイ持ってねえのか？　持ってんなら番号言えよ。いちいち父ちゃんとか母ちゃんとか出てくんの、おまえも嫌だろ」

番号を、泣きだしそうな声で伝えた。

受話器を戻したあとも、電話の前から動けなかった。膝の震えが体の芯まで染《し》みて、心臓が喉から飛び出しそうなほど胸がどきどきしはじめた。キッチンから聞こえる油の爆《は》ぜる音が、耳の奥に紙ヤスリをかけるように響く。

じゅう、きゅう、はち、なな……。

心の中でカウントダウンを始めた。

さん、にぃ、いち……ぜろ。

「お母さん、コンビニ行ってくるねー」

のんきな声で、言えた。


家を出るときに時計をちらりと見た。五時過ぎ。まだサッカー部はグラウンドで練習をしているはずだ。

自転車を全速力でとばして学校に向かった。自転車の前カゴに入れた袋には、部屋にあったゲームのディスクを手当たりしだいに放り込んである。お詫びのしるしだった。新作のゲームもあるから、きっとブンちゃんは喜んでくれるだろう。許してもらえなくてもいいから、「サンキュー」の一言だけ、聞きたかった。「俺んちで一緒にやらない?」と誘ってくれたら、昔のようにブンちゃんの部屋で遊べて、昔のようにブンちゃんのお母さんやお姉さんに「カズくんも晩ごはん食べて行けばいいじゃない」と言ってもらえたら……それはもう、考えないことにした。

グラウンドに沿った道路に出た。自転車のスピードを少しゆるめて、ブンちゃんの姿を探した。野球部がいる。陸上部がいる。テニス部がいる。そして、サッカー部——シュート練習をしていた。順番にドリブルをして、ペナルティエリアのすぐ外で待つ選手にパスを送り、ワンツーで受けて、ディフェンスをかわしてシュート。たったいまゴールを決めたのが、ブンちゃんだった。

よかった。佐藤先輩たちは、まだ……いや、すべては、ただの脅しだったのかもしれない。

自転車を停めた。サドルにまたがったまま、フェンス越しにサッカー部の練習をしばらく見つめた。モトくんもゴールを決めた。さっきのブンちゃんのシュートのほうが鋭かったよな、勝ってるよな、ブンちゃん、と思う。

またブンちゃんの順番が来た。ドリブル、パス、ワンツーでシュート。ディフェンスは二年生の部員だったが、ブンちゃんのフェイントにあっけなくひっかかって、足を出すことさえできなかった。同じ二年生のゴールキーパーも、ブンちゃんがシュートの体勢に入った時点で半分あきらめているのが、遠くからでもわかる。

やっぱり、すごい。ブンちゃんはすごい。小学生の頃はサッカーより野球のほうが好きだったのに、中学ではモトくんと二人でサッカー部を選んだ。上下関係の厳しい野球部だと、どんなに上手くても三年生までレギュラーになれないから。野球をやめるのはもったいない、と最初はみんな思っていた。二人が入部するのを期待していた野球部の監督も、ずいぶんがっかりしていたという噂だ。でも、野球の上手い二人は、サッカーでもずば抜けていた。あっさりベンチ入りメンバーに選ばれて、あっさりレギュラーを取って、来年からの目標は地区のベストイレブンではなく、市のベストイレブンになるだろう。

モトくんがゴールを決めた。余裕たっぷりにディフェンスをかわして、前に出るゴールキーパーをあざ笑うようなループシュートでゴールネットを揺らす。

戻ってくるモトくんをハイタッチで迎えたブンちゃんは、負けず嫌いの心に火が点《つ》いたのだろう、次に順番が回ってきたときは、ワンツーのパスをワンタッチでシュートした。ディフェンスもゴールキーパーもほとんど身動きできないほどの、みごとなゴールだった。

やっぱり、すごい。ほんとうにすごい。きみは思わず拍手をした。ナイスシュート、と小さく声もかけた。でも、ブンちゃんはきみに気づかない。モトくんを指差して、どうだ、というふうに胸を張る。

部活の終了時間十分前を告げるチャイムが鳴った。きみはうつむいて、自転車のペダルに足をかけた。前カゴの袋から覗いたゲームの、いかにも子どもっぽいラベルのイラストをぼんやりと見つめ、もういいや、とつぶやいた。だいじょうぶ、ブンちゃんなら平気だ。心配なんていらない。かえって、よけいなお世話になってしまう。

ペダルを踏み込んだ。練習の仕上げのランニングをする野球部の連中とフェンス越しにすれ違いそうになったので、道路を横切って反対側に逃げた。入学直後の一カ月だけ、きみは野球部員だった。ブンちゃんがまさかサッカー部に入るとは思ってもみなかったせいだ。ランニングや腹筋運動の基礎練習がキツくて、やめた。もしもブンちゃんと一緒だったら……がんばって、いまも野球部にいた、と思う。

4

家に帰る途中、熊野神社の前で「あれ？　三好くんじゃない？」と呼び止められた。

あわててブレーキをかけて振り向くと、神社の駐車場に停めた軽自動車の窓から、懐かしいひとが顔を出した。

ブンちゃんのお姉さんだった。

「ひさしぶりじゃん、なにやってんの？」

お姉さんと会うのは中学に入ってから初めてだった。

あ、どうも……と頭を下げて挨拶をすると、お姉さんは「三好くんって部活やってないんだっけ」と訊いた。

「あの、野球部だったんですけど……」

「やめちゃったの？」

うなずいた。しょんぼりとしたしぐさになったのが、自分でもわかった。

「じゃあ、けっこう暇なんだ、いま」

これも、しょんぼりとうなずくしかなかった。タイミングが悪い。サイテーだ。ブンちゃんのことを——ブンちゃんのことばかり考えていて、頭の中がブンちゃんで一杯になっているときに、お姉さんと出くわすなんて……ほんとうに、サイテーとしか言いようがない。

だから、ワン、ツー、スリー、で勢いよく顔を上げる。えへへっと笑って、小さな目をせいいっぱい見開いて、言った。

「ブンちゃん、今日、全校朝礼でスターになったんですよ。ほら、おとといの新人戦でウチの学校優勝したし、ブンちゃん、得点王にもなったし」

「知ってる、モトくんと同点だったんでしょ」

「でも」とっさに、言った。「ブンちゃんのほうがすごいです」

「そう？」

「うん、だって、すごいです、ブンちゃん……ブンちゃんのほうが全然すごくて、ほんと、すごくて、やっぱ……」

泣きそうになった、と気づくと、まぶたが急に熱くなって、ほんとうに涙があふれてしまった。

またうつむいた。失敗した。下を向くと鼻まで熱くなって、涙が止まらなくなった。

お姉さんは最初はびっくりした様子だったが、黙って車のドアを開けた。ルーフに手をついて体を支え、後ろの席から松葉杖を取り出して、よいしょっ、ときみに向き直る。

きみはうつむいたまま、涙を手の甲でぬぐう。涙を見られても、恥ずかしいとは不思議と思わなかった。それよりも、なんだか、ごめんなさいを言いたい気分だった。

お姉さんはまだ黙っていた。涙に濡れた目に、スニーカーを履いたお姉さんの両足と、二本の松葉杖の先が見える。杖の先端には黒いゴムのカバーがついている。昔と同じだ。ずうっと昔からお姉さんは足が悪くて、小学校の低学年だった頃のブンちゃんはそれをすごく気にしていて、だからきみ以外の友だちを家に呼んで一緒に遊ぶことはなく、「姉ちゃんの足のこと、他のヤツには絶対に言うなよ」としょっちゅう口止めされて、足の悪いお姉さんを見られるのが恥ずかしいのではなく、お姉さんがじろじろ見られるのが嫌なんだとわかっていたから、きみは約束をきちんと守って……ブンちゃんは優しいヤツだよな、でも、いま思うけど、それってちょっと違うよな……小学生の頃には思わなかったけど……いまは、わかる……。

顔をほんの少しだけ上げると、不意にまぶしい光を浴びせられた。手の甲で覆ったまぶたの内側が一瞬真っ白になってしまうほどのまばゆさだった。

お姉さんはデジタルカメラを構えていた。まぶしい光は、カメラのフラッシュだった。

「ごめん、撮っちゃった」

お姉さんはそっけなく言って、「中学生の男子の泣き顔なんて、めったに撮れないし」と、にこりともせずに付け加えた。

これも昔と同じだ。お姉さんはあまり愛想のいいひとではない。ブンちゃんと仲良くなった最初の頃は、お姉さんのしゃべる言葉がぜんぶ怒っているように聞こえて、「こんにちは」と挨拶をするだけでもびくびくしていたものだった。

「プリントアウトしてあげようか？」

首を横に振って、目尻に溜《た》まった涙を指ではじくようにぬぐった。

「泣きやんだ？」

今度は、こくんとうなずいた。

「だったら……遊ぼう」

びっくりして顔を上げた。

お姉さんは「どうせ暇なんでしょ？」と初めて笑った。「ブンの代わりに遊んであげる」

まぶたが、また熱くなる。お姉さんはすべてを――そんなはずはないのに、すべてをわかっているんじゃないか、という気がした。

お姉さんは「じゃ、行こうか」と言って、松葉杖を前に振って歩きだした。

大学の帰りに熊野神社に寄り道をしたのだという。免許を取ったばかりの運転の練習で近所をドライブしていたら、雲がきれいだったので、神社のクスノキと一緒に撮ろうと思った。でも、長い石段を松葉杖で上っているうちに雲の形は変わってしまい、ごくふつうの、面白くも何ともない夕雲になってしまった。途中であきらめて引き返し、車に乗り込んだときにきみが駐車場の前を通りかかった。

だから、とお姉さんは石段の前できみを振り向いて言った。

「わたしは足が疲れてるから、三好くん一人で上ってね」

『ぐりこ』をしよう――と誘われたのだった。じゃんけんで階段を上っていく、アレ。小学生の頃はおなじみの遊びだったが、中学に入ってからは一度もやっていない。

「わたしが勝ったぶんは数を覚えておくってことで、三好くんは実際に上るの。いい？」

「はあ……」

「じゃ、いくよ、じゃんけん、ぽん」

お姉さんがチョキで勝った。「ち、よ、こ、れ、い、と」で六段。次のじゃんけんも、お姉さんが勝った。今度はパー。「ぱ、い、な、つ、ぷ、る」で、さらに六段進む。あいこを挟んで、三回目はきみが勝った。グーで勝ったので、「ぐ、り、こ」の三段。「はい、上って」とうながされて三段進むと、お姉さんは下から言った。

「不公平でしょ、『ぐりこ』って」

「……え？」

「だって、グー、チョキ、パーで進める数が全然違うじゃん」

言われてみれば、そのとおりだった。じゃんけんを十回やって五勝五敗でも、その五勝がぜんぶチョキやパーだった場合と、ぜんぶグーだった場合では、進める段の数には倍の差がついてしまう。たとえグーだけで六勝四敗と勝ち越しても、その四敗がぜんぶチョキやパーだったら、相手のほうが負け越しなのに先にゴールインすることになる。

「だったらグーなんかで勝ちたくないって思うじゃない、誰だって」

黙ってうなずくと、お姉さんもうなずいて、つづけた。

「でもね、グーでしか勝てない子がいるの。じゃんけんが弱くて、たまにしか勝てないのに、勝つときにかぎってグーなの」――きみを指差して、笑う。

確かにそうだ。ほんとうにそうだ。ブンちゃんやモトくんは、チョキとパーでどんどん勝って、どんどん階段を上っていく。差は広がる一方で、やがて二人の背中が見えなくなって……きみはきっと、ブンちゃんと同じ高校へは行けないだろう。

しゅんとしたきみにかまわず、お姉さんは「はい、つづきやるよ」と目の高さにかざした拳《こぶし》を軽く振った。負け、負け、あいこ、負け、あいこ、負け。お姉さんは、「ち、よ、こ、れ、い、と」の連発で、あっという間に差を大きくつけた。

やっぱりだめだ。なにをやっても、だめなヤツはだめだ。もうやめたくなったし、また泣きたくなってしまった。

「ねえ、三好くん」

「……はい」

「グー出すの、やめたの？」

見抜かれた。お姉さんの話を聞いてから、チョキとパーを交互に出していた。

だって……と言いかけたら、お姉さんはそれをさえぎって、「似合ってないよ」と思いきりそっけなく言った。

熱くなった。今度はまぶたではなく頬が。だって、チョキとパーのほうが得だから——さえぎられた言葉を言い直そうとして、気づいた。チョキとパーでちっとも勝てない理由は、一つしかなかった。

じゃんけんをつづけた。グーで勝った。その次もグーで勝った。予感が当たった。試しにチョキを出してみると、あいこ。次にパーを出すと負けた。お姉さんは、チョキしか出していない。きみの表情の変化がわかったのだろう、さっきより六段ぶん遠くなったお姉さんは、「……ってこと」と笑いながら言った。

きみは頰を火照《ほて》らせたまま、うなずいた。頰は赤くなってもいるだろうか。でも、空はもうだいぶ暗くなっているので、お姉さんにはばれないですむだろう。

「ゆっくりでいいじゃん」とお姉さんは言った。「ちょっとずつで」と付け加えて、指をチョキの形にした手のひらをこっちに向けると、チョキがVサインになった。

ゆっくりと、ちょっとずつ。お父さんの言っていた「そこそこ」と似ているようで、全然、まるっきり違う。それがわかる。ゆっくりと、ちょっとずつ、わかった。

「じゃあ、次からはグー、チョキ、パーぜんぶ『あり』でやるからね」

お姉さんが握り拳を頭上に掲げ、きみも応えて手を高く上げたとき、ポケットの中で携帯電話が鳴った。

「ちょっと来いよ」

佐藤先輩――だった。

5

きみは自転車をとばす。サドルからお尻を浮かせ、ペダルが重くなるライトも切って、がむしゃらに自転車を漕《こ》いで河原へ向かう。冷たい風が頰を叩く。息があがって、喉がひりひりする。でも、スピードをゆるめると、勇気が消え去ってしまいそうだった。

ブンちゃんが先輩たちにシメられる。サッカー部の練習が終わったあと、河原に連れて行かれた。国道の橋のたもと――土手の斜面を固めたコンクリートの壁が、スプレーの落書きで埋め尽くされている場所だ。

「わけわかんねー……」

ぜえぜえとあえぎながら、つぶやいた。

「わけわかんねーよ、マジ、わかんねーっての……」

ブンちゃんは、きみのついた嘘を打ち消さなかった。佐藤先輩がきみの名前を出してブンちゃんを問いただしたら、言い訳もなく、「じゃ、言ったんでしょ」と認めた。

「嘘じゃなかったのは褒めてやるよ」

佐藤先輩は電話で言って、「褒めてやるけど、おまえ、なんかべらべらしゃべるヤツだよなあ」とすごんだ声でつづけた。「ついでに根性直してやるから、おまえも来い」

口止めで脅されるのだろう。たぶん、殴られる。お姉さんに言えばよかった。事情をぜんぶ打ち明けて、警察か先生を呼んでもらえばよかった。

でも、電話を切ったときには、そんなことはなにも考えなかった。ちょっと用事ができたから、と石段を駆け下りて、お姉さんにろくに挨拶もせずに自転車に飛び乗ったのも、話を秘密にしたりごまかしたりというつもりではなかった。ただ、一人で行くんだ——と決めていた。いや、「決める」という意識もなく、当然のことをするように、一人で向かった。

河原まであと少しのところで、街灯に明かりが灯った。空は西のほうを残して、もうほとんど夜の色になっていた。

ブンちゃんは、なぜ、嘘だと言わなかったのだろう。バカだ。シメられちゃうじゃん、ブンちゃん、それくらいわかるじゃん、誰だって。

「わけわかんねー、わかんねー、わかんねー……」

歌うみたいに繰り返す。途中から、別のこともわからなくなる。ブンちゃんがどうして先輩からシメられてしまうのか。目立つことがどうして生意気になるのか。殴っても目立つのは変わらないのに。クラスにスパイがいた理由もわからない。和田や辻本がなんとなくうれしそうにブンちゃんのピンチを話していた理由もわからない。ブンちゃんが「ちゃん」付けで呼ばれると怒る理由も、みんなが「ちゃん」付けしなくなった理由も、しまいにはどうしてブンちゃんと昔は親友だったのかまで、わからなくなってしまった。

『ぐりこ』と同じだ。わかることは少しずつしか増えないのに、わからないことはどんどん増えていく。お父さんの言うように、頭が悪いからなのだろうか。頭が悪いと期待されないのだろうか。期待されても困るのに、ちょっと期待されたいのはなぜだろう。わからない。でも、ほんとに、ブンちゃんはなぜ嘘を受け容れてくれたのだろう。かばってくれた？　なんで？　友だちだから？　ごめん、ブンちゃん、ごめん、と謝りたい。でも、ありがとう、とも言いたい。その理由ぐらいはわかるから、きみは河原の土手につづく坂道を一気に駆け上りながら、怒鳴る。

「わけわかんねえーっ！」

土手の上の道路をしばらく進むと、街灯に照らされて、道の先で自転車が何台も停まっているのが見えた。数人の人影が、ちょうど土手の階段を河原に下りていくところだった。

急ブレーキをかけた。甲高く濁《にご》った、耳障《みみざわ》りな音が響いた。自転車が停まる。地面に足をつく。頬にあたっていた風がやんだ。

階段の人影も立ち止まった。こっちを見ていた。顔はよくわからない。でも、体つきでわかる。ブンちゃんが、いる。

ブレーキのレバーから指を浮かせ、ペダルを踏み込んだ。風がまた、頬にあたる。スピードが上がった。あとちょっと。ハンドルをぎゅっと握りしめて、さらに強く、速く、ペダルを踏み込んだら、後ろから「どけ！」と怒鳴られた。

驚いて振り向くと、目が合う間もなく、モトくんの自転車に追い越された。

「てめえら！　なにやってんだよ！　バカ！　ぶっ殺す！」

モトくんは街灯の下まで来ると自転車を乗り捨てて、雄叫《おたけ》びをあげながら階段を駆け下りた。

先輩たちが迎え撃とうと身構えたら、今度はブンちゃんが、先輩の一人に体当たりした。

先輩たちは人数が多く、体も大きい。でも、二人はひるむことなくつかみかかる。倒されてもすぐに起き上がって、かかっていった。殴られて顔を押さえても、次の瞬間、頭から突っ込んでいった。

きみは階段を途中まで下りた。そこから先は足がすくんで、どうしても進めない。怖かった。でも、それだけではない。殴られるのは怖い。泣きだしたくなるほど怖い。でも、それだけではない。わからない。わからないことばかり、増えて、増えて、増えて……。

「うあああああああああーっ！」

思いきり声を張り上げた。

階段の途中に立ったまま、ばたばたと両足を踏み鳴らして、ゲンコツをつくった両手で自分の頬を殴りはじめた。

「やめろお！　やめろお！　やめろお！」

吠《ほ》える声が、自分でも気づかないうちに変わった。

泣いていた。頬を左右かわるがわる殴りつける手の動きは止まらなかった。太った先輩に組み敷かれたブンちゃんの姿が、涙でにじむ。背の高い先輩に後ろから羽交い締めにされて、別の先輩に腹を殴られているモトくんの姿も、揺れながら、見えた。

「ごめんなさあい！　ごめんなさあい！　ごめんなさあい！」

泣きながら吠えた。頬を殴りつづけた。

頭がぼうっとする。殴りすぎたせいなのか、大声を出しすぎたせいなのか、泣きすぎたせいなのか、それを考えるのも面倒くさくなるほどぼうっとして、薄い霧が頭の中に広がっているみたいで、シャボン玉のような透明の膜に全身が包まれているような気もして……その膜が、不意に破られた。

土手の道路から車のクラクションが聞こえた。

「おい！　自転車どけろ！　通れないだろ！」

車から降りてきて怒鳴った男のひとは、ケンカに気づくと「なにやってんだ！　警察呼ぶぞ！」とまた怒鳴り、クラクションを何度も大きく鳴らした。

あわてて階段を駆け上って逃げだした先輩たちが、きみの両脇をすり抜けた。きみはまだ、嗚《お》咽《えつ》交じりのかすれた声で「ごめんなさい、ごめんなさい」を繰り返しながら、自分の頬を殴りつづけていた。

「三好、おまえ、なにやってんだよ」――起き上がったブンちゃんに声をかけられるまで、ずっと殴りつづけていた。

階段を下りきったところに、きみを真ん中にして三人並んで座り込んだ。

「もう泣くなって、ほら」

モトくんが、ハンカチを差し出した。きみは膝に顔を埋めたままそれを受け取り、枕のように目元と頬にあてた。

「なんなんだよ、おまえが泣くことないじゃん。ほんと、わかんねえヤツだよなあ」

ブンちゃんの声は少しくぐもっている。先輩に殴られて、顔が腫れているせいだろうか。さっきからしきりに地面に唾《つば》を吐いているモトくんも、口の中を切ったようだ。

それでも、二人は元気だった。「佐藤のバカ、練習サボってこんなことの段取りつけて、バカじゃねえの?」「俺、あいつの腹蹴ってやった」「キンタマ狙えばよかったんだよ」「まあ、でも、あと五分あったら勝ってたよな」「俺のほうは、な」「なに言ってんだよ、俺だって楽勝だよ」

……二人の声を聞くと、こっちまで胸がわくわくしてくる。いいな、いいな、カッコいいな、と思う。ブンちゃんはやっぱりサイコーで、モトくんも、やっぱり、ブンちゃんの親友はこいつ、だよな。俺、真ん中に座って邪魔なのかも。ハンカチにまた、じゅん、と涙が染みる。

「でもさ、モト……ま、いちおう、サンキュー」

ブンちゃんはぶっきらぼうに言った。モトくんは、へへっと笑うだけで、なにも応えない。

モトくんはサッカー部の誰かから、ブンちゃんが河原に連れて行かれたと教えられたらしい。先輩のスパイがいたり、ブンちゃんたちの味方がいたり……そういうのも、よくわからない。ちょっと嫌な気分になって、明日からみんなと付き合うのが怖くもなる。でも、ブンちゃんとモトくんはだいじょうぶだ。二人なら、平気だ。涙が染みてぬるくなったハンカチを頬に押し当てて、だよな、だよな、とうなずいた。

「あと、三好、おまえもサンキュー」

ブンちゃんのそっけない言い方は、お姉さんに似ている。「おまえもさー、ほら、もう泣くのやめろよ、ガキじゃないんだから」——お姉さんは、背中を小突いたりはしないけれど。

ブンちゃんは、きみのついた嘘のことは、なにも言わない。モトくんが「で、三好、なんでここにいるわけ？」と訊いたときも、きみに代わって「たまたまだろ」と軽く、面倒くさそうに言うだけだった。

だから、きみは目元をハンカチにさらに強く押しつけて、体育座りした膝の裏をつねる。「三好の自爆パンチ、笑えたなあ」とモトくんが言う。「俺、自分の顔あんなに本気で殴れねえよ」とブンちゃんも言って、「すげえすげえ」ときみの肩を軽く揺すった。いまだって——きみは自分の膝の裏を本気でつねっている。ブンちゃんは気づいていない。それでいい。ブンちゃんにだってわからないことはある。

きみが泣きやむのを待って、ブンちゃんは「帰ろうぜ、腹減ったよ」と立ち上がった。モトくんはきみが返したハンカチを受け取って、「びしょびしょ」と笑った。

並んで階段を上りかけた二人を、きみは呼び止めた。

「ブンちゃん……モトくん……ごめん……」

モトくんは怪訝そうに「はあ？」と返したが、ブンちゃんはぷいっと背中を向けて、黙って階段を上る。

「っていうか……ありがとっていうか……」

モトくんはまた「はあ？」と言って、「そんなのいいよ、俺なにもしてねえもん」と階段を上る。ブンちゃんは階段の途中で足を止め、「うっせえんだよ、そんなの言わなくていいんだよ」ときみをにらむ。モトくんにも、ほんと、おまえわかってないよなあ、と苦笑された。

「あと、俺とかモトのこと、『ちゃん』とか『くん』とか付けんなっての」

「……ごめん」

「『ブン』でいいんだよ、俺、そっちのほうが好きだから」

ほんとに「ブン」でいいの――？　俺も呼び捨て組でいいの――？　と訊くとまた怒られそうだから、黙ってうなずいた。

「俺も『モト』でいいからな、今度から」とモトくんも言ってくれた。

俺は「三好」より「ヨッシー」のほうが好きなんだけど……これを言っても怒られちゃうんだろうな、と思った。わかることは、ゆっくりと、ちょっとずつ、増えていく。

ブンちゃんとモトくんは――ブンとモトは、並んで階段を上りながら、明日からのことを話していた。仕返しがあるかもしれない。今度はもっと怖い先輩が出てくるかもしれない。でも、二人はおびえた様子もなく、「土下座一回ぐらいならいいかな」「タコでも先輩は先輩だもんな」と言う。

そんな二人の背中を見つめて、ブン、モト、ブン、モト、ブン、モト……喉の奥でカウントダウンのように繰り返していたら、階段の下に取り残されてしまった。

「今度、モトがシメられてたら、助けに行ってやるから」

ブンが照れくさそうに言うと、モトはもっと照れくさそうに「暇だったら来いよ」と言った。

「行くって……絶対」

ブンはそう言って、きみを振り向いた。

「三好のときにも助けに行ってやるからな」

モトも「おまえの代わりに泣いてやろうか？」と笑った。

きみはへへっと笑い返し、すぐにうつむいて、階段を上りはじめた。

ぐ、り、こ。

三歩目で足を止めて、空を見上げた。まんまるな月が出ていた。「早く来いよ、バーカ、置いてくぞ」とブンが言った。拳を頭上にかざして、きみをぶつ真似をして、そのしぐさもお姉さんのじゃんけんにそっくりだった。

にゃんこの目

1

遠くのものが見えづらくなったのは、いつからですか――？

眼科の先生に訊かれた。これで何度目だろう。お医者さんは、たとえ紹介状にカルテのコピーが添えてあっても、一から問診を始めないと気がすまないのかもしれない。

「去年の十一月頃から」

きみの答えを、先生は「じゃあそろそろ二カ月になるということですね」と言い換えて、カルテにメモを取った。

「最初はどんな感じでした？　かすんだりとか、二重に見えたりとか」

これも何度も訊かれたことだ。最初は自分でも症状をどう伝えればいいのかわからず、苦手な英語の教科書を音読するみたいにすぐにつっかえてしまったが、病院を移るたびに説明を繰り返していると、少しずつうまい言い方が見つかるようになった。

かすむというより、にじむ。ものが二重になるのではなく、厚みが感じられない。

「厚み、って？」

「画像っぽいの」

「画像って、デジタルカメラとかパソコンとかの、あの画像のこと？」

「そう……遠くのもの見ると、ぜんぶ、すごく大きな紙にプリントアウトしてる感じ」

ゆうべ思いついた。そう、それ、その感じぴったり、と自信があったのに、先生はぴんと来なかったのか、ふうん、なるほどねえ、とあいまいにうなずくだけだった。

でも、ほかに言いようがない。きちんと見えていたかと思うと、不意に風景がにじみ、厚みを失ってしまう。それが何時間もつづくときもあれば、数分でなおるときもあるし、まばたき一つで元に戻ることだってある。「発作」みたいだ、といつも思う。

「いまは？　僕の顔、ちゃんと見えてます？」

きみは黙ってうなずいた。

「ちょっと離れてみましょうか」

先生は立ち上がり、何歩かあとずさった。だいじょうぶ。きちんと見える。「花井《はない》さんも離れてください」と言われて、診察室の端と端に立ってみても、先生の姿はくっきりとしたままだった。

「そうですか、じゃあ、僕が動いてみたらどうでしょうかね」

手を振った。うろうろ歩きまわった。なにも変わらない。よく見える。

先生は椅子に戻った。カルテに短いメモを取り、ペンを置いてきみに向き直る。

「前の病院の先生からも聞いたかもしれませんが、視力が急に低下するのは、とても危険な場合があるんです」

「はい……」

「まあ、九十パーセント以上はただの近視なんですけど、まれに視神経炎や硝子体《しょうしたい》出血で視力が落ちることもあるし、万が一ですが、網膜剥離《はくり》や網膜中心動脈閉塞《へいそく》症だったときには、大急ぎで治療をしないと失明の恐れもあるんです」

ただ――と、先生はつづけた。

「花井さんの場合は、眼底検査もOKだったし、眼圧も問題ありません。念のために脳波と脳のMRIもとってみましたが、異状は見られませんでした」

前の病院でも、その前の病院でも、同じことを言われた。両眼視機能検査、乱視表、ゴールドマン視野計、ランドルト環視力表、眼底鏡、プラチード角膜計、ERGが網膜電図で、EOGが眼球電図……。しかつめらしい言葉もだいぶ覚えた。

「視力のほうも、さっき検査したときには左右とも一・二あったんですよ」

いままでもそうだった。病院で視力検査を受けると、なんの問題もなく見える。検査の結果からは、きみの目は健康そのものだということしかわからない。

「なにかの前触れはありませんか」

「いえ、全然」

「たとえば携帯電話でメールを打ったり読んだりしたあとがよくないとか、寝起きのときに見えづらいとか」

「そういうのとは……」

「関係ない？」

「はい」

「……なるほどねえ」

先生は下の唇をきゅっとすぼめ、体をよじってカルテに走り書きした。

「来週、また来てください。それまでに宿題を出しておきます」

「発作」が起きたら、その直前になにをしていたかを書き留めておく。いつ、どこで、誰と、なにをしているときだったのか。

くわしく、と先生は言った。正直に——とも付け加えた。

「嘘なんてついてません」

思わずムッとして言い返すと、先生は、わかってますわかってます、と笑顔で受け流し、「とにかく、くわしく書いてみてください」と言った。


大学病院の前のバス停で携帯電話のメールをチェックすると、志保《しほ》ちゃんから一通届いていた。

〈ごめん明日行けなくなっちゃった〉

ため息をついて、電話を鞄にしまった。

二人で映画を観に行こうと約束したのは、冬休みに入る前だった。日にちを決めても、そのたびに志保ちゃんにキャンセルされて、もうすぐ一月が終わってしまう。

明日のことも、そもそもは志保ちゃんから「次の土曜日は絶対だいじょうぶ」と言い出したのだ。「トガっち、バスケの先輩と遊ぶって言ってたから」

志保ちゃんは、去年の秋から同じクラスの戸川《とがわ》くんと付き合っている。それ以来、休みの日や放課後の予定は戸川くん優先になって、きみがはじかれることが増えた。明日もどうせ戸川くんの都合が変わって、じゃあ二人でデートしようかという話になったのだろう。

約束をキャンセルするたびに、志保ちゃんは両手を合わせて「ごめんっ、ほんとに悪いと思ってる」と謝る。「でもさ、ハナとわたしの友情は永遠で無敵だけど、トガっちとの関係ってわかんないじゃん、手抜きして、あとで後悔とかしたくないじゃん」

なにをやらせてもてきぱきしているぶん、志保ちゃんには調子のいいところがある。

明日は図書館で勉強しようかなあ、とつぶやいた。中学二年生の三学期だ。受験まであと一年。三月の個人面談では志望校も先生に伝えなければいけない。十月に進路調査票を出したときには、志保ちゃんと二人で私立の女子高を第一志望にした。でも、いまはわからない。志保ちゃんは共学の高校を選びそうな気がする。

バス停の電光掲示板に〈前のバス停を出ました〉のメッセージが流れた。財布から小銭を出していたら、向かい側に駅からのバスが停まって、すぐに走り去った。

バスを降りた数人の客の中に、同級生がいた。

制服の上にコートを羽織っていても、すぐにわかる。左手に松葉杖をついているのが恵美ちゃんで、恵美ちゃんがいるのなら、その隣にいる太った女の子は由香ちゃん以外には考えられない。

一瞬迷ったが、声はかけなかった。二人も、きみに気づかずに病院の門をくぐっていった。

同級生といっても、しゃべったことはほとんどない。恵美ちゃんと由香ちゃんはいつも二人でくっついていて、ほかの子を加えようとも、別のグループに混ざろうともしない。

「あのひとたちって、ちょっと変だよね」と志保ちゃんはいつか言っていた。きみもそのときは「うん、変わってるよね」と相槌を打った。「体に障害のあるひとって、閉じてる感じするもんね、心が」──志保ちゃんのその言葉には、うなずけなかったけれど。

でも、いま、並んで病院に向かう二人の後ろ姿を見ていたら、なんとなくうらやましくなった。

確かに閉じている感じがする。そのぶん、二人は絶対に約束を破ったり裏切ったりはしないんだろうな、とも思う。

駅行きのバスが近づいてきた。まあいいや、と二人から目をそらし、バスの来る方に顔を向けたら、風景がにじみながら後ろに下がった。厚みや奥行きがなくなって、平らな画像になった。さっきまで確かに見えていた家電量販店の大きな看板の文字が読めない。近づいてくるバスの行き先表示も、文字がにじんで読み取れない。

これなんだ、これ――。

病院に駆け戻って検査を受けたかったが、ベンチが満杯だった待合室の様子を思いだして、やめた。「おだいじに」の一言で、もう今日の診察は終わったんだ、はじかれたんだ、と思うと、急に悲しくなった。

ハナちゃん――きみの話だ。
旅の途中ですれ違ったような、ほんのわずかな間だけ、恵美ちゃんと由香ちゃんの友だちだったきみの話を、いまから始める。

バスの窓からぼんやりと外を眺めているうちに、視力は戻った。今日の「発作」は、あんがい早く治まってくれた。

家に帰ると、妹の聖子《せいこ》が「お姉ちゃん、目、見せて」と顔を覗き込んできた。病院から帰ると、いつもだ。検査の前に点眼される散瞳《さんどう》薬の効果が数時間つづくために、家に帰っても瞳が開いたままになってしまう。聖子はそれを見るのが楽しみなのだ。

「怖ーい、ホラー映画みたい」――小学六年生の子に腹を立ててもしかたないので、リビングのソファーに座って目のツボのマッサージをした。

最初に診てもらった近所のクリニックで教わった、眉《まゆ》の上にあるツボと上まぶたのツボを両手の親指で押し、目尻に指をかけてひっぱるだけの簡単なマッサージだ。その頃はまだ近視だろうと診断されていた。網膜剝離の恐れがあると言った次の病院の医者には、「まぶたを押さえるなんてとんでもない！」と叱られたが、今日の診断だと網膜剝離ではなさそうだし、目のまわりの細い筋肉をほぐすのは気持ちいいし、平気平気、と指を動かした。

聖子はリビングのテーブルで、お母さんから借りたノートパソコンにデジタルカメラの画像を取り込んでいた。小学校の卒業文集委員に選ばれたのだという。

「ねえ、明日、お姉ちゃんと一緒に映画観に行く？」

マッサージをつづけながら声をかけると、聖子は迷う間もなく「だめ」と言った。「お昼から文集の話し合いだから」

「いいじゃん、みんないるんなら、一人ぐらい休んでも」

「だめだよ、そんなの。もう約束しちゃったもん」

「……えらいね、あんた」

「って、変な顔のときに言われてもうれしくないんですけどー」

「そんなに変？」

「うん、ほら、あーがり目、さーがり目ってあるじゃん、あんな顔になってる。自分じゃわかんないんだよ」

こんな感じこんな感じ、と聖子は自分の目尻を指で上げ下げした。

「あーがり目、さーがり目……ぐるっと回って、にゃんこの目っ」

目尻がまっすぐ横にひっぱられた聖子の両目は、一本の線になった。

2

志保ちゃんと戸川くんは、週末に二日つづけてデートをした。その二日目——日曜日の夜に、なにかが、あった。

月曜日の朝、志保ちゃんに教室の外のベランダに呼び出されて、それを聞かされた。といっても、志保ちゃんは「一線、越えちゃった」と笑うだけで、くわしいことは「ご想像にお任せしまーす」と上機嫌な声でかわす。

「それでね、今日から、トガっちの部活が終わるまで学校で待つことになったから、ハナと一緒に帰れなくなったんだけど……」

ごめんねー、と両手で拝《おが》まれた。

「……いいよ、わかった」

うなずくと、よかったあ、と笑う。

「トガっちも心配してたの、俺のせいで友情が壊れちゃったらヤバいよ、って」

黙って手すりに腕を載せ、グラウンドのほうに目をやった。始業時間が近づいて、グラウンドを小走りに突っ切ってくる生徒が何人もいる。一年生は、男子は男子、女子は女子のグループがほとんどだが、三年生になるとカップルが増えてくる。みんなに見られて恥ずかしくないんだろうか。みんなに見られるから、いいんだろうか。

きみはまだ男の子と付き合ったことがない。誰かから告白されたこともないし、告白したい相手もいない。「あせんなくていいよ、ハナってルックスもそこそこだし、絶対にコクってくる子いるから」――戸川くんと付き合いはじめたばかりの志保ちゃんに言われたことがある。そのときの微妙な恥ずかしさと悔しさは、いまも忘れてはいない。

「だいじょうぶだよね？」

志保ちゃんが言った。

「なにが？」と、きみはグラウンドを見たまま聞き返した。

「トガっちとわたしが付き合ってても、うちらの友情、変わんないよね？」

「うん……変わんないよ」

「だよねーっ、うちら親友だもんねーっ」

志保ちゃんは自分のことだけ話して、一人でさっさと教室に戻っていった。

来年――志保ちゃんと同じクラスになれなくてもべつにいいかな、と初めて思った。

教室を振り返ると、志保ちゃんは戸川くんとおしゃべりをしていた。楽しそうな志保ちゃんの笑顔がガラス越しに見えて、まばたくと、ぼうっとぼやけた。


その日を境に、志保ちゃんは戸川くんにべったりとくっつくようになった。

休み時間になると戸川くんの席に行ったり、戸川くんが志保ちゃんの席に来たり、二人でベランダに出たりして、仲の良さをみんなに見せつける。おしゃべりをするだけではなく、笑いながら肘で小突き合ったり、志保ちゃんの肩に抜け落ちた髪を戸川くんが指でつまんで取ったり、戸川くんが机の上に脱ぎ捨てたジャージを志保ちゃんがていねいに畳んだりする。

そんな二人の姿を、きみは眉間《みけん》に皺《しわ》を寄せ、まぶたに力を入れないと見ることができない。

月曜日の朝に始まった「発作」は、木曜日の朝になってもおさまらなかった。黒板の字がにじんで、手のひらを庇《ひさし》のように額につけないとほとんど読めない。廊下ですれ違う友だちの顔も、すぐそばまで来ないと見分けられない。大学病院で処方してもらった眼精疲労用の点眼薬をさすと、しばらくは調子がよくなるが、三十分もすればまた元に戻ってしまう。

「花井さん、目、悪くなってない？」

昼休みに、クラス委員の大下由香里《ゆかり》さんに言われた。「黒板の字を見てるとき、すごくキツそうだけど」と心配顔で。

「うん……ちょっと」

「どうする？　もしアレだったら、席、前のほうに移ってみる？　花井さんがそうしたいんだったら、今度のホームルームで代わってくれる子がいないか訊いてみるけど」

ううん、いい、と断った。「発作」さえおさまればだいじょうぶだし、ホームルームの議題にされるのは恥ずかしいし、お互いに苗字で呼び合う程度の親しさの大下さんに借りをつくるのが、なんとなく嫌だった。

大下さんが「でも、ほんとにキツかったらすぐに言ってね」と立ち去ったあと、入れ替わるように淑子《としこ》ちゃんが来た。

「ね、ね、ハナちゃん、悪いけど、ちょっと訊いていい？」

淑子ちゃんも、特に親しいというわけではない。ほんとうに仲良しなら「ハナちゃん」は「ハナ」になるし、「淑子ちゃん」も「トコちゃん」になる。

淑子ちゃんは声をひそめて、「志保ちゃんのことなんだけどさー……」と言った。「戸川くんとヤッちゃってるって噂あるんだけど、それ、マジ？」

あ、そうか、と気づいた。淑子ちゃんがいつも一緒にいるのは佐藤さんたちのグループで、佐藤さんと志保ちゃんは一学期の頃からしょっちゅうぶつかっていた。

「わたし、知らない。聞いたことない、そんなの」

「うそぉ、だってハナちゃんと志保ちゃんって親友じゃん。ね、教えて、絶対に誰にも言わないし、どうせ噂なんだし」

「知らないって、ほんと」

「だって親友じゃん、ハナちゃんが知らないわけないじゃん」

不機嫌そうに言った淑子ちゃんは、じゃあいいよ、と席を立った。

淑子ちゃんの後ろ姿が、にじみながらぼやける。淑子ちゃんが戻ってくるのを待つ佐藤さんたちの姿も、ぺらぺらの画像になって教室の後ろの壁に貼りついている。顔はもう、髪形でしか見分けられなかった。


五時間目の授業が始まると、「発作」はさらにひどくなった。昼休みまではなんとか見えていた黒板に書かれた日直の名前も、だめになってしまった。目に映るものすべてが遠い。世界のすべてが厚みのない画像になってしまったみたいだ。

先生が板書《ばんしょ》をしている隙に点眼薬をさしても、効果はない。かえって涙がにじんで、よけい見えづらくなってしまった。黒板の文字を読もうとして必死に目を凝《こ》らしていたら、頭が痛くなってきた。吐き気もする。ひどい肩凝りになっているのか、両肩が重い。首の付け根がこわばって、顔の向きを変えるのも、つらい。

我慢できなくなって、授業の途中で保健室に行くことにした。保健委員のノッコが付き添ってくれた。大下さんや淑子ちゃんと違って、ノッコとはふだんからよくおしゃべりをしているので、少し気分が楽になった。

でも、ノッコは授業中のしんとした廊下を歩きながら、不意に言った。

「最近、志保ちゃんってどう思う？」

「……え？」

「戸川くんにべったりじゃん。ハナと全然遊んだりしてないでしょ。一緒に帰ったりしてる？」

黙ってかぶりを振った。

「メールとかも、あんまり来なくなったんじゃないの？」

今度は小さくうなずいた。やっぱりねえ、とノッコもうなずいて、「横から見てるとわかるんだよね、そういうの」と言った。「なんかさー、ハナがかわいそうになっちゃって」

「……べつに、気にしてないけど」

胸に込みあげてくる吐き気をこらえた。

「でもさー、やっぱ、寂しいでしょ」

「そうでもないけど……マジ」

頭がきりきりと痛む。がんばれ。自分に言い聞かせた。明日までがんばれ。明日は大学病院に行く日だから、いまの状態を先生に診てもらえば、きっと原因や治療法もわかって、来週からは楽になる。

「でね、もしハナがよかったらって話なんだけど、今度からうちらと遊ぶ？　うちらって、矢野ちゃんとか美智子なんだけど」

「……知ってる」

「みんなもさー、ハナだったら入れてあげてもいいよって言ってんだよね」

長い廊下が、ねじれるように揺れた。昔テレビで観た、阪神淡路大震災で倒壊した高速道路みたいに。

途中でトイレに入った。「だいじょうぶ?」と訊くノッコに「平気平気、そこで待ってて」と――最後の力を振り絞るつもりで言った。ノッコはおせっかいなくせに、こういうときには素直に言葉に従って、ついてこない。ほんとうはたいして心配なんてしてないんだろうな、べつに友だちじゃないし。

トイレの個室に入ると、めまいや吐き気はおさまった。用を足して、手を洗い、廊下に戻るのが億劫《おっくう》になって、洗面所の鏡に映る自分の顔としばらく向き合った。これくらいの距離なら、よく見える。まいっちゃうよねー、と寂しそうに笑うきみが、そこにいる。

鏡に向かって、目のマッサージをした。

あーがり目――目がつり上がって、怒った顔になる。

さーがり目――目が垂れ下がって、泣き顔になる。

ぐるっと回って、にゃんこの目――目尻が横にひっぱられ、まぶたがふさがって、なにも見えなくなってしまった。

3

「今日は二年C組で貸し切りになっちゃったねえ」

保健室の先生の声で、目を覚ました。ベッドに横になっているうちに眠ってしまったんだ、と気づいた。体を起こしながら壁の時計を見ると、もう六時間目が始まっていた。

「お母さんに電話しようか？　迎えに来てもらったほうがいいかもね」

「お願いします」

女子の声だった。具合が悪くて保健室に来たわりには、声がしっかりしている。付き添いの保健委員？　でも、ノッコの声とは違う。

間仕切りのカーテンの隙間から、そっと覗いてみた。恵美ちゃんがいる。もう一人、ぐったりした様子で椅子に座っているのは、由香ちゃんだった。

ああ、そうか、とうなずいた。また、なんだな……とも心の中でつぶやいた。

由香ちゃんは体が弱い。学校をしょっちゅう休むし、入院も何度かしているらしい。授業中に具合が悪くなって保健室に行くことも多い。そのときにはいつも恵美ちゃんが付き添う。保健委員が席を立とうとすると、「わたしが行くから」と断る。「ほっといて」――そっけなく言うときもある。

「じゃあ、すぐにお母さんに電話するから、横になってなさい」

先生はカーテンを開けた。起き上がってベッドから降りようとしていたきみに、「花井さん、もう起きてていいの？」と言った。「無理しないでいいのよ、楠原さんは隣のベッドで休むから」

「はい……でも、だいじょうぶです」

ほんとうは恵美ちゃんがここにいたほうがいいんだ、と思う。そのほうが由香ちゃんも寂しくないだろうし、恵美ちゃんだって由香ちゃんのことが心配なはずだし……。

「寝てればいいじゃん」

恵美ちゃんが言った。きみの胸の内を見抜いたように——そして、よけいなこと考えないで、と払いのけるように、そっけなく。

「今日の英語、単語テストだから。いまから戻っても、居残りでテストのつづきやらなきゃいけないよ。具合悪いときに無理して受けることないじゃん」

にこりともせずに言うから、振り向いた由香ちゃんに「今度、わたしと一緒に受けよう」と笑いながら声をかけられるまで、親切で言ってくれたんだとはわからなかった。

恵美ちゃんは先生に「じゃ、お願いします」と言って教室に戻った。先生も由香ちゃんがベッドに入ったのを確かめると、カーテンを閉めて、「事務室からお母さんに電話してくるわね」と部屋を出て行った。

由香ちゃんと二人きりになった。加湿器が蒸気を吐き出す音と一緒に、由香ちゃんの息づかいが聞こえる。水泳や持久走の息継ぎのように、苦しそうだった。さっき振り向いたときの顔も青白くむくんでいて、息苦しさは声ににじんで、それでも笑ってくれたんだなと思うと、ちょっと申し訳なくなった。

話しかけるとかえって悪い気がして、黙って寝返りを打ち、由香ちゃんに背中を向けた。

すると、由香ちゃんのほうから「ごめんね……」と言った。「休んでるのに邪魔しちゃって、ごめんなさい」

「そんなことないよ、全然平気」

思わず苦笑した。「気をつかわなくていいって」とも付け加えた。由香ちゃんはいつも誰かに謝っているような顔をしている。おとなしくて、無口で、勉強もできなくて、病気のことさえなければ、クラス替えのあとはみんなに真っ先に忘れられてしまうタイプだろう。

わたしは――？　ふと思った。志保ちゃんの親友。みんなも認めている。「志保ちゃんといちばん仲良しだった子は？」と訊かれたら、みんなきみの名前を挙げるだろう。でも、「ハナちゃんってどんな子？」という質問に、きちんと、たくさん、答えてくれる子はいるのだろうか。「志保ちゃんといちばん仲良しだったのって、トガっちでしょ？」――意味ありげに笑いながら答える誰かの顔が、誰とはわからないまま、浮かぶ。

しばらく沈黙がつづいて、今度もまた、由香ちゃんから話しかけてきた。

「隣にいても眠れる？　だいじょうぶ？」

きみはベッドに仰向《あおむ》けになって「どうせ眠くないから平気」と笑った。「楠原さんは？　隣に誰かいても平気なひと？」

「わたしは慣れてるから」

入院のことだ、と気づいた。無神経なことを訊いてしまった。ごめん、と謝ったほうがいいのか、そんなことしないほうがいいのか、よくわからない。ただ、由香ちゃんの声は少し元気になっていたので、思いきって、ずっと気になっていたことを訊いてみた。

「和泉さんと仲いいよね、楠原さん。いつも二人でいるもんね」

「うん……」

「二人だけで寂しくない？」

由香ちゃんの答えが返ってこなかったので、「だってほら、友だちたくさんいたほうが楽しいじゃん」と付け加えた。「そう思わない？」

「思うけど、わたし、恵美ちゃんとたくさん一緒にいるほうがいい」

それは、わかる。志保ちゃんのことを思いだした。だから、「恵美ちゃんのどこがいいの？」

とつづけた声は、意地悪になってしまったかもしれない。

由香ちゃんは笑いながら、「訊かれたら、わかんなくなる」と言った。

「なんとなく好きって感じ？」

「じゃなくて、すごく好きだけど、わかんなくなるの、誰かに訊かれると」

「気が合うとか？」

「あんまり合ってないと思うけど」

「優しい？」

「……すぐ怒る、恵美ちゃんって」

先生が部屋に戻ってきて、「お母さん、すぐに迎えに来てくれるって」とカーテン越しに声をかけて、話は中途半端なままで終わった。

しかたなく、また寝返りを打って壁と向き合ったとき、由香ちゃんの声がぽつりと聞こえた。

「あ……そうか。なんか、わかった」

さっきの問いの答えを、まだ考えてくれていた。

「あのね、恵美ちゃんは『もこもこ雲』なの」

「……なに？　それ」

「ちっちゃかった頃の、わたしの友だち」

「ごめん……悪いけど、言ってること、よくわかんない」

机で書き物をしていた先生が、「おしゃべりやめなさいよお」と歌うように言った。「もうすぐ授業終わるから、それまで寝てなさい」

そっとベッドに起き上がった。声を出さずに、口の動きや表情だけで話のつづきをしようと思って、由香ちゃんのベッドを覗き込んで——先生をあわてて呼んだ。

由香ちゃんの顔は真っ青だった。

4

次の日、由香ちゃんは学校に来なかった。職員室にいた先生の車で大学病院に連れて行かれて、そのまま入院してしまったらしい。

保健室の先生は「だいじょうぶよ、花井さんは心配しないでいいし、あなたとしゃべってたせいじゃないいんだから」と言ってくれたが、やっぱり責任が全然ないわけじゃないんだ、と思う。由香ちゃんに対しても、それから、恵美ちゃんに対しても。

一言謝りたかったし、できれば由香ちゃんの様子も聞きたかったが、ひとりぼっちで教室にいる恵美ちゃんの姿が、今日はひときわ遠い。薄っぺらな画像になってしまっている。「発作」はまだおさまっていない。早く授業が終わるといい。放課後すぐに大学病院に行って、いまの症状を診てもらって、早く——とにかく早く、楽になりたい。

「ねえ、ハナ。明日映画に行こうよ。ずーっと約束延ばしてきたから、今度こそ、マジに」

昼休みに志保ちゃんに誘われて、五時間目のあとの休み時間に「わたし、行かない」と断った。きょとんとした志保ちゃんに、「あと、受験も、公立の学校を受けるから」と言って、自分の席に戻った。

そのやり取りを見ていたのだろう、淑子ちゃんが席に来て「どうしたの？　どうしたの？　志保とケンカしちゃったの？」と訊いた。知らん顔して相手にしなかったら、淑子ちゃんは「要するに、志保にオトコができて見捨てられたってわけでしょ」と捨て台詞《ぜりふ》を吐いて、向こうに行ってしまった。

もういい。どうだっていい。早く、とにかく早く、楽になりたい。「両目を取り替えるしかありません」というのなら、今日すぐにやってもらいたいぐらいだった。


診察室に入って、ちょうどいま「発作」のさなかだと伝えると、先生は「そうみたいですね」とうなずいた。診察前の視力検査の結果は、左右とも〇・二。ちゃんと数字にも出ている。

月曜日に「発作」が起きた状況と、どんどん悪くなっていった様子を尋ねられた。

「学校で……急に」

「どんなときでした？」

「友だちと会ってて、話してて、そのあと、すぐ……」

「話って、どんなことしゃべってたんですか」

「べつに……ふつうのこと」

「楽しいおしゃべり？　それとも、けっこう嫌な感じの話でした？」

きみはうつむいて、「そういうのも言わなきゃいけないんですか？」と訊いた。抗議するつもりで言ったのに、声はかぼそく震えてしまった。

先生は思いのほかあっさりと「いや、べつにそれはいいです」と答え、症状をもう一度確認して、カルテから顔を上げた。

「やっぱりこれは近視だなあ」

先生は眼球の断面図を取り出して、網膜や毛様体《もうようたい》筋のはたらきについて説明した。

近視になりかけの頃は、視力が安定しないものなのだという。体調のいいときにはいままでどおりの視力を保っていても、少し疲れると目の調整機能が落ちて、近視の症状が出てしまう。月曜からずっとこの状態がつづいているのは、近視が進んで、もう自分の力では調節できなくなったということで、頭痛や吐き気も、視神経がバテてしまったから。

「発作」の正体が、やっとわかった。そうかそうか、やっぱり近視だったんじゃん、と安心した。でも、その一方でまだ、ほんとうにそうなのかなあ、という思いも捨てきれない。

先生はキャビネットから眼鏡ケースを取り出した。

「これをちょっと試してみてください。先週の検査の結果と合わせると、この眼鏡がいちばんよく見えるんじゃないかな」

ケースを開けると、赤いセルフレームの眼鏡が入っていた。

「来週までお貸ししますから、この眼鏡で少し様子を見てください。視力が改善するようならレンズを処方しますから、眼鏡屋さんでお気に入りのデザインの眼鏡か、コンタクトレンズをつくってもらえばいいでしょう」

おそるおそる、眼鏡をかけてみた。

見えた——目に映るものすべてが、くっきりと。

最後に残っていた不安が消えた。

声に出して伝えなくても、表情の変化で察したのだろう、先生は「ほら、やっぱり近視ですよ」と微笑んだ。

きみも、素直に笑い返すことができた。

眼鏡をかけたまま病棟を出て、正門につづく道を歩いた。見える。だいじょうぶ。頭痛の消えた頭はすっきりと冴《さ》えて、肩も軽くなった。吐き気がなくなると急におなかが空いてきた。帰りにドーナツ屋に寄ろう。甘いのをたくさん買おう。お菓子を食べたくなるのはひさしぶりだ。

携帯電話を取り出して、メールを打った。小さな液晶画面の文字もしっかり見える。にっこり笑う顔文字の垂れ下がった目元まで、ちゃんと。

〈ごめん。明日やっぱり行けることになった〉

志保ちゃんに送った。さすがに淑子ちゃんにまでお詫びのメールを送る気はしなかったが、今度からはもうちょっと愛想よくしよう、と思った。

電話をしまって、また周囲を見回した。嘘みたいだ。眼鏡一つで、ほんとうに、風景のすべてが鮮やかな色を取り戻した。しっかりとした輪郭がよみがえった。学校のようにいくつも建ち並ぶ病棟の窓の一つひとつに、画像とは違う、確かな奥行きが感じられる。

その窓のどこかに――由香ちゃんがいる。

浮き立った気分に重みと苦みが交じる。本館の総合案内所で尋ねれば、由香ちゃんの病室はわかるかもしれない。眼科に向かう前には、帰りにお見舞いに寄ろうかとも思っていた。

でも、病室を訪ねて、由香ちゃんと会って……なにを話せばいいんだろう。

かえって迷惑だから、と歩きだして、何歩か進んだところで、足をぴたりと止めた。

恵美ちゃんがいる。通学鞄を提げた右手の肘でスケッチブックを挟み、肩に画材セットを掛けて、左手で松葉杖をついて……ひどく歩きづらそうに正門をくぐって、こっちに向かっていた。

小走りに駆け寄って、「持とうか？」と声をかけた。

顔を上げた恵美ちゃんは、いつものようにそっけなく「いい」と首を横に振った。

「……昨日、ごめん。楠原さん、具合が悪いのに、わたしが話しかけてたから」

やっと言えた。でも、恵美ちゃんは「花井さんのせいじゃないよ」と、先生と同じことを、先生よりずっとぶっきらぼうに言って、また歩きだして――脇に挟んでいたスケッチブックを足もとに落としてしまった。

ページが開いた。鉛筆と水彩絵の具で描いた雲のスケッチが、いくつもあった。

きみは胸をどきどきさせて、かがみ込む恵美ちゃんより先にスケッチブックを拾い上げた。

「和泉さん……『もこもこ雲』って、なに？」

恵美ちゃんの表情が変わった。

「楠原さんが言ってたの、和泉さんって『もこもこ雲』だ、って」

スケッチブックを渡すと、恵美ちゃんは「ありがと」と受け取って、「そんなこと言ってたんだ、由香」と空を見上げた。

きみもつられて、同じように――空の高いところに散った雲の一つひとつを、だいじょうぶ、いまはきちんと見分けることができる。


ベンチに並んで座って、保健室での由香ちゃんとのやり取りを伝えた。恵美ちゃんは、ふうん、とうなずいて、スケッチブックをぱらぱらめくる。どのページにも雲の絵が描いてある。色鉛筆やクレヨンの絵もあったし、マンガのような雲もあった。

恵美ちゃんはお返しに『もこもこ雲』の話をしてくれた。

「わたしも、いまいちよくわかんないんだよね、『もこもこ雲』ってどんなのか」

こんな感じだろうかと想像して描いてみたり、空に浮かぶ雲を見て、似たような感じのものがあるとスケッチしたりして……でも、由香ちゃんはスケッチブックのどの雲を見せても、「ちょっと違うかなあ」と言う。今日も新しい絵を何枚か描いてきて、その中に『もこもこ雲』があれば、すぐに色を塗って仕上げるつもりで画材セットも持ってきた。

「でも、今度もどうせだめだよ。まいっちゃうよ、贅沢《ぜいたく》なんだから」

「同じ雲が描けたら……どうするの？」

「天井に描く」

どこの――とは、訊かなくてもわかった。

なんで――とは訊けないほど、恵美ちゃんの口調はきっぱりとして、強かった。

「もうすぐ、由香、入院してる日のほうが長くなるよ」

「……そうなの？」

「いまは空いてるベッドにとりあえず入ってるけど、今度入院するときには、もう部屋は動かないと思う。どうせ個室になるし、先生や看護師さんもみんな、由香のこと子どもの頃から知ってるから、落書きもＯＫ」

恵美ちゃんは「怒られてもやっちゃうけどね」と付け加えて、松葉杖をついて立ち上がった。

「わたしも……お見舞い、行っていい？」

「だめ」

「……だって、同級生だし」

「関係ない、そんなこと」

「和泉さんが決める権利あるの？」

恵美ちゃんは冷静に――冷たく、「忘れるんだったら、思い出つくらないほうがいいよ」と言った。言葉の意味はよくわからなかったが、他の子のお見舞いは絶対に許さないんだ、という強い決意は伝わった。

代わりに、恵美ちゃんは、しゅんとしたきみに言った。

「花井さんって眼鏡かけてたっけ」

「今日……いま、眼科に行ってきたの。近視なんだって」

「けっこう似合うじゃん」

恵美ちゃんは初めて笑って、最後に一言付け加えた。

「由香の言ってること、違うよ。わたしは『もこもこ雲』なんかじゃないし、『もこもこ雲』は、ほんとは由香なんだよ」

5

魔法が解けたのは、その夜のことだった。

きみがお風呂に入っている隙に、聖子がこっそり眼鏡をかけてみた。お風呂からあがると、「ねえ、お姉ちゃん……」と怪訝そうに訊かれた。「この眼鏡って、ほんもの？」

「なにが？」

「だって……変わんない、かけても」

さっきから何度も確かめてみた。でも、どんなに試しても、眼鏡をかける前とかけたときの違いがわからない、という。

最初は「なに言ってんの」と笑って聞き流した。実際に眼鏡をかけてみても、間違いなく、よく見える。「そうかなあ……」と首をひねる聖子は、ちょうど台所から出てきたお母さんに「ねえねえ、お母さん、ちょっと見て」と声をかけた。

お母さんも「そんなことないって、先生が出してくれたんだから」と取り合わなかったが、浮かべた苦笑いは、はっきりとわかるぐらいぎごちなかった。

一瞬、悪い予感がした。眼鏡をはずし、レンズの曲がり具合を指でそっと確かめて――ルーペのように新聞の近くにかざした眼鏡をゆっくと上下させたり横に動かしたりした。文字の大きさや形は、なにも変わらない。眼鏡をかけて、はずして、新聞の小さな字を見つめた。変わらない、なにも。

お母さんを見た。お母さんは逃げるように目をそらし、「見えるようになったんだから、いいじゃない」と言った。

「……教えて」

「かけてるうちに、ほんとに治ることもあるんだって、先生言ってたし」

「先生に会ったの？　ねえ、教えて」

詰め寄って、「ほんとのこと教えて！」と声を張り上げると、眼鏡をかけているのにお母さんの姿がぼうっとかすんできた。

心因性視力障害――というのが、ほんとうの病名だった。

精神的な原因で視力が落ちることが、思春期の、特に女の子には少なくないのだという。目の数値や状態は正常なのに視力が落ちる。「近視」と診断されることで、無意識のうちに心が安定して、視力が戻る。それを見分ける方法が、度のついていない眼鏡をかけてみることだった。

お母さんは、黙って先生と話を進めたことと、きみの目を悪くしてしまった原因に気づかなかったことを、まとめて涙ぐんで謝ってから、いじめのことを訊いてきた。次に、高校受験のこと。お母さんの想像はこの二つで止まってしまい、どちらも全然思い当たらないときみが言うと、途方に暮れた顔になった。

「じゃあ、なに？　ほかに悩みごとがあるんだったら、なんでもいいから教えて」

そう言われても困る。正直に振り返ってみても、「悩みごと」なんて、なにもない。

志保ちゃんのこと——。

あんなの絶対に「悩みごと」じゃない、と思う。「悩む」というのは要するに「苦しむ」ことで、志保ちゃんが戸川くんと付き合ったからといって、こっちが「苦しむ」理由なんて、これっぽっちもなくて……。

携帯電話にメールが届いた。志保ちゃんからだった。

〈急に行けるって言われても困る。ワガママすぎ。どっちにしても明日はトガっちが練習休みになったんで、カレと行きます〉

文字がすうっと沈むように遠くなった。

やっぱり、原因はこれ、かな……。なんかサイテー、と肩の力が抜けた。バッカみたい、とため息も漏れた。

週末に図書館に行き、本やインターネットで心因性視力障害について調べてみた。

お母さんにかまってもらえない寂しさから視力障害になってしまった子が、お母さんに目薬をさしてもらうだけで治った例が、本に載っていた。「悩みごと」じゃなくて「寂しさ」でも目が悪くなるんだな、と知った。集団でレイプされた女性の例もあった。レイプされて以来、若い男たちの顔がぜんぶのっぺらぼうになってしまったらしい。見たくないものが見えなくなる、それもわかるような気がする。

日曜日の夜、寝る前に、洗面所でたっぷりと時間をかけて目をマッサージした。「発作」はまだつづいている。でも、病院で初めてかけたときほどではなくても、眼鏡がないよりはあるほうが、少しはよく見える。気のせいだとわかっているのに眼鏡に助けられている自分が、泣きたくなるほど悔しかった。

週が明けても、志保ちゃんはあいかわらず戸川くんとべたべたしていた。やだぁ、と笑いながら戸川くんの胸に顔を寄せることもあるし、廊下を歩くときには手もつなぐ。佐藤さんや淑子ちゃんたちは、志保ちゃんのことを「ヤリマン」と呼ぶようになった。小声で流れてきた噂話によると、佐藤さんは戸川くんに片思いしていた、らしい。

度のついていない眼鏡越しに見る教室は、ナマで見るときと同じようにぼやけて、同じように薄っぺらだった。でも、眼鏡を間に挟んでいるぶん、水族館で魚を見ているときみたいに、「観察」の気分になれる。

志保ちゃんは戸川くんに嫌われまいとして顔色をうかがっているのが、わかった。佐藤さんの片思いの噂を最初に流したのは、どうも淑子ちゃんみたいだ。まじめな優等生の大下さんはみんなから頼りにされていてもどこか寂しそうだし、ノッコが自分のグループに誘ってきた理由は、二人ともわがままな矢野ちゃんと美智子の仲を取り持つのに疲れたからだろう。

恵美ちゃんは、いつも一人だ。ときどき、空を見ている。『もこもこ雲』を探しているんだろうな、きっと。

水曜日の体育の授業は、再来週のマラソン大会に備えた持久走だった。

「ハナ、一緒に走ろっ」

志保ちゃんに声をかけられた。

体育の時間はさすがに戸川くんとくっついてはいられないし、戸川くんとべたべたしているうちに、クラスの女子の中ですっかり浮いてしまった。だから——なのだろう、志保ちゃんは並んで走りながら、一緒に遊ばなかった時間を必死に埋め合わせるようにテレビや音楽やお笑いのおしゃべりをつづけた。

でも、志保ちゃんは、きみの眼鏡のことをなにも言ってくれない。「似合うよ」とも「似合わないよ」とも、そもそも「眼鏡かけるようになったの？」と驚くことさえなかった。

一周二百メートルのトラックの外側で、男子が走り高跳びをしていた。順番を待つ戸川くんが、ちらちらとこっちを見る。志保ちゃんも戸川くんの姿に気づいてからは、おしゃべりの間隔が空いて、戸川くんのほうばかり見るようになった。

何周目かで、志保ちゃんが「あ、そうだそうだ」と言った。「土曜日って、ハナ、暇？」

「……なに？」

「暇だったら、うちらと一緒に遊園地行かない？　トガっちもバスケ部の子一人誘うって言ってるし、ダブル・デートって感じで。B組の須藤くんとか、ハナと合うんじゃない？　トガっちとも仲いいし、須藤くんご指名ってことで頼んでみてあげようか？」

だってほら、と志保ちゃんはつづけた。

「わたしばっかりいい思いしちゃって、親友なのに悪いじゃん」

志保ちゃんを振り向いて言い返そうとしたら、足がもつれた。地面がいつかの廊下みたいにねじれて、体勢を立て直す間もなく、膝がガクンと折れてしまった。

擦《す》りむいた膝と手のひらを保健室で消毒してもらい、バンドエイドを貼ってグラウンドに戻った。みんなはまだ走りつづけていたが、両手で×印をつくって先生に伝え、見学にまわった。

昇降口の階段の見学コーナーには、恵美ちゃんがいる。一人で、退屈そうに階段に腰かけて、きみが隣に座るまでぼんやりとグラウンドを眺めていた。

「リタイア？」

病院で会ったときと同じように、恵美ちゃんの声や態度はそっけない。

「うん……眼鏡、壊れちゃったし、なんか、かったるいし」

「割れたの？」

「じゃなくて、ツルがゆるんだだけなんだけど……なんかもう、眼鏡、メンドいし」

笑いながら言うと、グラウンドを走るみんなが着ているジャージの赤い色が、少しだけくっきりと見えた。

あ、そう、と軽くうなずく恵美ちゃんに、どうせ本気で聞いてくれないだろうと思いながら、心因性視力障害の話を打ち明けた。同情や心配は要らないし、してほしくない。ただ、話の締めくくりに「まいっちゃうよねー」と笑った気持ちを、なんとなく、恵美ちゃんならわかってくれそうな気がした。

でも、恵美ちゃんは黙ったままだった。感想も言ってくれないし、訊いてもこないし、相槌すら打ってくれなかった。

沈黙の重さを一人で背負い込むはめになったきみは、たまらず、言った。

「由香ちゃんが休んでて、寂しくない？」

恵美ちゃんはグラウンドを眺めたまま、少しあきれたふうに笑って、やっと口を開いた。

「寂しくないよ、べつに」

「……友だちなのに？」

また笑われて、きみはムキになってつづけた。

「だって、友だちっていうか、親友だったら、やっぱ一緒にいないと寂しいじゃん」

返事がなかったから、もっとムキになってしまった。

「友だちになるときって……その子とずーっと一緒にいたいから、だから、友だちになるんじゃないの？　そういう子のことを友だちっていうんじゃないの？　それが親友なんじゃないの？」

しゃべっているうちに胸が熱いものでいっぱいになった。悔しさや寂しさや悲しさがごちゃまぜになって、胸からあふれてまぶたに溜まっていく。

「……悪いけど、恵美ちゃんって、冷たいと思う」

涙が出た。どうして泣くのか自分でもよくわからない。幼い子どもが興奮したすえに泣きじゃくるときみたいに、理由がわからないぶんさらさらした涙が、頬を伝い落ちる。

恵美ちゃんは、あーあ、とうっとうしそうにため息をついて、松葉杖を支えに立ち上がった。

「わたしは、一緒にいなくても寂しくない相手のこと、友だちって思うけど」

空を見上げて、言った。

青い空に、白い雲がいくつか浮かんでいる。誰かが空の上を歩きながらポロポロとこぼしてしまったみたいに、雲はひとつながりに並んでいた。

他の雲から少し離れたところに、小さな雲が、ぽつんとあった。きみは涙を溜めたままの目でその雲を見つめ、「ねえ」と指差した。

「『もこもこ雲』って……あんな雲じゃないの?」

よけいなお世話、あんたなんかに探してほしくない、ほっといて、と邪険に言われるだろう、と覚悟していた。

でも、恵美ちゃんは「あれでしょ」ときみと同じ雲を指差して、「似てるけど、ちょっと違う」と笑った。「わたしも、それくらいはわかるようになってきたから」

「……そう」

「難しいんだよ、けっこう」

「……だね」

きみも笑い返す。目に溜まった涙が、ぽろん、と頬に落ちる。

「あの雲、花井さんにあげる」

恵美ちゃんはそう言って、松葉杖をついて歩きだした。追いかけようとしたら、「トイレ」ときっぱり突き放された。

きみはまた階段に座り直し、ジャージの袖《そで》で涙をぬぐった。

持久走は終盤にさしかかっていた。足の速い子と遅い子、まじめに走る子とだらだら走る子が入り交じって、長い列になっている。

その列のお尻のほうに、志保ちゃんがいた。ちょうど昇降口の前を通り過ぎるところだった。きみに気づいた志保ちゃんは、やっほー、と小さく手を振ってきた。笑っていた。

さんざん泣いたおかげで目が洗われてすっきりしたのか、目に残った涙がレンズのようになっているのか、志保ちゃんの顔がひさしぶりにはっきり見えた。空を見上げると、恵美ちゃんからもらったばかりの小さな雲も、くっきりと。

あの雲、これからどうするんだろう。ひとつながりになった他の雲とくっつくんだろうか。それとも、ぽつんと離れたまま、やがて消えてしまうんだろうか。夜空の星のように、明日も、あさっても、いつまでも、消えずに浮かんでいたらいいのにな、と思った。

志保ちゃんはもう次のコーナーにさしかかって、きみに背中を向けていた。

きみは目尻に指をかける。

「あーがり目、さーがり目……」

怒った顔。泣いた顔。最後に「にゃんこの目」をしたら、指先に、涙が触れた。

別れの曲

1

最初から期待なんてしていなかった。万が一の奇跡――無理だって、ありえねえって、と何日も前から打ち消していた。

打ち消すたびに、同級生の梅村琴乃《ことの》の顔が浮かぶ。

ありえねえっ。琴乃の顔を消す。でも、下敷きなしでノートに書いた字みたいに、心の消しゴムでどんなに強くこすっても、琴乃の笑顔はうっすらと輪郭を残したままだ。琴乃。梅村さん。コトちん。胸がキュッと痛くなる。耳たぶが熱くなる。せっかく打ち消したはずの万が一の奇跡まで、再びぼんやりと浮かび上がってくる。

ありえねえっ、ありえねえっ、ありえねえっ……。

「その日」が来るのが怖かった。「その日」は学校を休んでしまいたい、とも思っていた。そうなればあきらめがつく。あと一カ月先に迫った公立高校の受験にも、さっぱりした気分で臨《のぞ》むことができる。

三月の卒業式でお別れだ。琴乃の第一志望は私立の女子高だから、「その日」はもう合格発表もすんでいて、時間にも気持ちにも余裕があるはずで……だから、やっぱり学校を休むのはもったいないよな、と思いはひるがえる。

だめでもともとでいい。去年までもそうだった。靴箱を覗き込んで驚いた顔になる友だちや、休み時間に女子に呼び出されて照れくさそうに廊下に向かう友だちを横目に、きみは、なにごとも起きない「その日」を毎年繰り返していた。

中学生活最後のバレンタインデー――コトちんは本命チョコを手作りしている、という女子の噂を、つい何日か前に聞いた。


グラウンドに出ると、ボールの入ったカゴを部室から運んでいた一年生の一人がきみに気づいて、「ちわっす！」と頭を下げた。その声に、まわりの一年生や二年生もいっせいにきみを振り向き、「ちわっす！」「ちわっす！」と挨拶をする。

きみはへへっと笑い、制服のズボンに両手をつっこんで、肩を揺すりながら歩く。後輩たちの表情がこわばるのがわかる。

「おい、汚れてんじゃんよ。なにやってんだよ一年、なめてんのか」

土のついたボールをカゴから出してにらみつけると、一年生は、まだ小さな体をすくめた。

「おまえらがダラケてっからだろ」

二年生もうつむいて、「すみません」と口々に謝った。

誰も逆らえない。三年生には絶対服従というのが、サッカー部の不《ふ》文律《ぶんりつ》だった。現役の頃はもちろん、夏の市大会で引退したあとも、ＯＢとして好き勝手にふるまえる。

「反省ダッシュな、一年全員」

きみはボールを地面に軽くはずませてから、グラウンドの真ん中に向かって蹴った。

ボールはきれいな弧を描いて遠くまで飛んでいく――はずだったが、足の甲にボールをうまく載せきれず、よじれたゴロがあさっての方向に転がっていった。頬がカッと熱くなった。数人かたまっている二年生の姿が視界の隅に入ったので、あわててそっぽを向いて、目の合った一年生に言った。

「早く取ってこいよ」

駆けだした背中に「ダッシュだろ！」と怒鳴り、「おめえらもだよ！」と残りの一年生もまとめて怒鳴りつけて、カゴのボールを次から次へとグラウンドに蹴り込んでいった。

球を追いかける一年生を見ていると、自然と頬がゆるむ。でも、十球以上も蹴ったなかで、キックがきれいに決まったものは一発もなかった。

「なんか文句あんのかよ」

二年生でいちばん気の弱い横山をにらんで、声をすごませた。

「……ないっす」

「じゃあなんだよ、その顔。ケンカ売ってんのかよ三年に。マジ、おまえ、やる気かよ」

横山は顔を赤くして「そんなこと、ないっす」とうつむき、他の二年生もそろって下を向いた。同じ姿勢でも、一年生とは違う。一年生はまだ本気できみのことを怖がっているが、二年生のうつむいた顔には、うっとうしさも溶けているはずだ。

ずっと補欠だったのに――。

二年生よりもサッカーが下手なのに――。

三年生の中ではみそっかす扱いで、いつも小さくなっていたのに――。

声が聞こえる。目の前にいる二年生の声ではない。一年前のきみ自身の声だった。

引退した三年生が練習に顔を出すのが、ほんとうに嫌だった。後輩のコーチというのを口実に、ただ、いばりちらすだけ。サッカーが下手な先輩にかぎって、しょっちゅう来た。現役時代にヘボヘボであればあるほど、OBになると王様のようにふるまいたがった。サイテーな奴らだと思っていた。大嫌いだった。かたちだけ礼儀正しくしていても、心の中ではいつも「バカ、死ね」とつぶやいていた。俺は引退しても絶対にあんなふうにならないぞ、と決めていて――その誓いを、年が明けてから破りどおしだ。

「佐藤さん、受験、どっすか」

横山が媚びるような顔で声をかけてきた。

「っせーよ、関係ねーよ」

舌打ちして、横山の尻を蹴る真似をしたとき、一年生が部室のほうを見て「ちわっす!」と挨拶した。きみを迎えたときより、ずっと張りのある声だった。

あいつらだ。すぐにわかった。和泉文彦と中西基哉――ブンとモト。一年生のときからレギュラーだった。秋の新人大会でチームを二年連続で地区優勝に導いたツートップは、きみを補欠に追いやった二人でもある。

部室から出てきたブンとモトは、まだきみに気づいていない。二人で並んで、なにか話しながら、歩いてグラウンドに向かう。

「……なんであいつら遅《おせ》えんだよ」

吐き捨てるようにきみが言うと、横山が「生徒会っす」と答えた。

生徒会長がブンで、副会長がモト。サッカー部では逆に、キャプテンを務めるモトをブンが副キャプテンで支える。ぶつかり合って勝ち負けが決まったのではなく、シュート役とアシスト役を割り振るように「俺がこっちやるから、おまえはそっちな」と決めて、二人が決めたことには誰もが賛成する。

ブンとモトはそういう二人だ。もしも同級生だったら、ただまぶしそうに見るしかないだろうと思う。二人の後輩だったら、真っ先に憧《あこが》れて、尊敬もするだろう。

でも、きみは先輩だった。二人よりサッカーが下手くそで、勉強でも学年トップクラスだという二人と同じ試験を受けても勝つ自信はまるでなくて、一対一でケンカをしたら確実に負けることはわかっていても……先輩なのだ、きみは。

「関係ねーだろ、生徒会とか。なに考えてんだよ、なめてんのかよ」横山に言った。「おまえらが甘やかしてんだろ、だから調子こくんだよ、バカ」

横山は素直に「すみません」と謝ったが、他の二年生の反応は鈍かった。なにか言い返したそうな表情を一瞬浮かべた奴もいたし、いかにもおざなりに頭を下げた奴もいた。

「……まあいいけどよ」

じゃあな、とグラウンドに背中を向け、ズボンのポケットに手を入れ直して歩きだした。

「失礼しゃっす！」と二年生が挨拶し、一年生も遠くから「失礼しゃっす！」と言った。

逃げんなよ――。

声がまた、聞こえた。

ブンとモトの前でいばってみろよ――。

なにビビッてんだよ三年のくせに――。

横山たちが笑った。「マジ？　マジ？」「たまんねーっ」と声も張り上げた。俺のこと。な、わけねーだろっ。ありえねえっ、ありえねえっ。自分に言い聞かせ、平気平気だいじょうぶだってと笑って、でも、後ろは振り向けないまま、きみは少しずつ足を速めていった。

佐藤くん――つらいな、きみは。

きみたちの世代の好きな言い方をするなら、きみは「イタい奴」になるのだろうか。「サムい」奴になるのだろうか。

きみの話をする。じつを言うと、僕は少しきみに似ているところがある。

一月が終わる。「その日」が近づくにつれて緊張が高まってくる。期待はしていない。ほんとうに。胸にあるのも「誰かにチョコをもらったらどうしよう」や「誰にもチョコをもらえなかったらどうしよう」という不安ではなく、「誰にもチョコをもらえない寂しさを、うまくごまかすことができるだろうか」という心細さだった。

クラスでいちばん陽気な小川は、同級生の女子全員に義理チョコのおねだりをして、みんなに笑われている。「頼むよー、マジ、ホワイトデーで倍返しすっから。チョコがゼロだとカッチョ悪くて家に帰れねーじゃんよ」と両手で拝み、「自分でチョコ買うのって死ぬほど恥《は》ずいじゃんよお……」と泣き真似もしていた。

小川の明るさがうらやましかった。きみには、それができない。物事を面白おかしく盛り上げることが苦手で、女の子や自分の体にまつわる話だと、特に生真面目《きまじめ》になってしまう。修学旅行の夜、みんなで好きな女子の名前を告白していったときも、「俺、オンナに興味ないから」と話に加わらなかった。寝たふりをして、みんなの話を聞いた。琴乃に片思いをしている男子はゼロ。それで少しホッとして、でも、なんとなく悔しくもなったのは、なぜだろう。

小川は琴乃にも義理チョコをねだっていた。「本命チョコ、手作りするんだろ？　余ったやつとか失敗作でいいからくれよ」——小川の言葉を聞いたとき、どきん、とした。琴乃は「バーカ」と笑うだけで、本命チョコの話は打ち消さなかった。

今日もサッカー部の練習に顔を出そう、ときみは思う。

2

いつかギャグにして、みんなに言ってやりたかった言葉がある。

梅村琴乃って、俺と一つ屋根の下の仲だったんだぜ——。

嘘ではない。琴乃は小学二年生の頃から受験勉強で忙しくなった中学三年生の秋頃まで、週に二日、きみの母親が自宅で開いているピアノ教室に通っていたのだ。

みんなは「なーんだ」と拍子抜けするだろう。話はそれで終わりだ。「で？」と誰かに言われてもつづけられないし、どっと笑うオチもない。しゃべっても意味ないじゃん。理屈ではわかる。バカじゃないの？　と自分でも思う。でも、言いたかった。ウメムラコトノという名前をみんなの前で口にしたかった。

ほんと——バカじゃないの？

二月に入ってほどなく、サッカー部の仲間だった河野《かわの》から電話がかかってきた。夕食をとっていたきみは「長電話やめなさいよ」と母親に釘《くぎ》を刺されて、リビングからピアノの教室に入った。メトロノームの振り子が、ピアノの上で動いていた。夕食前にレッスンを受けていた小学生が止め忘れたのだろう。

まあいいや、とソファーに座って電話の保留ボタンを解除した。

「どうしたの？　なんか用？」

軽く訊くと、河野は「用があるから電話したんだよ」とムスッとした声で応え、「学校で言うのアレだから電話にしたけどさ、佐藤、おまえなにやってんのよ」とつづけた。

「……なに、って？」

「おまえさー、練習に顔出すの、もうやめねえ？　俺ら引退したんだし、もう二年のチームなんだからさ、俺らが顔出してるとあいつらもやりにくいだろ」

放課後、ブンから話を聞いたのだという。

「べつにあいつがチクったわけじゃなくて、たまたま廊下で会ったんで、最近どうよって訊いたんだよ、したら、おまえが毎日来てるって言うじゃん。俺マジびっくりしてよ……てか、おまえ練習に顔出してもコーチとかしてないだろ？　できないだろ、そーゆーこと。だったら邪魔っつーかさ、迷惑じゃんよ、現役に」

頬がカッと熱くなった。部屋の壁には母親の趣味で、教え子と一緒に写した写真が何枚も貼ってある。琴乃の写真も——座って正面の場所にあるのを知っているから、目をそらした。

「邪魔なんか、してねーよ」

うわずった声で言うと、河野は言い訳を封じるように「でも、反省ダッシュやらせてんだろ、一年に」と声を強めた。

「……俺らもOBにやらされたじゃんよ」

「関係ないだろ、いまの現役には」

「あるよ、なんでだよ」

負けずに声を荒らげたが、河野はとりあわず、ため息交じりに言った。

「あのさー、やつあたりで練習の邪魔するのって、カッコ悪いと思うぜ、俺」

きみは黙って電話を切った。河野の声が聞こえなくなると、入れ替わりにメトロノームの音が耳に流れ込んだ。

カチ、カチ、カチ、カチ、カチ、カチ、カチ、カチ……。

メトロノームは規則正しいテンポを刻む。決して乱れることはない。

カチ、カチ、カチ、カチ、カチ、カチ、カチ、カチ……。

スイッチを押さないと、電池が切れるまで、延々と同じテンポがつづく。

家族の顔を見たくなくて、というより、いまの顔を家族に見られたくなくて、しばらくメトロノームの音を耳で追った。

ラルゴだな、とわかった。速度標語だ。一分間に四分音符が四十から六十入る——「幅広く、ゆるやかに」と表現される、かなり遅めのテンポ。

けっこう覚えてるじゃん。こわばった頬をほぐすために、わざと子どもみたいににっこり笑ってみた。

ラルゴより少し速いテンポは「やや遅く」のラルゲット、次が「ゆっくりと」のアダージョ、「歩くような速さで」がアンダンテで、「中くらいのスピードで」がモデラート、そこからアレグロ、プレスト、プレスティッシモの順にテンポは速くなる。

小学校の低学年の頃、きみは母親の教室でピアノを習っていた。リズム感を体で覚えるために、テンポをさまざまに変えたメトロノームの音もしょっちゅう聞かされた。小学四年生でサッカーの少年団に入ったので、ピアノの練習はなんとなくやめてしまったが、母親からは「けっこうスジがいいわよ」と言われていた。

もしも――。

ラルゴのテンポで膝を叩きながら、思う。

もしもサッカーの少年団に入らなければ、ずっとピアノをつづけて、どんどん上手くなって……琴乃と一緒に過ごす時間も長くなったはずだし、話すこともたくさんあったはずだし、補欠のままサッカー部で過ごした三年間よりも、そのほうが楽しかっただろうか……。

テンポがずれた。自然と手の動きが速くなっていた。どうでもいいことなのに、急にそれが悔しくなって、メトロノームの速さを変えた。振り子の錘《おもり》を下にずらして、アンダンテの速さに。

カチ、カチ、カチ、カチ、カチ、カチ、カチ、カチ……。

夏の大会で引退するまで、試合には結局一度も出場できなかった。ずっとベンチに座って、監督から途中交代の準備を命じられることすらなかった。背番号16――夢見ていたエースストライカーの背番号9をつけてグラウンドを駆け回っているのは、ブンだった。

三十五分ハーフ、合計七十分の試合時間を、レギュラーはいつも「あっという間だった」と言う。でも、きみは七十分間を持て余してばかりいた。仲間に声援を送り、相手に野次をとばしていても、目の前の試合は自分とは無関係だった。吹きさらしの冬のベンチや、屋根のない真夏のベンチに座っていると、頭がぼうっとして、試合の勝ち負けなどどうでもよくなってくる。試合の最中に「まだ終わらないのかなあ……」と心の片隅で思ったことも、何度もあった。

カチ、カチ、カチ、カチ、カチ、カチ、カチ、カチ……。

また、ずれた。舌打ちして、腹立ちまぎれに床を踏み鳴らすと、リビングから「長電話やめなさいって言ってるでしょ」と母親の声が聞こえた。


次の日、理科室に向かうために階段を下りていたら、踊り場でブンと出くわした。友だちとおしゃべりしながら二階に上がるところだったブンは、きみに気づくと「ちわっす」と挨拶した。声が小さい。面倒くさそうな口調にも聞こえたし、頭の下げ方も、いかにも形だけ、に見えた。

きみは「おう」と声をすごませて、ブンを呼び止めた。「なんだよその挨拶、なめてんのか?」

振り向いたブンはきょとんとして、「挨拶、だめっすか?」と聞き返した。

「っせーよ、なめてんだよ」

「……すみません」

こんなに近い距離でブンと向き合うのはひさしぶりだった。二年生の秋、サッカー部とは関係ない三年生と一緒に、ブンを河原に呼び出して殴ったとき以来だろうか。何発も殴ってやった。殴り返されたのは二、三発だったが、あとで三年生からゲームセンターで一万円近くたかられた。用心棒代として――生意気なブンをシメると言い出したのは三年生たちで、ケンカの使い走りをやらされる前にも一発殴られていたのに。あの頃は勝っていた背丈を抜かれたのは、ずいぶん前だ。

きみはブンから目をそらし、ズボンのポケットに両手をつっこんで、体を揺すりながら言った。

「おまえ、俺のことなめてるだろ」

「……そんなことないっす」

「じゃあ、なに河野にチクってんだよ」

ブンは、あっ、と口を開け、一瞬バツが悪そうな顔になったが、「なめてんだろ俺のこと、こら」ときみがにらんだときには、もういつもの――自信に満ちた表情に戻っていた。

「河野さんに様子訊かれたんで、佐藤さんがよく顔を出してくれますって言っただけです」

「迷惑で邪魔だっつったんだろ、こら」

「そんなの言うわけないじゃないっすか、勘弁してくださいよ……」

「っせーよ！」

声を張り上げ、理科の教科書やノートを小脇《こわき》に抱えていたのを忘れて、ブンの胸ぐらをつかんだ。教科書と一緒に缶ペンも床に落ちて、甲高い音が響いた。落ちたはずみに蓋《ふた》が開いて、シャープペンシルや消しゴムや蛍光ペンが外に散らばってしまった。

「河野から聞いたんだよ」とシャツの襟元を強くひっぱった。

「……河野さんがなに言ったか知りませんけど、俺、マジ、そんなこと言ってませんから」

「っせーよ！」

シャツをひきちぎるつもりで力を込めた手が、不意に軽くなった。ブンが体をよじって、きみの手を振り払ったのだ。

「佐藤さん……したら、河野さんに訊いてくださいよ。俺、そんなこと言ってませんから」

ブンの声は冷静なままだった。きみに向けたまなざしは、誤解されたのを悲しんでいるように見えたし、一人で興奮している弱っちい先輩を哀《あわ》れんでいるようにも、見えた。

きみはまたブンから目をそらし、足元に転がっていたペンと消しゴムを階段の下に蹴り落とした。「拾ってこい。俺のこと、なめてないんなら、拾ってこい」——耳の奥で、メトロノームの音が聞こえた。ラルゴのテンポで、最初はかすかに、しだいに大きくなって。

ブンは黙って身をかがめ、缶ペンを拾い上げた。教科書を拾い、ノートを拾って、階段を下りてペンや消しゴムも拾って缶ペンに入れ直した。

それをぼんやり見ていたら、階段の上に人垣ができていることに気づいた。同じクラスの女子だ。理科室に向かおうとして足止めをくって、踊り場を覗き込んでいる。

みんなが怖がっているのなら、だいじょうぶだよ、なんでもねえよこんなの、サッカー部じゃ常識なんだよ、と言ってやるつもりだった。でも、女子は皆、冷ややかな目できみを見ていた。バカじゃないのとあきれて、あざ笑って、軽蔑《けいべつ》していた。

カチ、カチ、カチ、カチ、カチ、カチ、カチ、カチ……。

メトロノームの音が聞こえる。耳の奥で、痛いほど大きく響きわたる。人垣の中に琴乃もいた。隣の女子とおしゃべりをして、やだぁ、と笑って、きみには目を向けない。

カチ、カチ、カチ、カチ、カチ、カチ、カチ……。

メトロノームの音は、決して乱れることのないテンポを刻みつづける。

3

私立の受験が終わった。合格した。公立の滑り止めなので、べつに大喜びするほどのことではなかった。第一志望の公立だって、大学進学の実績も就職先も全然たいしたことのない、「あんなところに行ってどうするんだよ」と一年生の頃には笑いとばしていた学校だった。

面白くもなんともない。楽しいことなど、なにもない。これからも、ずっと――だろうか？ちっとも集中できない受験勉強に飽《あ》きると、ピアノの教室に入る。小学生の頃に習った曲は、いまはもうほとんど覚えていない。『ねこふんじゃった』を繰り返し、繰り返し、どんどんテンポを速めながら弾きつづける。最後はいつも、テレビで観たことのある前衛ジャズピアニストみたいに肘を鍵盤に叩きつけ、でたらめな音を力任せに鳴らして、最後の最後は母親に「何時だと思ってるの！　ピアノも壊れちゃうでしょ！」と叱られる。

二月十三日の夕方、家に帰ると、女ものの革靴が玄関にあった。リビングから話し声と笑い声が聞こえる。一人は母親――そして、もう一人は、いまは誰よりも会いたくないひとだった。

黙って二階の自分の部屋に上がろうとしたら、母親がリビングから出て、「琴乃ちゃん来てるわよ」と呼び止めた。「挨拶に来てくれたのよ。ケーキあるから、あんたもおいで」

無視して階段を上り、自分の部屋に入ると鞄を投げ捨てて、ダイビングするようにベッドに寝転がった。

琴乃は数倍の競争率を突破して、第一志望だった私立の女子高に合格した。その報告と、いままでお世話になったお礼と……高校に入ったらまた教室に通う、という挨拶だろうか。

それはないよな、あの学校は勉強のレベル高いし、音大に行くわけじゃないんだし、と自分に言い聞かせた。琴乃が四月から通う学校の場所は、すでに、こっそり、調べておいた。琴乃の家の近所から、ちょうど学校の前を通るバスが出ている。遠回りになる電車は使わないだろう。きみは公立に受かっても、滑り止めの私立に行くことになっても、駅から電車通学になる。もう顔を合わせることはないだろう。

まあいいじゃん、どうでもいいじゃん、とベッドの上でごろごろと寝返りを打っていたら、階下からピアノの音が聞こえてきた。ショパンのエチュードの3番――『別れの曲』だった。琴乃が弾いている。やっぱり、もう教室には通わないんだな、とわかった。

長調の明るいメロディーのはずなのに、寂しさがにじむ曲だ。それとも、寂しさは、曲にではなく聴くひとの側にあるのだろうか。

ピアノをつづけていればよかった。そうすれば、ショパンのエチュードぐらいは弾けるようになっていたはずだ。サッカーなんて、やるんじゃなかった……。

曲が終わる。リビングのドアが開く。きみはベッドにうつぶせて、息を詰める。琴乃の声を最後に聞きたかった。

でも、二階に届いたのは、母親の声だった。

「琴乃ちゃん帰るっていうから、バス通りまで送ってって」

一瞬胸が躍り、だからこそ、やだよそんなの、と断ろうとした。

「佐藤くーん、ちょっとごめん、忙しいのに悪いんだけど」――琴乃が言った。「ちょっとだけ、いい？　お願いごとがあるから、ちょっとだけ」

きみは、ベッドから半分転がり落ちながら、起き上がった。


琴乃は、いつもの制服姿ではなく、体にぴったりとしたハイネックのセーターを着ていた。ロング丈の巻きスカートは、母親が「七〇年代っぽくて似合ってるわよ」と褒めていた。ファッションの流行のことなど、きみにはなにもわからない。ただ、今日の琴乃は、おとなっぽい。顔をじっと見ることはできないが、もしかしたら化粧もしているのかもしれない。

きみは制服のまま。ベッドでごろごろしていたせいで、ズボンはしわだらけになってしまい、毛布の毛くずもいっぱいついていた。母親は「あんたまだ着替えてなかったの？」とあきれて、琴乃に「ごめんね、ほんと、この子、子どもっぽいから」と、おとなに対するような愛想笑いを浮かべた。「いえ、すみません、わたしのほうこそ急にお願いしちゃって」と言う琴乃の声も、学校で友だちとおしゃべりしているときとは違って、しっとりとした湿り気がある。

「じゃあ、また……ほんとうにお世話になりました」

「いつでも気軽に遊びに来てね」

「はい、先生もお元気で」

「卒業式のときは話せないかもしれないから、ちょっと気が早いけど……卒業おめでとう」

「ありがとうございます」

きみはうつむいて、踵《かかと》をつぶして履いたズックのつま先で足元の地面を蹴りながら、母親と琴乃の話を聞いた。自分には関係のない挨拶なのに、むしょうに照れくさい。でも、もう琴乃はこんなふうにおとなと挨拶できるんだなと思うと、照れくささは寂しさに変わってしまう。

琴乃が歩きだした。きみは少し遅れてあとを追う。最初の角を曲がり、門の外で見送っていた母親の視線から逃れたのを確かめて、「なんなの？　お願いごとって」と訊いた。

ほんとうは――少しだけ、ほんの少しだけ、ぎりぎりのぎりぎりのちょっとだけ、期待していた。二月十三日。「その日」の前日。手作りの本命チョコの失敗作でも――いいや、と思っていた。琴乃の提げたバッグは小ぶりだったが、チョコの箱ぐらいなら、入る。

でも、振り向いた琴乃は、バッグには手を伸ばさなかった。

「あのね……ちょっと友だちから頼まれたんだけど、佐藤くん、サッカー部のビデオ持ってるんでしょ」

黙ってうなずいた。サッカー部では、三年生が引退するときに、その年度におこなわれた試合のダイジェストを編集したビデオテープをつくるのが習わしだった。一年生や二年生は希望者に、三年生は全員に配られる。きみも、もらった。再生はまだ一度もしていない。試合に出たことのないきみは、記念のビデオに映っているはずがなかった。

「それって、試合のゴールの場面とか出てるんだよね？」

「……うん」

確かめたわけではないが、きっとそうだ。

「三年生だけ？　二年生とか一年生がゴール決めたときも、ちゃんと入ってる？」

たぶん……とうなずいたとき、ああ、そうか、と察した。胸が冷え冷えとしてくるのがわかった。期待は消えた。粉々になって、散らばって、なにも見えなくなった。あとはただ、落ち込んでいるのを悟られないようにするだけだった。

「でね、悪いんだけど、それって貸してもらっていい？　すぐにダビングして返すから、ちょっとだけ貸してほしいんだけど」

きみは黙っていた。その沈黙を琴乃は勘違いして、理由を勝手に説明した。

「名前は言えないんだけど、二年の和泉くんと中西くんの大ファンの子がいるのよ。卒業したらもう会えないから、ビデオ欲しいんだって」

予感は当たった。だから、黙り込むしかなかった。

琴乃はまた沈黙を勘違いして、「やだぁ」と笑った。「わたしじゃないよ、全然別の子、絶対にわたしじゃない、マジ、だって、わたしはちゃんと相手いるし」

笑い声をさえぎって、「明日、学校に持って行く」ときみは言った。

「ごめんね、サンキュー、助かった」

琴乃は両手を合わせてお礼を言って、「じゃ、もういいから、バイバイ」と一人でさっさと歩きだした。

4

翌日——「その日」の教室は、朝から浮き立っていた。公立高校の入試を目前に控えた重苦しい日々のさなか、雲の切れ間からぽっかりと青空が覗いたような感じだった。

休み時間のたびに男子は男子、女子は女子で集まった。ことさら大きな声で話したり、逆に不自然なほど声をひそめたりして、男子は女子を、女子は男子を、ちらちらと見る。

でも、そこにきみはいない。教室にいるのに、いない。女子の誰かに視線を向けられることもなければ、男子のおしゃべりで話題の主役をつとめることもない。こんな日の休み時間に一人きりでいるのは恥ずかしいから、おしゃべりの輪に加わる、それだけだった。サッカーの試合のときと同じだ。きみは中学生活最後のバレンタインデーをベンチから見つめる補欠だった。

しょーがないっしょ、と自分に言い聞かせた。てなわけで、要するに、そーゆーことで、と友だちのギャグに笑うふりをして、自分を笑った。

登校してすぐ、琴乃にサッカー部のビデオテープを渡したのだ。「その日」だというのに、琴乃のそばにいた女子は誰も冷やかしてこなかったし、興味しんしんの目で二人を見る女子もいなかった。「ソッコーで持って来てくれたんだぁ、サンキュー」と琴乃は軽い声としぐさでテープを受け取った。二、三日じらしてからのほうがよかったのだろうか？　言われてすぐに持って来るのは、こっちがいかにも弱っちい、ということなのだろうか？

「テープ、俺もう要らないから」と、きみは言ったのだ。琴乃は「えーっ？　いいのぉ？」と最初は戸惑っていたが、それ以上はなにも言わず、気にする様子もなく、もちろん——なにかをきみに差し出すそぶりもなかった。

放課後になった。万が一の奇跡は、やはり、訪れなかった。

「まだわかんねーっての」

帰り支度で騒がしい教室に、小川の声が響いた。結局おねだりの義理チョコももらえなかったあいつは、「俺、今日は五時半まで教室にいるからよー、まだ間に合うぜー」と手をメガホンにして言って、みんなを笑わせていた。あんなふうに言えればいいのに。あんなふうに言いたいのに。今年のチョコはゼロでも、小川はいつかきっと誰かに本命チョコをもらえるだろうな、という気がした。

俺は——。

胸がどくんと高鳴った。

俺は、一生誰からも好きになってもらえないかもしれない——。

胸の鼓動に、メトロノームの音が重なり合った。残響のほとんどない、固く冷たい音だった。

カチ、カチ、カチ、カチ、カチ、カチ、カチ、カチ……。

アレグロの速さ——最初は膝の貧乏揺すりと合っていたのに、やがて膝の動きのほうが速くなってしまう。

先に教室を出たはずの渡辺と遠藤が、あせった様子で駆け戻ってきた。

「ニュース、ニュース！　臨時ニュース！」

教室にいた男子を呼び寄せた。きみも人垣のいちばん外に加わった。

「梅村琴乃いるじゃん、あいつ、いまチョコ渡してた」「見たんだよ俺ら」「たまんねーよ、E組の岸《きし》、あんなのがいいんだぜ、あいつバカ」「デキてるよな、あいつら。コクるんじゃなくてさ、本命だけど義理って感じでさ、二人とも余裕あんのよ余裕」「じゃ学校で渡すなっての」「言えたー」……。

メトロノームの音は、消えない。速くなるでもなく遅くなるでもなく、どこまでも正しいテンポで、感情を持たない音が耳の奥に響きつづける。


グラウンドに背を向けて、きみは家路を急ぐ。学校にいてもしかたない。きみのバレンタインデーは——今年もまた、陽《ひ》があるうちに終わってしまった。

グラウンドではサッカー部が練習をしていた。見なくてもわかる。アップを終えて、三人一組でパス練習を始めた頃だ。味方が二人に、パスを邪魔するディフェンスが一人。ホイッスルの音で、敵は順番に交代する。ホイッスルを吹いているのはブンだろうか。モトだろうか。

サッカーをやりたい——。

いま、初めて、思った。

汗だくになってボールを追って、脚の筋肉を軋《きし》ませながらボールを蹴って、素早くトラップして、ヘディングで空中戦を制して、スライディングする敵をかわして、せりあう敵を肩ではじきとばし、味方にパスを送って、味方のパスを受けて、敵の壁をドリブルで突破して、ゴール前に切り込みながら、シュート。数えきれないほど思い描いて、一度も現実にはならなかった場面を、また頭に浮かべる。

　サッカーをやりたい。シュート練習の球出し役でもいいから、ボールに触りたい。パスをカットする敵でいいから、ボールを追いかけたい。

「コーチしてやるよ」

　きみの言葉に、ブンは一瞬ためらって、でも「お世話かけます」とサッカー部のルールどおりの返事をした。

　ブンよりも、むしろ他の二年生のほうが醒《さ》めていた。まいっちゃうな、と顔を見合わせ、たまんねーよ、とスパイクのつま先で足元の土を蹴る。モトは胸に抱いていたボールをバスケットボールのドリブルのように地面にはずませて、「ブン、なにする？」と声をかけた。「せっかくコーチしてもらうんだから、気合い入れた練習しようぜ」——「せっかく」のところに、小さなトゲを感じた。

「なんでもやってやるよ、マジ、俺も体なまってっから、汗かきたいし」ときみは言った。

　ブンは小さく、首の力を抜くようにうなずいた。

「パス練、終わったんだろ？　次はなにやるつもりだったんだ？　なんでもやってやるから」

「うっす……」

　ブンは少し困った顔になって、モトをちらりと見た。モトはまたボールを地面にはずませて、いーんじゃねーの？　と口だけ動かしてブンに応えた。

「あの、佐藤さん……俺ら、いまから『詰め抜き』しようと思ってたんすけど」

　敵が距離を詰めてボールを奪おうとするのをかわして、味方にパスを送る練習だった。敵も味方も、球さばきの上手い下手がはっきりと出る。

「いいじゃん」

きみは無理に笑う。「俺、詰めてやるから、おまえら抜いてみろよ」——ブンやモトにはそれは簡単なことだとわかっているから、「マジでやるからな、俺」と付け加えた。

「制服でだいじょうぶっすか？」

「関係ねえよ」

スパイクだけ借りることにした。予備のスパイクを取りに部室に向かう一年生の背中は、よけいな手間が増えたのを露骨にうっとうしがっていた。

「じゃあ、二人詰めの五本抜きで交代な」とブンがモトに言った。二人で取り囲む敵の「詰め」をかわしてパスを五本通せば、次のコンビに交代できる。

「佐藤さんに軸になってもらって、もう一人は一年でいいだろ」モトが言う。「佐藤さんと二年に組まれたら、俺ら、一生かかっても抜けねえよ」

皮肉を嗅《か》ぎ取った二年生の何人かが、息を詰めて笑いをこらえた。

ズックをスパイクに履き替えたきみは、制服の上着を脱ぎ、一年生の中でも体の大きな奴を相棒に選んで、ペナルティエリアの外に向かう。ゴール前の攻防という形にした。

「じゃあ……俺からいく」

ブンがきみの前に立ち、ボールを足元に置いた。少し離れたところに、パスを受けるモトがポジションをとった。パスを通そうとする方向に回り込み、隙をついて足を出してボールを奪う。言葉にしてしまえば簡単なプレイだが、ブンはボールを足元にキープしながら体の向きをこまめに変え、モトもブンの動きを読み取って、パスをいちばん出しやすい方向にポジションを移動する。

一本目。あっさりとパスを通された。

二本目も、正面にいたブンの姿がふっと消えた瞬間、鋭いパスがモトに渡った。

三本目にはブンは体の動きをゆるめ、きみに何度かボールを奪うチャンスを与えた。でも、繰り出したきみの足が触れる寸前、ボールはぎりぎりのところで逃げてしまい、最後はきみの両足の間を抜ける股抜《またぬ》きのパスを通されてしまった。

「だいじょうぶっすか？　佐藤さん。スパイク、合ってなかったら替えますか？」

申し訳なさそうに訊くブンは、汗ひとつかいていない。ブンのまわりをじたばたするだけのきみは、早くも息が荒くなり、シャツの背中を汗で濡らしていた。

四本目は、ボールどころか体まで抜かれて、軽々とパスを通された。自分の脇をすり抜けたブンの背中を追いかけようとして身をひるがえしたきみは、足元のバランスを崩して転んでしまった。二年生が笑う。一年生も笑う。見なくてもわかる。

顔を真っ赤にして立ち上がったきみに、ブンはまた申し訳なさそうに「休みながらやりますか？」と言った。

「っせえよ！」

怒鳴った声が裏返った。メトロノームの音が、また聞こえてくる。胸に湧き上がる悔しさや恥ずかしさやいらだちを逆撫《さかな》でするように、正しいテンポの冷たい音が、全身をめぐる。

五本目――いままでより乱暴に足を出した。ボールを狙ったつま先がブンのふくらはぎに当たったが、ブンは体勢を崩すことなく脇を抜けた。きみもあわてて身をひるがえす。ブンは右足を軽く振ってパスのモーションに入ったところだった。

奪ってやる。絶対に。なにがあっても。ボールを狙って、スライディングした。

でも、スパイクのつま先が当たったのはボールではなく、ブンのくるぶしだった。

ブンの体が折れ曲がった。地面に倒れ込んだ。蹴られた左のくるぶしを両手で押さえたまま、ブンは起き上がってこなかった。

5

カチ、カチ、カチ、カチ、カチ、カチ、カチ、カチ……。

アンダンテのテンポを耳の奥で刻んだ。歩くような速さ、散歩をするときのおだやかな気分を思い浮かべて――小学生の頃に使っていたピアノの教則本には、そんな解説がついていた。

落ち着け。病院の待合室の椅子に座って、頭を両手で抱え込んだ。わざとじゃない、絶対に。

窓から射し込む夕日がまぶしすぎて、よけいいらだってしまう。

病院へ向かうブンが保健室の先生の車に乗せられたとき、二年生はスクラムを組むように背中できみをはねのけて、手伝わせてくれなかった。相棒の怪我に目を赤くしたモトは、「ふざけんなよ、サイテーだよ、早く卒業式になってくれっての」と夕暮れの空に向かって、聞こえよがしに言った。

ブンの足首は、捻挫《ねんざ》か、もしかしたら骨にヒビが入っているかもしれない。先生は車に乗り込む前に、心配そうに言っていた。それを聞いたモトは、不安を無理やり打ち消すように、一年生と二年生に「練習するぞ」と言った。「俺らが一緒にいても、ぶっちゃけ意味ねえし、練習してりゃいいんだよ、そのほうがあいつも安心するから」――もしも立場が逆になっていたら、きっとブンが同じ台詞を口にしただろう。

カチ、カチ、カチ、カチ、カチ、カチ、カチ、カチ……。

アンダンテのテンポは、胸の鼓動より遅く、ため息ばかりの呼吸より遅い。体のテンポと合わない。どんどんずれていく。

玄関の自動ドアが開いた。松葉杖をついた若い女のひとが入ってきた。きみは唇を嚙んで、おずおずと立ち上がる。学校から連絡を受けて、お姉さんが車でブンを迎えに来ることになっていた。

「あの……」と声をかけると、お姉さんのほうが先に事情を察して、「ブンは？　まだ中にいるの？」と訊いてきた。

「はい……保健室の先生も一緒なんで」

あ、そう、と軽くうなずいたお姉さんは、椅子に置いてあるブンの鞄や制服に気づいて、「持って来てくれたんだ、サンキュー」と言った。

「……すみませんでした」

きみは消え入りそうな声で言った。でも、わざとじゃないんです、ほんとです、信じてください……とつづけようとしたが、言葉が喉につかえて出てこない。うつむくと、まぶたが重くなる。鼻の奥が熱くなる。メトロノームの音は、まだ消えない。

「三年生？」

「……はい」

「だったら忙しいんでしょ。もういいわよ、帰っちゃいなさい」

そっけない声だった。でも、怒っている口調ではなかった。ブンに足の悪いお姉さんがいることは、噂で聞いていた。大学生で、ちょっと変わった感じのひとで、しょっちゅう雲の写真を撮っている、ということも。

お姉さんは「帰らないんだったら、座れば？」と言って、自分も椅子に腰かけた。うつむいたまま立ちつくすきみにかまわず、ブンの鞄を勝手に開けて中を覗き込み、「すごい、七つ入ってる」と笑った。バレンタインデーのチョコ、だろう。七人の女の子からチョコをもらう気持ちは、うらやむことはできても、想像はつかない。

鞄の蓋を閉じたお姉さんは、しばらく黙った。

こっちをじっと見ているんだ――と気づいたとき、「あ、思いだした」とお姉さんは言った。

「16番でしょ、あなた」

背番号のこと――。

「覚えてる、佐藤くんだよね。違う？　勘違い？」

きみは首を横に振って、やっと顔を上げた。目が合った。お姉さんは「わたし、佐藤くんのこと、何度も見てるよ」と言った。

サッカー部のビデオの話だった。ブンは、暇さえあればテープをデッキにかけて再生する。ビデオデッキやDVDプレーヤーが接続されているテレビはリビングの一台きりなので、しかたなく家族も付き合う。

「佐藤くんの顔も、それで覚えたの」

嘘だ。思わず、また首を横に振った。そんなはずはない。ビデオに収められているのは一年間の思い出で、だから、自分の登場しない思い出にはなんの意味もなくて……。

「ビデオ観たことないの？」

「……はい」

「でも、三年生だから持ってるんでしょ？」

「まだ……観てないです」

お姉さんは少し間をおいて、ふうん、とうなずいた。

「出てるよ、佐藤くんも」

だから——そこが嘘だ。試合に出ていない補欠が画面に映るわけがない。

「ガッツポーズしてた」

お姉さんは笑った。「すっごく、うれしそうだったよ」とつづけ、「ベンチから立ち上がって飛び跳ねてたから、それで背番号がわかったの」と指で宙に1、6と数字を書いて、「補欠の中の補欠の子なんだな、って」とまた笑う。

顔がカッと赤くなった。自分では覚えていない場面だった。

「夏の大会の二試合目。終了直前でブンがゴール決めた試合、忘れちゃった?」

「……覚えてます」

あざやかな逆転勝利を飾った試合だった。後半のロスタイムに入るまで一点リードされていたのを、まずモトがゴールを決めて同点に追いつき、すぐさまブンが逆転のゴールを挙げた。ヘディングで地面にたたきつけたボールがゴールに吸い込まれた直後、試合終了のホイッスルが鳴り響いた。うれしかった。興奮した。でも、飛び跳ねるほど喜んだかどうかは覚えていない。

「ほんとだよ。後ろのほうに小さく映ってただけなんだけど、でも、ほんと。家に帰ったら観てみれば?」

うなずきかけて、ああ、だめなんだ、と気づいた。琴乃の顔が浮かぶ。つまらないことを言った、といまになって悔やんだ。

「ちっちゃかったよ、すごく」

お姉さんは念を押して、「補欠だもんね」と言った。声はもう笑っていなかった。そっけなく、突き放すように、でも意地悪で言われているようには聞こえない。

「下手だから、俺……二年より全然下手くそで」

「わかるよ、そんな感じする」

「二年とか一年にも、バカにされてるし」――そこまで言うつもりではなかったのに。

「性格悪そうだもんね、あなた。『ドラえもん』だったらジャイアンじゃなくてスネ夫か、あと、ドラえもんの道具を借りてるときの、のび太」

さらりと、キツいことを言う。ブンがなにか話していたのだろうか。見ただけでもわかるのだろうか、そういうことは。でも、まあ、もういいや、と黙ったまま、お姉さんの話を聞いた。


顔を覚えたあとはビデオを観るたびに探してたの、でもベンチってほとんど映ってないんだね、それはそうだね、ベンチを撮っててもしょうがないもんね、だけど、たまに映ってるの、背番号16、ちーっちゃく、つまんなそうに座ってるの、退屈そうだし、面白くなさそうだし、寂しそうだし、悔しそうじゃないから寂しそうって、わかる?

メトロノームを鳴らしてみた。

カチ、カチ、カチ、カチ、カチ、カチ、カチ、カチ……。

お姉さんの声は、アンダンテのテンポときれいに合っていた。

ゴールが決まって盛り上がってたのも、あの試合のときだけだったね、百二十分テープでたった一瞬だけ、でも、一瞬でも、佐藤くん、チームの中でいちばん喜んでたよ、16番がいちばん大きなガッツポーズつくってたよ、いばっていいよそれ、ほんとだよ。

カチ、カチ、カチ、カチ、カチ、カチ、カチ、カチ……。

アンダンテは、耳というよりむしろ胸に心地よい。息づかいが、芯のほうまで落ち着いてくるのがわかる。

だから、子どもが積み木をくずすように、きみは言った。

「俺、なにもしてないし、ゴール決めたのは和泉と中西で、俺、ほんとは関係ないし」

アレグロのテンポになった自分の声を聞くと、おまえって悲しいなあ、俺ってツライなあ、と泣きたくなってきた。

お姉さんはきみの言葉には応えずに、「日が長くなったね」と窓のほうを見た。言われて初めて、夕陽の角度が変わったせいで、まぶしさがやわらいだことに気づいた。

「佐藤くんって、雲、嫌い？」

ぽつりと訊かれた。「やっぱり、お日さまのほうがいい？」とつづけて訊かれたので、よくわかんないけど、まあ……と首をかしげた。

「じゃあ、いい天気の青空に雲があったら、邪魔？」

「はい……」

「でもさ、青だけの空って、のっぺらぼうじゃん。空の顔つきって、雲で決まるんだよ。お日さまだってギラギラして、うっとうしいときもあるじゃん。雲は雨も降らせるし、陽射しもさえぎるし、けっこうクセモノだから」

それは――わかる、なんとなく。

「邪魔じゃないよ、雲は」

それもわかる。ただ、お姉さんがその話でなにを伝えたいかが、よくわからない。

でも、お姉さんはきみを指差して、「雲」と笑った。「がんばれ、雲」

治療室のドアが開いた。左の足首に包帯を巻いたブンが松葉杖をついて出てきて、付き添っていた保健室の先生は、ほっとした様子で、指でOKマークをつくった。

ブンの怪我は捻挫ですんだ。二、三日は腫れて痛むものの、来週からは少しずつ練習できるだろう、とのことだった。

お姉さんは先生に挨拶したあと、ブンに笑って声をかけた。

「ね、写真撮っていい？」

しょうがねえなあ、とあきれ顔になったブンは、「早くしてよ、痛み止め切れる前に寝ちゃうから」と背筋を伸ばした。

お姉さんはバッグからデジタルカメラを出して、きみに「ほら、あんたも並んで」と言った。しかたなく、ブンに近づいていった。目が合うと、ブンのほうから「平気っすから」と照れくさそうに笑った。

「わざとじゃないから、マジ」——違うだろ、これじゃないだろ、言わなきゃいけない言葉は。

「いいっすよ、そんなのわかってるし」

並んだ。やっぱりブンのほうが背が高い。体もがっしりしている。でも、きみはブンの先輩で、後輩は先輩に絶対服従で……俺、雲だし……。

「言っとくけど、さっきの、試合だとイエローカード出るようなファウルじゃないからな」

ブンはへへっとうなずいて、きみも、うつむいて笑う。

フラッシュが光った。「いくよー」の声もなくカメラのシャッターを切って、きみが顔を上げると「はい、おしまい」とカメラをしまう。

なんだよそれ、不意打ちかよ、と戸惑っていたら、ブンがぼそっと言った。

「ウチの姉貴、変わってるんすよ」

「……だよな」

お姉さんはブンを先に車に向かわせて、自分は松葉杖をついて会計の窓口に向かった。あわてて呼び止めて「明日、お金、持ってきます」と言うと、振り向いたお姉さんに、ばか、と口の動きだけで叱られた。この言葉も——違うだろ、だよな、と自分でもわかった。

「あの……あとで、ブンに言っといてください……ごめん、って」

お姉さんは財布をバッグにしまいながら、「それは明日、自分で言いなよ」とそっけなく言った。きみは黙ってうつむいた。また涙が出そうになった。アンダンテのテンポ。ずっと同じ、おだやかなテンポ。そんなの無理だよ、ありえねえよ、と足元をにらみつけると、床の模様がにじみはじめた。

そこに——小さな、赤い包みが差し出された。ピンクのリボンがかかっていた。

「これ、ブンに買ったんだけど、あいつたくさんもらってるから、佐藤くんにあげる」

生まれて初めてもらう、バレンタインデーのチョコだった。

「ブンとお父さん以外のひとにバレンタインデーのチョコをあげたの、これが二回目」

お姉さんは松葉杖を前に振り出した。ひょこん、ひょこん、と体を揺すって、自動ドアの手前できみを振り向いた。

「男の子だと、佐藤くんが初めて」

お姉さんは笑いながら言って、それきり、もう二度ときみを振り向くことはなかった。

お姉さんの車と先生の車が走り去ってから、きみは一人で病院を出た。

歩きながら、内側のポケットにチョコを入れた制服の胸にそっと触れてみた。意外なひとからもらった生まれて初めてのチョコは、思ったほどには胸を高鳴らせてはくれなかった。

それでも、足取りは自然と速くなる。

アンダンテから、モデラート、アレグロ、プレスト……。

西の空を見つめた。沈みかけた夕陽を見送るように、雲がいくつも浮かんでいた。オレンジ色に染まったり、すでに夜の闇に沈みかけたりしている雲の一つひとつを目でたどって、クセモノってことはないよなあ、変なひとだったなあ、と笑った。

制服の上から、もう一度胸に触れた。チョコの固さが指先に伝わった。甘さと、そして苦さも、伝わったような気がした。

走りだした。

明日、琴乃に会ったら、やっぱりビデオテープを返してもらおう。俺の大切なものだから、なんて言えるかどうかは、わからないけれど。ブンにもきちんと「ごめんな」と――そっちのほうが難しそうな気はする。

スピードを上げる。プレスティッシモ。『別れの曲』のメロディーをそれに重ねたかったが、うろ覚えの曲は、はずむ息と一緒に音符がばらばらになってしまう。

だから――『ねこふんじゃった』を重ねた。しょうがねえなあ、俺ってだめだよなあ、と短いフレーズを何度も何度も繰り返した。

それが、きみの『別れの曲』になった。

千羽鶴

1

「あ、それ、違うよ」

通りかかったきみが声をかけると、完成したばかりの折り鶴の出来映えを比べ合っていた瀬川《せがわ》ちゃんとミヤちんは、「なんで？」と声を揃えて訊いた。

「あのね、ふつうの鶴だとこれでいいんだけど、お見舞いの千羽鶴は違うの」

「マジ？」と瀬川ちゃんは目を丸くして、ミヤちんも「うそ、知らなかった」と言った。

お見舞いに贈る千羽鶴の鶴は、くちばしを曲げてはいけない。

「くちばしを曲げちゃうと、下を向いてる格好になるでしょ。うつむくっていうか、うなだれるっていうか。そういうのって縁起が悪いじゃん、早く病気や怪我を治して良くなってくださいっていうプレゼントなのに」

「うん、うん、だよね」

「だからね、千羽鶴は、こう」

きみは自分の鶴を手のひらに載せて、二人に見せた。くちばしを折り曲げる前の、ちょうど鶴が空を見上げているような形――それがお見舞いの千羽鶴の正しい形だ。

瀬川ちゃんもミヤちんも、感心した顔になった。

「よく知ってるねー、西村さん」「ちょっと利口になったじゃん、ミヤちんも」「おめえもなー」「わたしは知ってたよ、なんとなく」「ほら、これだもん、こいつ。西村さん西村さん、瀬川ってさー、いつもこうなんだよ、気をつけてよ」……。

きみは、あははっ、と笑って歩きだす。離れぎわに「大変だと思うけど、がんばってね」と声をかけると、二人は指でOKマークをつくって笑い返してくれた。

教室をひとめぐりした。十五人いる女子のうち半分近くが鶴の折り方を間違えていて、そのたびに正しい折り方を教えてあげた。みんな意外と知らない。千代紙を折り畳む手際も悪い。折り鶴をつくることじたい初めての子も何人かいた。

けっこう日にちがかかるかもしれない。鶴を折る子は、きみを含めて十六人――宿題にして家で折ってきてもらえば少しはペースが上がるはずだが、中学三年生の秋、受験勉強に本腰を入れる時期に、そこまでの無理は言えない。

でも、あわてることはない。時間はかかっても一羽一羽ていねいに折ったほうがずっといいし、由香ちゃんの入院は長引きそうだと、クラス担任の宮崎先生も言っていた。

「痛っ、切った、痛い痛い、死ぬーっ」

甲高い声が教室に響いた。和歌子ちゃんが千代紙で指を切ってしまった。

きみは制服の胸ポケットから生徒手帳を取り出し、ビニールカバーの見返しに挟んであったバンソウコウを和歌子ちゃんに渡した。

「サンキュー、すごいね、西村さん。ドラえもんのポケットみたいじゃん」「西村さんってさ、そういうところ、すごくきちんとしてるよね。忘れ物とかいままでしたことないんじゃないの？」「それにさー、優しいよ、やっぱ。うちら、千羽鶴とかって発想なかったし。西村さんが言ってくれなかったら、なんにもしなかったと思うもん」……。

自慢する気なんてない。でも、自分を褒めてくれる言葉は耳に気持ちよく響く。言葉はバンソウコウだ、と思う。この学校に移ってくる前に負った傷を、優しく、そっと、覆ってくれる。前の学校では、言葉はナイフだった。鋭い刃でずたずたに切り刻まれた。だから、あの頃のことは、いまはなるべく思いださないようにしている。

「でも、けっこう大変だよね、数多いもんね」

和歌子ちゃんはバンソウコウを巻いた指に息を吹きかけながら言って、「裏切り者も一人出ちゃったしさー」とつづけた。みんなも、うんうん、と——さっきとは違って、ムスッとした顔でうなずいた。

クラスの女子は十八人。そこから由香ちゃんを引いて、さらにもう一人、黙って帰ってしまった子がいる。ホームルームが終わると、まっすぐに、一度もみんなを振り向くことなく、松葉杖をついて教室を出て行った。

「気にすることないよ、西村さん」と河合《かわい》さんが言った。「恵美って、いつもあんな調子だから」とトーコがつづけ、少し離れた席にいたコンちゃんも「由香としか付き合ってなかったの、昔から」と付け加えた。

由香ちゃんはおととい入院した。結局、きみは一カ月足らずしか会えなかった。思いだせるのはうつむいた後ろ姿だけで、その隣には、いつも恵美ちゃんが、まるで他の子から守るように寄り添っていた。

由香ちゃんと恵美ちゃん。二人とも、まだ一度も話をしたことはない。実際に向き合えば「楠原さん」「和泉さん」としか呼べないだろう。でも、心の中で思う距離は実際よりずっと近い。まるで昔からの友だちのように——もっと近く、鏡と向き合うように、きみは二人を見つめる。

だから、みんなで由香ちゃんにお見舞いの千羽鶴を贈ろうと提案した。恵美ちゃんにその提案を無視されたのが悲しかったし、恵美ちゃんがみんなから悪く言われるのは、もっと悲しかった。

みんなにはわからない。話すつもりもない。これは、きみ一人の秘密だ。


西村さん——きみは、九月に転校してきたばかりだった。

小さな秘密を背負って新しい学校にやってきた。入れ替わるように入院をした由香ちゃんのことと、みんなと付き合わない恵美ちゃんのことが、気になってしかたなかった。

そんなきみの話を、いまから始める。


和歌子ちゃんの怪我を境に、みんなの鶴を折る手は休みがちになった。そのぶん口がよく動く。誰かがこっそり持って来ていたポテトチップスが回ってくると、あとはもう午後五時に解散するまでおしゃべりの時間になってしまった。

できあがった折り鶴は、二十五羽——先は、まだまだ長い。

瀬川ちゃんとミヤちんと三人で、一緒に帰った。瀬川ちゃんとミヤちんは幼なじみで、恵美ちゃんや由香ちゃんとも小学生の頃からの付き合いだった。

歩きながら、二人は何度も恵美ちゃんの悪口を言った。協調性がないのは、今回にかぎったわけではなかった。みんなで盛り上がるときには絶対に参加しないし、いつもそっけなくて、冷ややかで、自分からはめったに話しかけてこない。

「昔はあんなひとじゃなかったんだけどね」と瀬川ちゃんが言うと、ミヤちんも「そうそう」とうなずいて、「交通事故に遭ってからだよね、変わったの」と言った。

事故は小学四年生のときで、それ以来、ずっと松葉杖をついている。「やっぱり、足が悪いから友だちと遊ばなくなったの？」ときみは訊いた。でも、瀬川ちゃんは「ちょっと違うかも」と首をかしげた。ミヤちんも「足のことは全然関係ないわけじゃないと思うけど……」と言葉を濁して、二人で「ね、ちょっと違うよね」とうなずき合った。

胸が、どきん、とした。「なあに？　なんか秘密っぽいじゃん」と無理に笑って訊くと、二人は「まあ、いろいろあって」「でも昔のことだから、西村さんは気にすることないと思うよ」と言った。どきん、どきん、と胸が高鳴る。息が詰まりそうになる。

もっとくわしく訊きたかった。答えが知りたいというより、二人だけ答えを知っていて、自分にはなにも教えてくれない、というのが嫌だったし——怖かった。

でも、きみたちはもう国道の交差点に来ていた。きみは交差点を左に曲がり、同じ団地に住む二人は横断歩道を渡ってまっすぐ進む。

「じゃあ明日ね」「またねー」と手を振って、しばらく歩いた頃、信号待ちをしていた二人の笑い声が聞こえた。

頬がこわばった。足がすくみ、おさまりかけていた動悸《どうき》がまた激しくなってきた。

だいじょうぶ。平気。頬をゆるめて歩きだした。あの子たちはだいじょうぶ、絶対にだいじょうぶ、平気平気平気平気、と自分に言い聞かせた。そんなこといちいち気にしてたら生きてけないぞー、と笑って、しっかりしろバカ、と叱った。

転校しても、後遺症は残る。前の学校のあいつらは、そんなこと、考えてもいないだろう。

夕食のとき、両親に千羽鶴の話をした。

「ホームルームで由香ちゃんにお見舞い贈ろうよって話になったんだよ。で、みんなはふつうのプレゼントしか考えてなかったから、わたしが千羽鶴を提案したの。そしたら、みんな、さんせーい、って」

母親は一瞬不安そうな顔になって、「転校したてでそんなこと言って、生意気とか思われたりしなかった？」と訊いた。

「ぜーんぜん。ナイスアイディアって褒められちゃったもん。で、言い出しっぺだから千代紙を買う係になったの。お金、ちょっといい？」

母親の顔がさらに不安そうになったので、「ワリカンだよ、できあがったら精算するの」と笑った。「あと、しばらく帰りは遅くなっちゃうけど、途中まで瀬川ちゃんとかも一緒だから」

父親はうれしそうに、「そうか、やっぱりアレだな、このへんは土地柄がいいから、公立でも優しい子が多いんだろうな」とうなずいた。

だよね、ときみは笑い返す。

「それで、みんなほんとに協力してくれてるの？」と母親が訊いた。

「うん、強制じゃないから、今日なんか男子は帰っちゃったけど、最後の追い込みは手伝ってもらおうと思ってる」

「女子は？　女の子は、みんな残ってくれたの？」

母親の声が張り詰めた。父親は、ははっ、と声をあげて笑う。「まあ、でも、ほら……強制じゃないんだから、全員なんて無理だよ、塾だってあるんだし。二、三人いれば十分だよ」――保険をかけているんだと、わかった。

「わたしも最初はそう思ってたの。でもね、びっくりしたよ、女子はみんな残ってくれたの。ちょー感動しちゃった」

「そうかあ、いいなあ、うん、みんな優しいよ」と父親はほっとした顔になったが、母親は「みんなって、全員？」と、きみの顔をじっと覗き込む。

「そうだよ……女子、全員」

きみは母親の目をまっすぐ見つめ返して言った。

2

翌日の千羽鶴づくりは、順調に進んだ。みんなも折り方のコツをつかんだのでペースが一気に上がり、昼休みだけで百羽を超えた。

「すごいよねー。なんか、やればできるっ、って感じ？」「この集中力がなんで勉強に活きないかなあ」「でも指先を動かすのって、脳が活性化するっていうじゃん」「それってボケたおばあちゃんのリハビリじゃないの？」「いやー、でも、ほんと疲れたー」「気分のいい疲れ方だよね」

「うん、なんか、いいひとになったって感じする」……。

みんなのおしゃべりを、きみは微笑み交じりに聞く。みんなが集まっているときは、いつもそうだ。にこにこと笑って、聞き手をつとめる。

ほんとうは話に入っていきたい。ツッコミを入れたり、ボケたり、ちょっとしたウンチクを教えてあげたりして、おしゃべりをもっと盛り上げたい。でも、ぽん、と言葉を放るタイミングがつかめない。ホームルームのように手を挙げて発言する仕組みがないぶん、難しい。

これも——後遺症だった。

出しゃばるとやられる、と前の学校で学んだ。

いじめに遭った。みんなに無視されて、いやがらせをされて、陰口を広められた。うざい。むかつく。キモい。くさい。そして、出しゃばりで、おせっかいで、いい子ぶってる……。

体調をくずして学校に行けなくなった。心のバランスも不安定になって、入院までした。両親が家を引っ越すことを決めてくれなければ、どうなっていたかわからない。

転校して、いじめは終わった。でも、ほんとうはなにも終わっていない。きみはずいぶん臆病になってしまった。おしゃべりの中心になりそうなときは、すっと身を引く。自分のいないときにみんながなにをしゃべっているのか、気になってしかたない。みんなの内緒話が怖い。みんなを怒らせないように言葉や言い方を選んで、しゃべったあとは必ず表情をうかがってしまう。

「いじめのいちばん怖いところはなんですか？　体験者として教えてください」

誰かに訊かれたら、こう答えるつもりだ。

「性格を変えられちゃうところです」

放課後も女子全員が残った。「目標、一百羽だね」とトーコがはずんだ声で言って、「よーし、やるかあっ」とノノちゃんが腕まくりをして笑った。

きみは、みんなから離れて教室を飛び出した。

せっかく――と思っていた。せっかくみんなで盛り上がってるんだから、と弱気になりそうな自分を励まして、恵美ちゃんを追いかけた。

「和泉さん」

後ろから声をかけると、恵美ちゃんは振り出していた松葉杖を足元に戻し、面倒くさそうに振り向いて、「なに？」と訊いた。

「あのね……千羽鶴、折らない？」

きみは千代紙を差し出した。「学校で折らなくても、家で折ってきてくれればいいの」とつづけ、「一羽でも二羽でもいいから」と付け加えた。

でも、恵美ちゃんは、そっけない口調で「折らない」と言った。

「……楠原さんのお見舞いだから、和泉さんが折った鶴がないと、だめじゃん」

「やだ」

迷う間もなく言われたので、きみも思わず「なんで？」と返してしまった。「だって、和泉さん、楠原さんの友だちでしょ？」

恵美ちゃんの表情は変わらない。きみの言葉を認めるでも打ち消すでもなく、廊下の窓から外を――空を、見ていた。

「友だちだったら……そんな冷たいこと、できないと思う」

言いすぎたかもしれない。すぐに思った。

恵美ちゃんは怒らなかった。その代わり、ため息交じりに笑って言った。

「西村さんの言ってる『友だち』って意味、よくわかんない」

頬がカッと熱くなった。そのまま歩きだした恵美ちゃんを走って追いかけ、でもすぐに足を止笑い声が聞こえると、そこに逃げ込むように小走りになって。
きみは教室に戻っていった。最初はゆっくりと、途中から足を速め、教室が近づいてみんなの
んだ。自分を納得させた。聞こえてしまってはいけない言葉だったんだ、といまになって思う。
返事はない。振り向きもしない。恵美ちゃんは松葉杖をついて階段に向かう。聞こえなかった
「なんで変わっちゃったの？」
めて、叫ぶように言った。

帰り道、瀬川ちゃんは「こんなに折り紙したのって幼稚園の頃以来だね」と自分の肩を揉んだ。
ミヤちんも指が痛くなったらしく、じゃんけんのグーとパーを繰り返して、「ちょっとがんばり
すぎたかも」と言った。実際、みんながんばってくれた。がんばりすぎて、五時を回っても教室
に居残っていたので、見回りに来た先生に注意されたほどだった。
「明日は、湿布とか持ってくるから」
きみが言うと、二人は「そこまでしなくていいよお」「西村さん、優しすぎーっ」と笑った。
「でも、このペースだったら、あと四、五日で終わるから」
励ましたつもりだったが、瀬川ちゃんは「うえっ、まだけっこうあるじゃん」と顔をしかめ、
ミヤちんも「卒業までいいってことにしない？」と言いだした。
二人とも冗談の表情や口調だったことを確かめて、きみは「だめだよお」と笑った。「だって、
あんまり時間がかかりすぎると退院しちゃうでしょ」
するとゝ二人はちょっと困ったような顔を見合わせて、瀬川ちゃんが、いいよわたしが言うか
ら、とミヤちんに目配せした。

「あのね、西村さん……由香ちゃん、もう退院できないかもしれないよ」

「……そんなに悪いの？」

「悪いっていうか、治らないんだって、腎臓」

一学期に入院したときも、容態はかなり悪かった。集中治療室に入っていた時期もあるらしいし、危篤《きとく》になったという噂も流れた。

「だから、西村さんも千羽鶴はあせんなくていいと思うよ」

「……お見舞いはどうなってるの？」

「って？」

「だから、順番決めてお見舞いに行ったりとか」

二人はまた顔を見合わせて、今度はミヤちんが「一学期の頃は、たまに行ってる子いたけどね」と言った。「でも、みんなで行っちゃうと、かえって迷惑じゃん？」

「それに、あの子ほんとに無口だから、五分も話つづかないもんね」と瀬川ちゃんが言う。「そうそうそう、お母さんが気をつかっちゃって話しかけてくるから、かえって困っちゃうんだよね」「うちらは小学校の頃から知ってるからいいけど、他の子、由香ちゃんのことあんまりよく知らないでしょ」「三年で初めて一緒になった子とか、ほとんどしゃべったこともないんじゃない？」「今年なんか学校に来た日のほうが少ないでしょ」「言えたー、もう卒業できないよね、どっちにしても」「そういうの考えるとさー、元気なうちらがお見舞いに行って、受験とか高校の話とかしちゃうと、かわいそうかもよ」「うん、だからさ、西村さん、千羽鶴でいいんだと思うよ。受験前に千羽鶴折るだけでも、けっこう友情じゃん」……。

ねっ？　と笑って振り向く二人に、そうだね、と笑い返した。

「でも、西村さん、なんで千羽鶴なんて思いついたの？」と瀬川ちゃんが訊いた。

「そう、わたしも思ってた。ぶっちゃけ、ちょっとオバサンくさい発想じゃん？」とミヤちんも言った。

きみはにこにこ笑うだけで、なにも答えなかった。


その夜、きみは日付が変わる頃まで部屋にこもって、鶴を折った。ぜんぶで三十羽。受験勉強はちっとも進まなかったが、後悔はしていない。

負けたくない。前の学校のあいつらに仕返しするつもりはない。そんなことしても人生のむだだ。でも、忘れることしか仕返しにならないというのも悔しい。

変わらないことが、仕返しになる。目立ちすぎないように気をつけて、押しつけがましくならないように注意して、それでも、わたしはわたしなんだ、と言いつづけたい。あんな奴らのために自分の性格が変えられてしまうのは、絶対に嫌だ。

負けない。ほんとうは思いだしたくもない千羽鶴の記憶と向き合って、あいつらとは違う、新しい学校の優しい友だちと一緒に、病気と闘う友だちのために心を込めて鶴を折ることが、「負けない」こと——だと思う。

3

翌日の昼休み、千羽鶴を折ったのは十人だった。他の子は「バスケやんない？」という和歌子ちゃんの誘いに乗って、体育館に行ってしまった。

教室に残ったみんなは、和歌子ちゃんがいないことを話題には出さずに、おしゃべりをしながら鶴を折る。誰も責めたりとがめたりはしない。「ワカちゃんって飽きっぽいからねー」となにげなく言ったノノちゃんは、みんなが顔を上げると、「違う違う、悪口なんかじゃなくて！」とあわてて打ち消した。

和歌子ちゃんがクラスの女子でいちばん「力」を持っているんだと、きみはすでに察している。自分でも驚くほど、そういうことに敏感になった。和歌子ちゃんが指を切ったときにバンソウコウをすぐに渡したのも、自分では純粋な親切のつもりだったが、ほんとうは、自分自身でも気づかないほどすばやく「ここで和歌子ちゃんにヘソを曲げられたら困る」と思ったから、なのだろうか。そんなのじゃない、あれは素直にやったことだ——とは、言い切れなくなった。わからない。自分でも自分がわからない。いじめには、そういう後遺症だって、ある。

昼休みが終わりにさしかかっても、できあがった鶴の数はなかなか増えない。机に並べた鶴も全体的に不揃いで、きちんと折り目のついていないものもある。おしゃべりに夢中になって手が止まる子がいるし、「ちょっとトイレ」と言って席を立ったきり戻ってこない子もいる。昨日のがんばりが嘘のように、みんな、だらけていた。

きみは一人で黙々と鶴を折る。誰かの冗談にみんなが声をあげて笑うときには付き合って頬をゆるめても、自分からはなにも話しかけない。微笑んで、微笑んで……心の中でため息を何度もついた。

五時間目の始業チャイムが鳴った。みんなは「あ！、疲れた」「肩凝っちゃったねえ」と口々に言って自分の席に戻る。昨日のような満足そうな笑顔の子は、誰もいなかった。

できあがった鶴をショッピングバッグに入れて、きみも席を立つ。ちょうど体育館から和歌子ちゃんたちが戻ってきた。教室に駆け込んでくるなり、和歌子ちゃんは「明日の昼休み、A組とフリースロー対決することになったからね！」と言った。「あとで選手決めるし、選ばれなかった子も応援団ってことでよろしく！」

きみは黙って席についた。和歌子ちゃんを見たくなくて窓のほうを向いたら、恵美ちゃんの背中が目に入った。教室のみんなにそっぽを向くように、頰づえをついて空を眺めていた。その隣の机は、ずっと空いている。由香ちゃんの席だ。来週の席替えでは、由香ちゃんの席は窓際のいちばん後ろに移されることになっていた。

放課後に残ってくれた子は、七人しかいなかった。しかも、隣のC組の子が「なに内職してんのー？」と連れ立って教室に入ってきて、みんなとおしゃべりを始めた。きみの知らない子、きみの知らない話題、きみの知らない誰かの陰口……途中で「あ、カノジョね、九月に転校してきた西村さんっていうの」と藤田ちゃんが紹介してくれたが、C組の子は「どーもでーす」と挨拶をしただけで、すぐにみんなとの——きみ以外の「うちら」のおしゃべりに戻った。

昨日よりずっと早く、午後四時半に解散した。できあがった折り鶴は十二羽しかなかった。

「しょうがないよ、昨日張り切りすぎちゃったから、みんな今日は疲れちゃったんだよ」

帰り道、瀬川ちゃんが慰めるように言ってくれた。

「それに、ほら」ミヤちゃんも言った。「今日は栄光セミナーのある日だし」

「栄光セミナーって？」

「知らないの？　塾だよ、塾。今日は受験応用コースの授業の日だから、河合さんとかトーコとか、そっちに行ったんだよ。で、わたしと瀬川ちゃんは、基礎コースだから明日ね」

「じゃあ、明日は残れないの？」

気をつけて言ったつもりだったが、瀬川ちゃんは少しムッとしたように「だって、しょうがないじゃん」と返した。「四時から授業始まるし、ソッコーで家に帰っても、オヤツ食ってチャリダッシュして、ぎりぎりだから」

「遅刻したら親に連絡行くしね」とつづけたミヤちんは、きみの顔を見て、「やだぁ、怒んないでよぉ」と笑った。

きみはあわてて首を何度も横に振って、必死に笑って、怒ってない怒ってない全然そんなのないって、と伝えた。

いつもの交差点で別れた。心の片隅で二人が「家で折ってくるから」と言ってくれるんじゃないかと期待していたが、じゃあ明日ね、バイバイ、それっきりだった。

歩きだしたきみの背中に、笑い声が届く。足がすくむ。胸が、どくん、と高鳴る。

おそるおそる振り向くと、二人はおしゃべりしながら横断歩道を渡るところだった。きみには気づいていない。瀬川ちゃんは笑って鞄を振り回し、ミヤちんは笑って逃げて、信号が点滅しはじめたのか、二人は笑ってダッシュした。


「もう十二時よ、そろそろ寝なさいよ」と母親に言われるまで、鶴を折っていた。

四十五羽。がんばった。千代紙もなくなってしまったので、今夜はもう寝ることにした。

机の上を片づけたあと、鍵の掛かる抽斗《ひきだし》を開けた。

折り鶴を取り出した。いかにもおざなりに折った、ゆがんだ形の鶴だった。前の学校の誰かが折った。名前はわからない。前の学校できみをいじめたみんなのうちの、誰かだ。

ひさしぶりに抽斗から出した鶴を、ひさしぶりに広げてみた。乾ききっていない傷口のかさぶたを爪でひっかいて剝《は》がすみたいに。

担任の先生が千羽鶴を持ってきたのは、入院してしばらくたった頃だった。クラス全員で、反省とお詫びの心を込めて折った、と先生は言っていた。

両親は受け取ろうとしなかったが、きみは「せっかく折ってくれたんだから」と病室の壁に掛けてもらった。いじめが「終わる」ことは「仲直りする」ことだと信じていた。

でも、三日で捨てた。真夜中に壁からはずして、ゴミ箱に放り込んだ。「やっぱり、むかつくから捨てた」と言うと、母親は「そうよ、それでいいのよ、なによ、いまさら……」と無理に笑って、ベッドに突っ伏して泣いた。

母親には、千羽鶴を捨てたほんとうの理由は言わなかった。

もしかして――と不安が胸をよぎったのは、千羽鶴を掛けた翌日の夜のことだった。寝苦しさに眠りから覚めて、暗い天井をぼんやり見つめていたら、ふと思ったのだ。

すぐに、ありえないって、と打ち消した。でも、そこから眠れなくなった。何度寝返りを打っても落ち着かない。

スタンドの明かりを点けて、体を起こした。「ありえないって」を「でしょ？」にして、安心してぐっすり眠りたくて、壁のフックから千羽鶴をはずした。

一羽だけでいい。適当に選んだ一羽を糸から抜き取って、中を広げてみれば、きっと「ありえないって」は苦笑交じりの「でしょ？」になってくれる。なってくれないと、嫌だ。

ワゴンの上で広げた千代紙の内側には、文字が書いてあった。

〈死ね〉

「もしかして」が、当たってしまった。ありえないことが、あった。

震える手で、もう一羽広げてみた。今度は、赤いインクで書いた〈呪〉だった。奥歯がぶつかって、カチカチと鳴った。顎がわななないた。

三羽目の鶴は、むしるように糸からはずした。

〈嫌われ者〉

四羽目、五羽目、六羽目……ぜんぶ同じだった。

何度もしくじりながら、広げた鶴をまた折り直した。涙がぽろぽろ流れ落ちた。悲しいんじゃない、悔しいんだ、と自分に言い聞かせた。悲しさを胸に刻んだらつぶされる。悔しさを残そう、と決めた。

一羽だけ、手元に残した。それが、この鶴――ひさしぶりに見る鶴のおなかの〈死んでもいいよ。でも死んだあとも嫌い〉は、あいかわらず、ひねくれた細い文字だった。

4

一週間が過ぎた。

千羽鶴は、まだ完成していない。

みんなが盛り上がったのは、結局、最初の二日間だけだった。中間試験が近づいたこともあって放課後の居残りは「忙しい子は休んでもOK」から「時間のある子だけ残る」になり、昼休みの集まりも極端に悪くなった。和歌子ちゃんたちの始めたバスケットボールが別のクラスにも広がって、フリースローのクラス対抗戦になってしまったせいだ。

文句は言えない。これは自由参加で、強制する筋合いのものではなく、出しゃばったことを言うと、きっと反発されて、反感を買って、嫌われる。

きみは一人で鶴を折りつづける。朝のホームルーム前も、昼休みも、放課後も、家に帰ってからも、そして授業中まで……。

数学の先生に見つかった。千羽鶴の話を知らない先生は、きみをきつく注意したあと、「折り紙の勉強をしても受験には出ないからな」とみんなを笑わせた。

でも、きみは気づいていた。笑い声の中に、女子の声が少ない。代わりに、近くの席の女子同士で交わすひそひそ話の声が——聞こえないのに、聞こえた。

昼休み、ミヤちんに耳打ちされた。

「あのさー、西村さん、授業中に鶴を折るのって、やめたほうがいいかもよ」

「うん……先生にも叱られちゃったしね」

「そうじゃなくて、わたしはそんなこと思ってないけど、ひとによっては、ほら、なんかイヤミっぽく感じる子もいるっていうか……」

わたしは違うよ、わたしは思ってないからね、いまの親切で言っただけだから、とミヤちんはくどいほど念を押して、きみのそばから離れた。

今日は塾のない日だよね？　ミヤちんと瀬川ちゃんは放課後だいじょうぶだよね？

言いかけた言葉は、ミヤちんの背中が思いのほか速く遠ざかってしまったので、そのまま喉の奥に引っ込んでしまった。

代わりに、まなざしが恵美ちゃんに触れる。恵美ちゃんはベランダに出て空を見ていた。席替えをして窓際から離れたので、外に出たのだろうか。

ふと、こっちを振り向いた。

目が合った――たしかに。

でも、恵美ちゃんはすぐに空に向き直って、ふう、と息をついた。肩をゆっくりと落とした息のつき方は、ちらりと目が合っただけのきみのことを、なんだか哀れんでいるようにも見えた。


ミヤちんはホームルームが終わると、瀬川ちゃんと一緒に帰ってしまった。連れ立って教室を出て行く二人の背中を、きみは黙って見送った。

視線を少し横にずらすと、恵美ちゃんがいた。松葉杖を支えに席を立つところだった。また目が合った。恵美ちゃんはまた、すぐにそっぽを向く。昼休みと同じように息をつき、松葉杖を前に振って、歩きだす。

あとを追って外に出た。瀬川ちゃんやミヤちんのことは、もう、いい。どうせ呼び止めたとしても、なにも言えない。でも、恵美ちゃんには――訊きたい。

廊下を進む恵美ちゃんの前に回り込んで、「ごめん、ちょっといい?」と言った。

恵美ちゃんは松葉杖を止め、顔を上げて、「なに?」と応えた。

「……このまえ、わたしの言ってる『友だち』って間違ってる、って言ってたよね」

恵美ちゃんは一瞬きょとんとして、それから、ふふっ、と笑った。

「ちょっと違うけどね。わかんない、って言っただけ」

会話が初めて嚙み合った。笑顔を見たのも初めてだった。

「なんで？　どこがわかんないの？　教えて」

「ぜんぶ」――声は、またそっけないものに戻る。

恵美ちゃんはきみの体をかわして歩きだしながら、もう一言、言った。

「自分のために千羽鶴折るのって、やめれば？」

違う――。

そんなのじゃ、ない――。

「由香は、あんたのために病気になったわけじゃないから」

恵美ちゃんは、ひょこん、ひょこん、と体を揺らして遠ざかっていった。


きみは鶴を折る。ひとりぼっちで、鶴を折りつづける。三百羽を超えた。でも、まだ、千羽には全然足りない。

ほとんど準備なしで受けた中間試験の出来は最悪だった。

「今度の学校って、レベル高いのねえ、あれだけ毎晩勉強してるのに、これなんだから」

成績表を見た母親は感心したように言って、父親も「内申点では損しちゃうけど、そういう学校のほうがいいんだよ、長い目で見れば」と、あと半年足らずで卒業だというのを忘れたみたいに言った。

両親は、きみを叱らない。毎日学校に通えるだけで十分だと、それだけを喜んでくれている。

「千羽鶴、進んでる？」と母親はときどき訊く。「ぼちぼちね」と答えると、父親は「早く持って行ってあげたほうがいいんじゃないか？」と少し心配顔で言う。「べつに千羽なくたって、気持ちなんだよ、気持ちを伝えればいいんだから」

四百羽。昼休みや放課後に千代紙を取りに来る子はいなくなった。「忙しいから」という理由が、「面倒くさいから」に変わった。「べつに、由香と仲良かったわけじゃないし」——はっきりと言う子もいた。

五百羽。手首や人差し指の先がずきずきと痛む。ワリカンにするはずだった千代紙のお金がかさんで、貯金箱を割った。あと半分だから、あと少しだから、と折りつづける。待っててよ由香ちゃん、と心の中で語りかける。でも、一度も話したことのない由香ちゃんの顔は、どんなに思いだしても浮かんでこない。

「あ、そうだ」

なにげなく言ったのだ。休み時間に次の授業のある理科室に向かう途中、瀬川ちゃんとミヤちんと一緒になって、二人の口数が少なかったから、ちょっとおしゃべりをしたくなって——ほんとうに、なにげなく。

「千羽鶴、六百までいったよ」

きみの言葉に、瀬川ちゃんは急に血相を変えて、「なにそれ、なんか文句あるわけ？」と言った。「うちらがサボってんの、そんなにむかつくわけ？」

「……え？」

「いばってんじゃねえよ！　バカ！」

廊下に響きわたる声で叫んだ瀬川ちゃんは、そのまま走り去ってしまった。

きみは呆然《ぼうぜん》として立ちつくす。肩や膝がぶるぶる震えていることにも、ミヤちんに言われるまで気づかなかった。

「瀬川ちゃんさー、ゆうべ進路のことで親とケンカしたんだよねー、だから今日いらついてんの」

ミヤちんは説明して、「でも」と付け加えた。「はっきり言って、西村さん、ちょっと浮いてるよ、うちらのクラスで。しゃべり方とかタイミングとか、気をつけたほうがいいかも」

なんで——？

「千羽鶴も、もう、このへんでいいんじゃないの？」

なんで——？

ミヤちんは、じゃあね、あの子フォローしないと落ち込みキツいから、と瀬川ちゃんを追いかけていった。この学校に来て初めて、言葉がナイフになった。切っ先は、瀬川ちゃんよりもミヤちんのほうが鋭かった。

その場にたたずんだまま動けなかった。クラスのみんなが、おしゃべりしながら追い越していく。誰も声をかけてくれない。誰も振り向いてくれない。指先の力が抜けて、理科の教科書とノートが廊下に落ちた。ノートに挟んであった千代紙が何枚も、廊下を滑るように散らばった。ため息をついて教科書を拾い、奥歯を嚙みしめてノートを拾って、急に熱くなったまぶたを揺らさないよう気をつけて、千代紙を一枚ずつ拾っていった。

いちばん遠くまで飛んでいった最後の一枚に目をやったとき、そばにいる人影に気づいた。理科室に移動するときは、いつも一人だけ遅れてしまう子——だった。

恵美ちゃんは松葉杖で体を支えて、紙を拾ってくれた。はい、これ、と差し出すしぐさは、いつものようにぶっきらぼうだった。でも、にこりともしていないその顔と向き合ったとき、こらえていた涙が目からあふれた。

「わかんない……」ときみは言う。「わけ、わかんない……」と涙ぐんで繰り返す。迷子になった子どもが母親と会えたときに泣いてしまうみたいに、悲しいけれどほっとした涙が、ぽろぽろと頬を伝い落ちる。

「なにがわかんないの？」

恵美ちゃんは、たぶん初めて、自分から訊いてくれた。

「友だちって……和泉さん、教えてよ、知ってるんでしょ？　友だちって、なに？」

恵美ちゃんは少し間をおいて「知らない」と言った。そっけない言い方でも、答えをごまかされたとは思わなかった。

「だったら、由香ちゃんは？　和泉さんの友だちじゃないの？」

「由香は、由香」

「だって……」

「誰のものでもないから、由香は。わたしもそうだし」

恵美ちゃんは松葉杖をついて歩きだしながら、「今日、一緒に行く？」と言った。

「……病院？」

「連れてってあげる」

振り向かずに言って、立ち止まらずに「三時に家に迎えに来て」とつづけた。

5

クラス名簿の住所を頼りに恵美ちゃんの家を訪ねた。門のインターフォンを押す前に深呼吸していたら、玄関のドアが勢いよく開いて、ドジャースの野球帽をかぶった男の子が「行ってきまーす！」の声より早く飛び出してきた。

カーポートに回ろうとするところを呼び止めて「ここ、和泉さんち？」と訊くと、男の子は「そっ」とせっかちに答え、「お姉ちゃん、ウチにいるよ」と付け加えて自転車にまたがった。

「じゃあねー、ぼく、忙しいから」

まだ小学一、二年生だろうか。お姉さんに似ず、はきはきした元気な男の子だった。

玄関のドアがまた開いた。恵美ちゃんが戸口から顔を覗かせ、「弟の声が聞こえたから」と少し照れくさそうに言った。

「これ……持ってきたんだけど」

きみは手に提げた大きなショッピングバッグを持ち上げた。中には、千羽に届かなかった千羽鶴が入っている。もう部屋に置いていたくない、こんなもの。

「とりあえず糸だけ通してあるから、いいよね？　せっかくつくったんだから」

恵美ちゃんは、まあいいか、というふうにうなずいた。

二人で並んで、バス停まで歩いた。恵美ちゃんの歩き方は、学校で見るときよりもずっと速かった。松葉杖を大きく振り出し、体を前に運ぶたびに息を詰める。

「脚、痛くないの？　だいじょうぶ？　なにか手伝うこととか、ある？」

返事がないぶん、きみの言葉は矢継ぎ早になってしまう。

恵美ちゃんはうっとうしそうに苦笑して、「そういうところ」と言った。「そういうところが、わかってない」

「……なにが？」

「わかんなかったら、いい」

バス停に着いて、恵美ちゃんがベンチに座ると、がまんできなくなって、きみは言った。

「ねえ、和泉さんって、なんでいつもそんな言い方するの？」

恵美ちゃんは「ずっとこうだから」と答えた。「べつに西村さんだからじゃないよ」

「でも……変わった、って言ってたよ、みんな」

「どうせ瀬川さんと宮本さん、でしょ。『みんな』って言わなくていいよ」

頬が、いつかのようにカッと熱くなった。

「……もしかして、小学生の頃、いじめられたりしたの？」

迷いを振り切って、言った。

恵美ちゃんは表情を変えずに、ゆっくりと空を見上げた。

「わたしは『みんな』って嫌いだから。『みんな』が『みんな』でいるうちは、友だちじゃない、絶対に」

ぽつりと言った。質問に直接答えたわけではない、唐突な一言だった。でも、それは不思議なほどすんなりと、きみの耳から胸へ染みていった。

「西村さんは、友だち、たくさん欲しいひとでしょ」

きみが答える前に、恵美ちゃんは「わたしは違う」と言った。「いなくなっても一生忘れない友だちが、一人、いればいい」

由香ちゃんのこと——だろうか。

「一生忘れたくないから、たくさん思い出、ほしい」

恵美ちゃんは空からきみに目を戻して、つづけた。

「だから……『みんな』に付き合ってる暇なんてない」

きみは恵美ちゃんのまなざしに気おされて、入れ替わるように空を見上げた。

青い空に、真っ白な小さな雲が浮かんでいた。


由香ちゃんの病室は、ナースステーションに近い個室だった。点滴のスタンドが二本に、大きな機械がいくつも置いてある。病状は、噂どおり、かなり重いのだろう。

由香ちゃんは傾斜させたベッドに横になっていた。ワゴンと一つになったテーブルを出して、その上で手を動かして――千代紙で、鶴を折っていた。

「なに、またやってんの？」

ベッドの横から由香ちゃんの手元を覗き込んだ恵美ちゃんは、「ほんと、へただよねー」と笑いながら、できあがった鶴を手に取って、ほら、ときみに見せた。

確かに、へただった。形も不格好だったし、折り目や角をきちんと合わせていないから、おなかや首に模様のない裏地がたくさん見えている。

「この子知ってる？　二学期から転校してきた……」

「うん、知ってる。西村さん、だよね」

由香ちゃんは、どーも、ときみに会釈して、「クラスのひと来てくれたの初めて」と恵美ちゃんに笑いかけた。やわらかく、透きとおった笑顔だった。

自分で椅子を出して座った恵美ちゃんは、手に持ったままだった由香ちゃんの折り鶴を、「ね、直すよ、これひどいから」と言って、勝手に広げ、勝手に折り直していった。

由香ちゃんは怒らない。「いつもなんだよ。いつも、ここで恵美ちゃんと鶴折ってるの」と透きとおった笑顔で、うれしそうに恵美ちゃんの手元を見つめる。

鶴ができあがると、恵美ちゃんはきみを振り向き、「そこに箱があるから、出して」と壁際の戸棚を指差して言った。底の深いお菓子の箱だった。蓋を開けると、中には折り鶴がたくさん入っていた。

驚くきみに、恵美ちゃんは「自分で折る千羽鶴がいちばん強いよね」と言った。「早く良くなりたいって、いちばん思ってるの、自分だもん」

なにも応えられなかった。椅子の横に置いたショッピングバッグが脚に触れる。

由香ちゃんは照れくさそうに「でも、半分は恵美ちゃんが折ってくれてるんだよ」と言った。

「しょうがないじゃん、へたなんだもん」

「このまえ、千代紙買ってくれた」

「おばさんにメロンもらったから、そのお返し」

恵美ちゃんはそっけなく言って、またきみを振り向いた。

「で……西村さんって、今日、なにかお見舞い持ってきたんだっけ」

意地悪――。

きみはうつむいて、「ごめん……」と由香ちゃんに謝った。「なに持って行ったらいいかわからなかったから……手ぶら」

ふふっ、と恵美ちゃんは笑って、由香ちゃんは「いいよお、そんなの気にしなくて、来てくれただけでうれしいし」と、逆に謝るみたいに顔の前で手を振った。

恥ずかしさと悔しさ――でも、それ以上に、もっとさかのぼった情けなさや申し訳なさが、きみの頰を熱くする。胸の鼓動を高鳴らせて、喉を絞めつけ、息苦しくさせる。ショッピングバッグを足でそっと、椅子の中に入れた。

恵美ちゃんは由香ちゃんに向き直って「まだ千代紙ある？」と訊いた。

「うん、まだ開けてないのがある」

「一緒に鶴、折ろうか」

由香ちゃんが「うん」とうれしそうに応えると、恵美ちゃんは「西村さんも」と言った。

きみは、のろのろと顔を上げた。

「手ぶらでお見舞いに来ちゃったんだから、それくらい、やってよ」

目が合った。恵美ちゃんはきみをじっと見つめ、「折れるよね？」と言った。「由香にプレゼント、できるよね？」

「……いいの？」

恵美ちゃんの代わりに、由香ちゃんが「折り方わかんなかったら、わたしが教えてあげる」と笑った。


言葉はほとんど交わさなかった。三人で、黙々と鶴を折りつづけた。由香ちゃんの鶴はあいかわらず不格好で、恵美ちゃんに折り直されてばかりだった。でも、由香ちゃんの折る鶴は、くちばしがピンと伸びている。恵美ちゃんの鶴よりも、きみの鶴よりも、くちばしだけとてもきれいに天を向いていた。

鶴が一羽できあがるたびに、由香ちゃんはそれを手に取って、頭上にかざした。最初はなにをしているのかわからなかったが、途中でなにげなく天井を見上げると――そこには、画用紙にクレヨンで描いた小さな雲が浮かんでいた。

「これ……なに？」

指差して訊くと、由香ちゃんは『もこもこ雲』なの」と言った。「恵美ちゃんに描いてもらった、おまもり」

恵美ちゃんはきみが振り向くより早くそっぽを向いてしまい、それだけでは足りないみたいに「トイレ」と怒った声で言って、部屋を出て行ってしまった。

「照れてるぅ」

ドアが閉まったあと、由香ちゃんは顔をまんまるにして、ほんとうにうれしそうに笑った。

そして、『もこもこ雲』の話と——恵美ちゃんがずっと『もこもこ雲』を探してくれていたことを、教えてくれた。


三人で十九羽の鶴を折って、千代紙は残り一枚になった。

「じゃあ、最後は、西村さん」と恵美ちゃんが言ってくれた。不思議なものだ。トイレから戻ってきたあとは、そっけなさがちょっとだけ薄れた。照れているのかもしれない、やっぱり。

正方形の紙を三角に折ったとき、ふと思いついた。「ちょっと待ってて」と広げて裏返しにした紙を膝に載せて、バッグからペンを取り出した。

早く良くなって——は、違う。退院するの待ってるから——も、違う。言葉じゃないんだ、と自分に言い聞かせた。

とっさに浮かんだのは、ハートマークだった。由香ちゃんの笑顔みたいにふんわりまるいハートを紙の真ん中に描いて、鶴を折って、『もこもこ雲』にかざした。

飛べるといいね、と祈った。『もこもこ雲』に連れて行ってもらって、空を飛べるといいね。

「そうかあ、心臓があるんだもんね、鶴だって」と由香ちゃんは言った。

恵美ちゃんは陽の暮れかかった窓の外を見つめて、「違うよ」と言った。「心があるんだよ、折り鶴には」


病院の正門前のバス停は、いくつもの路線が通っている。先に来たバスの行き先表示を見て、恵美ちゃんは「これに乗ったほうが、西村さんちに帰るのは早いから」と言った。

「……いいよ、恵美ちゃんちまで送っていく」

初めて「恵美ちゃん」と呼んでみた。恵美ちゃんはそれに気づいたのかどうか、いつものとおりそっけない顔と声で「わたしは一人で帰るから」とだけ言った。

だいじょうぶ？　喉元まで出かかった言葉を呑み込んで、うなずいた。たぶん、そのことをずっと恵美ちゃんに言われていたんだろうな、と思った。

「あのさ」恵美ちゃんは、また空を見上げていた。「どうせ由香がしゃべっちゃったと思うけど、『もこもこ雲』、あそこに貼ってあるのは違うから」

「……そうなの？」

「うん、あの子はこれでいいって言うけど、でも、違うから。あの子が探してる雲は、もっと違うから、まだ見つかってないから、絶対に」

恵美ちゃんがいつも空を見上げている理由が、やっとわかった。

「だから、忙しいの。『みんな』と仲良くしてる暇なんてない」

わたしとは——？　わたしとは、仲良くできない——？

訊きたかった。でも、たぶん、それも「わかってない」になっちゃうんだろうな、と苦笑交じりに言葉を呑み込んだ。

バスが来た。こういうときにかぎって、きみの乗るバスのほうが早い。結局由香ちゃんに渡せなかったショッピングバッグを提げて立ち上がると、「どうするの？」と訊かれた。

「なにが？」

「西村さんの千羽鶴、捨てちゃうの？」

「……うん」

「せっかく折ったんだから、自分の部屋に飾ってればいいじゃん」

笑ってうなずくことができた。「ありがとう」とも言えた。

バスの中から恵美ちゃんに手を振ろうと思っていたのに、混み合った車内の奥に入ると、窓は見えなくなってしまった。でも、いいや、どうせ恵美ちゃんはまた空を見上げているはずだから。

バスが動きだす。ショッピングバッグを胸に抱きかかえる。

袋の口から顔を覗かせた鶴が一羽、いまにも飛び立とうとするかのように、くちばしをまっすぐ、天に向けていた。

かげふみ

1

負けたんだな。

きみはうつむいて、唇を噛んだ。いちばん負けたくない相手に負けた。

「謝るとかって話じゃないと思うけど……」

ブンは低い声で言って、「でも」とつづけ、頭を深々と下げた。

「悪いと思ってる」

さっき——体育館の裏で向き合ったとき、ブンが真っ先に言った言葉は、「殴ってもいいから」だった。その瞬間はほんとうに殴りかかろうとしたが、最初のカッとした怒りをやりすごすと、そんなことをしたらよけい負けじゃん、と気づいた。

「おまえが悪いわけじゃないだろ」

無理に笑った。「でもさ……」とブンが言いかけるのをさえぎって、「悪くないって、全然」とつづけた。「良い」と「悪い」で分けられる話ではない。きみとブンを分けるのは「勝ち」と

「負け」――もっと近いのは、「選ばれた者」と「選ばれなかった者」という分け方だろうか。

「やったじゃん、ブン」

「なにが？」

「だってさ、やっぱ俺、負けたわけじゃん。カッコ悪いーっ、バカみたい。ほんと、バカ」

「……そんなことないよ」

「本人が言ってんだから、いいじゃんよ」

だろ？　と目で訊くと、ブンはなにか言い返しそうな顔になったが、ため息でそれを呑み込み、「やめろよ、モト」と言った。「そういうのって、おまえらしくない」

わかっている。だから、へっ、と笑う。

「でもさ、まいっちゃうよな、ブンが来るなんて考えてないじゃん、こっち。もう大ショック、死にそう」

実際、驚いたのだ。まさかブンが体育館の裏に顔を見せるとは思わなかった。約束が違う。きみが待っていた相手は、石川美紀《みき》だった。放課後になるとすぐ、体育館の裏に先回りして、どきどきしながら待った。「付き合ってほしい」と書いた手紙を、昨日、美紀に渡した。その返事を、今日――いま、受け取ることになっていた。

「いつから付き合ってたの、おまえら」

「……二年の終わりぐらいから」

「じゃあ、もう二、三カ月目って感じ？」

「に、なるかな」

「全然知らなかったよ。なんで言わなかったんだよ、言ってくれてれば、俺、こんな恥かかずにすんだのにさ」

「……言うタイミング、なくて」

「っていうか、俺だな、俺が鈍すぎたんだよなあ」

どうして気づかなかったのだろう。石川美紀は生徒会の会計委員長で、会長のブンや副会長のきみとしょっちゅう一緒にいる。だから、きみは美紀を好きになった。でも、美紀が誰を好きなのかはわからなかった。

「ひょっとして、ブンは勘づいてた？　俺が石川のこと好きだったって」

「うん……なんとなく」

「だから付き合ってるって言わなかったの？」

ブンはためらいながら、黙ってうなずいた。

「そっか、じゃあ、いいや、なんか逆にすっきりしたよ」

きみは言った。強がったつもりはなかったが、ブンと目は合わさなかった。

「ヘボい奴と石川が付き合ってて、で、俺が負けちゃうのって、死ぬほど悔しいじゃん。でも、ブンだったら、まあ、いいかなって」

嘘ではない。仲のいい友だちは、クラスにもサッカー部にもたくさんいる。でも、ブンは特別だ。もしも美紀がブンと別の男を両天秤《てんびん》にかけて迷っていたなら、すぐさま、自信を持って言ってやる。「そんなの迷う必要ないじゃん、ブンのほうがいいに決まってるじゃん、あいつサイコーだもん、ブンをフッたら、おまえ一生後悔しちゃうよ、マジ、絶対にブンと付き合ったほうがいいいって」――立場が逆なら、ブンもきっと同じように言ってくれる、と思う。

「今日の練習、出るだろ？」とブンは遠慮がちに訊いた。きみがうなずくと、ほっとした顔になって、「じゃあ俺、先に行ってるから」と駆け出した。

きみは遠ざかるブンの背中に声をかけた。

「気にするなよ！　俺、もう、気持ち切り替えてるし！」

ブンは走りながら振り向いて、サムアップのポーズをつくった。きみも右手を伸ばし、親指をピンと立てて、笑い返した。

ブンの背中が消える。きみは笑顔のまま、ため息をついた。

負けて悔いのない相手で、こいつなら負けてもいいか、と思える相手——だからこそ、誰よりも負けたくなかった。

小学生の頃からずっと一緒だった。言いたいことはなんでも言い合えるし、言わなくてもわかり合えることだって、たくさんある。サッカーのプレイ中に、敵はもちろん味方も予想できないようなパスが通るのは、ブンとコンビを組んだときだけだ。ふとひらめいてスペースにボールを蹴り出すと、そこにブンが走り込んでいる。次の次のプレイを読んでディフェンスの裏に回ると、それを待っていたようにブンのスルーパスが来る。そんなときの身震いするような心地よさは、ブン以外の相手とでは決して味わえない。

だから、美紀が好きな相手がわからなかったことよりも、ブンの好きな相手がわからなかったことのほうが悔しいし、片思いをブンに悟られていたことが、もっと悔しかった。

ブンにしか反応できないパスが通ったときは、確かにうれしい。でも、ほんとうは——きみの一瞬のひらめきにブンがついていけずに、ボールが無人のスペースに転がっていくときの気分だって、決して悪いものではなかったのだ。

モトくん——きみの話をしよう。

美紀と生徒会室に二人でいるとき、小学生の頃の話をしたことがある。

「野球は俺のほうが上手かった」

「野球やってたの？」

「うん、あの頃は。バッティングもピッチングも俺のほうが上だったなあ。ブン、俺が来るまではクラスでトップだったから、めちゃくちゃ悔しがっててさあ……」

取っ組み合いのケンカをしたこともあった。悪いのはブンのほうだったと、いまでも思う。

「水泳も俺のほうがちょっと勝ってた。記録は同じだったけど、あいつバテバテだったたし。でも、跳び箱とか鉄棒は、ブンのほうが上だったたし、あと、長距離走も負けてたな」

「サッカーはやってなかったの？」

「体育の授業のときにテキトーにやってただけだよ。だから、中学でサッカー部に入ったんだ」

「なんで？　和泉くんが陸上部か体操部に入って、中西くんが野球部か水泳部に入るのがふつうの発想じゃないの？」

「違うんだよなあ、そこがちょっと」

隣にブンがいたら、きっと目を見交わして、「な？」と笑い合えただろう。

どっちが上なのか小学校の頃にはわからなかったから、やってみたかった。レベル1ならクリアが確実なゲームの難易度を、レベル2に上げるようなものだ。たとえクリアはできなくても、難しいものに挑んだほうがずっと面白い。

「で、サッカー部に入ったら、ブンと俺、少年団でサッカーやってた奴らより全然上手くて、先輩もヘボいひと多かったから、ソッコーでレギュラーとっちゃって……やっぱり俺らってすげえな、って」

美紀は、やだぁ、と顔をしかめ、たしなめるようにきみを見た。

ちょっと自慢しすぎだな、と自分でも思った。美紀と話すと、つい、そうなってしまう。小学生の男の子が、好きな子の前で大声を張り上げるのと同じ——自分でもわかっている。

「サッカーはどっちが勝ってるの？」と美紀が訊いた。

それがわからない。ずっとわからないままだった。

「俺らツートップ組んでるんだけど、タイプが違うんだ。俺はポストプレイが得意で、ブンはドリブルで斬り込んでいくタイプで、二人で組んだら最強だってことは確実なんだけど、どっちが上かって言われても困るんだよな」

サッカーにくわしくない美紀はあいまいに「ふうん」とうなずくだけだったが、きみは、そうだよなあ、そうなんだよなあ、と自分の言葉を嚙みしめた。

ブンと張り合わなくなったのは、いつごろからだっただろう。ライバル意識が消えたわけではなかったが、勝ち負けを突き詰めて考えることは減った。生徒会ではブンが会長に立候補したので、きみは最初から副会長指定で立候補した。サッカー部のキャプテンにきみを推薦したのはブンで、きみは「副キャプテンをおまえがやるんならいいよ」と引き受けた。定期試験の順位も、学年一位と二位をブンと交互に繰り返しているうちに、一回ずつの試験は気にならなくなった。それでなんの問題もない。定員一名のものなど、世の中には、たぶんないのだから。

「どっちも上手いってことでいいじゃん」——結局、それを答えにするしかない。

「でも、いいよね、そういう友だちがいるのって」

美紀はうらやましそうに言った。きみも素直に「ブンがいなかったら全然つまんなかったよ、中学生活って」と笑うと、美紀はもう一度「いいなあ、ほんと」とつぶやくように言った。そのときの遠くを見つめる顔がとても素敵だったから、やっぱり近いうちに勇気を出して告白してみよう、ときみは決めたのだ。

バカみたいだよなあ。いまは、思う。美紀とその話をしたのは三年生に進級するかしないかの頃で、ということは美紀とブンはすでに付き合っていたわけで、話のきっかけも「和泉くんって小学生の頃、どんな子だったの？」と美紀が訊いてきたからで、なのに訊かれてもいない自分のことをべらべらしゃべって……思いだすと、顔が真っ赤になるほど恥ずかしい。

あの日の会話をぜんぶ消し去って、言い直したい。

「あいつはすごいよ、サイコーだよ、俺なんか比べものにならないよ、ほんと、マジ、俺はブンに勝てないもん、あいつが一番だよ、絶対……」

定員一名のものは――確かに、ある。三月か四月にはまだ気づいていなかったことを、五月になって思い知らされた。これからも、もしかしたら一生、思いだすたびに顔を真っ赤にしてしまうんだろうな、という気もする。

2

美紀に交際を断られても、ブンと俺との関係は変わらない。そう自分に言い聞かせて、だいじょうぶ、ちゃんとやっていける、という自信もあった。

最初は気まずそうだったブンも、きみが屈託のない態度で接しているのでほっとしたのか、数日たつと、いままでどおり「モト、モト」と声をかけてくるようになった。

サッカー部の練習でも、きみたちのコンビネーションは冴えわたっていた。四月におこなわれた春の大会では、去年の秋の新人戦から二連覇になる地区優勝を果たし、念願だった市内ベスト4まで達成した。その勢いが中学時代最後になる夏の大会までつづいてくれれば、創部以来初めての市内優勝だって、十分狙える。

もうひとつ、きみとブンには大きな目標があった。

姉妹都市として交流をつづけているオーストラリアの市から招待されて、市内で選抜したチームが七月に遠征試合をおこなうことになった。五月の連休を利用して開かれた選考合宿には、きみたちも呼ばれた。その結果がそろそろ発表になる頃だった。

オーストラリアへ行けること以上に、市の代表に選ばれるというのがうれしい。競争の難易度が上がるというだけで胸がわくわくする話だった。

その日も、ブンと組んでウォーミングアップのパス交換をしながら、選抜チームの話をした。

「サイドバックに足が速い奴が多かったから、ポストプレイ増やしてくると思うんだよな。だから、俺じゃなくて、モトみたいなトップを絶対に欲しがると思うぜ、あの監督」

合宿中にあまり調子が良くなかったブンは、しだいに弱気になっていた。

一方、きみは合宿の仕上げの紅白戦で一ゴールを決めた。ポストプレイの出来も良かったし、初めて組んだチームメイトとのパスのタイミングもうまくつかめていた。メンバーに残る自信はあるし、合宿の様子を冷静に判断して、ブンはちょっとヤバいかもな、とも思う。

だから、きみは笑って言う。

「だいじょうぶだよ、ブンなら。俺のほうがヤバいよ、マジ」

「いいっていいって、気ぃつかうなよ、そんなに」

浮き球のパスが来た。笑顔と一緒に送ったような、ふわり、とやわらかいパスだった。

胸で受けて、足元でトラップして、「マジだよ、マジ」と同じように浮き球を返した。距離が長すぎた。ボールはブンの頭上を大きく越えていく。

「悪い！」

両手をメガホンにして詫びるきみに、ブンは「選抜の奴らだと捕れるよ、いまのパスは」と笑って、ボールを追いかけていった。

悔しさがないはずはないのに、それを見せない。いい奴だよな、ほんとに。あらためて思う。いい奴だし、おとななんだろうな、とも。

俺はだめだな。自分が嫌になる。なんで「だいじょうぶだよ」なんて言ったのだろう。つまらない謙遜だった。ほんとうは、謙遜ですらない。もっと底意地が悪くて、もっとずるくて、ブンを励ましたり気をつかったりしているわけではなくて……メンバー発表のときにブンの名前がなかったら、その瞬間、やったぜ、と勝ち誇って笑うはずの自分がいる。どんなにごまかしても、心の片隅の、ここに、確かに——でも、心って、どこにあるんだろう……。

美紀をめぐる一件以来、そんなことをしょっちゅう考えるようになった。自分がどんどん嫌いになる。俺って、こんなにヤな奴だったっけ。気づかなかったのかよ、とあきれて笑う自分も、心の片隅にいる。おまえってサイテーの奴だったんだぜ、なんでいままでわからなかったんだ？

転がっていくボールにブンが追いついたとき、下級生の挨拶の声がグラウンドに響いた。顧問の中江先生が職員室から出てきたのだ。先生はファックスの紙を持っていた。全員集まれ、と両手で部員を手招いた。

選抜チームの発表だ、とすぐにわかった。

先生のもとに駆け寄る途中、ブンをちらりと見た。試合中のような険しい横顔で走っていたブンは、きみの視線に気づくと自分の顔を指差して、無理だよ無理、と手を横に振って笑った。そして、きみを指差して、ＯＫマークをつくる。拍手のジェスチャーもした。

でも、数分後、円陣を組んだ部員たちの拍手を浴びたのは、きみではなく、ブンだった。

きみたちは、また、「選ばれた者」と「選ばれなかった者」に分かれてしまった。


中江先生は、たぶんきみのことを気づかったのだろう、ブンが選抜チームに入ったことを喜ぶより、夏の大会のための練習が足りなくなるほうを心配していた。

「来週からほとんど毎日、和泉が選抜の練習に取られちゃうから、フォーメーションは和泉がいる日に集中して固めないとな。和泉のいない日は中西一人で練習をまとめなきゃいけないから、三年生を中心に、しっかりフォローしてやれよ」

先生に「中西」と声をかけられたとき、一瞬、反応が遅れた。

「大変だと思うけど、がんばれ」

肩に手を載せられた。態度には出ていない悔しさがそこから伝わってしまいそうで、怖かった。

「留守をしっかり守ってやらないと、和泉も安心して選抜チームに行けないからな。代わりに、オーストラリアのお土産、たくさん買ってきてもらえ」

先生が「エッチな本はだめだぞ」と付け加えると、部員のみんなはどっと笑った。でも、うつむいたきみは笑わない。上目づかいに確かめると、ブンの表情も硬かった。

目が合いそうになって、合わなかった。ブンがすっと横を向いたせいだ。その瞬間、ああ、俺はまたブンに負けちゃったんだなあ、と嚙みしめた。

ブンが笑って喜んでいれば、こっちも笑えた。ちくしょう、悔しいなあ、なんて言いながら、でも最後には「おめでとう」を言えた――だろうか？


パスポートをとる手続きを説明するから、と中江先生はブンを連れて職員室に戻っていった。ブンは先生の後ろを、まるで叱られているみたいにうなだれて歩いていた。

胸張って歩けよ、もっと自慢しろよ、自慢していいんだよバーカ。

ブンの背中に言ってやりたかった。ちょっと乱暴に、ボールでもぶつけて、振り向いたところに「がんばれよ」と言ってやろう。声は聞こえなくても、笑って手を振れば、あいつにはわかる。それだけで、すべてが通じる。

足元にボールを転がして、蹴る方向や強さを考えて、迷って、悩んでいるうちに、先生とブンは遠ざかってしまった。

しかたなく、思いきり蹴った。ブンの背中ではなく、反対側のゴールマウスを目がけて。

低い弾道のシュートは部員の間をすり抜けて、きれいにゴールに突き刺さった。

調子はよかったのだ、ほんとうに。


ブンが市の選抜チームに選ばれたことは、翌週の全校朝礼で発表された。

校長はブンを体育館のステージに呼んで、サッカーのことだけではなく、「国際交流」や「親善大使」や「未来をになう若者の代表」といった大げさな言葉を並べて褒めたたえた。

校長の話が終わっても、ブンはステージに残り、そのまま『生徒会からのお知らせ』をみんなに伝えた。ほんとうは、それはきみの仕事だった。ブンと交互につとめていた全校朝礼のスピーチは、この日はきみの順番だったのだ。ところが、生徒会担当の細川先生が「ついでに和泉くんがしゃべればいいんじゃない？」と言ったので、舞台袖で控えていたきみは仕事をなくしてしまった。

ブンは『お知らせ』をただ読み上げるだけでなく、アドリブでジョークも交えた。それほど面白くない駄洒落《だじゃれ》だったが、体育館は笑い声に包まれた。きみだって、『お知らせ』の原稿があがった昨日のうちに、いくつもネタを仕込んでいた。自信があった。ブンの駄洒落よりもウケたはずだ、と思う。でも、あいつはさっきいきなり細川先生に『お知らせ』を読むように言われて、とっさに駄洒落を考えて、それでもきっちりウケて——昨日考えたネタは、アドリブでも浮かんだだろうか？

そんなの、どうだっていい。べつに気にすることはない。わかっている。ブンはとてもいい奴で、やっぱりすごい奴で、あいつにはかなわないことばかりで……一位にならなくても二位を守っていればいいじゃないか。世の中に定員一名のものは——ゼロではなくても、ほとんどないはずなのだから。

『お知らせ』を伝え終えたブンが舞台袖に戻ってきた。

「いきなり言われて、あせったーっ」

胸を撫で下ろして笑うブンから、きみは黙って目をそらした。

ブンと美紀は、学校公認のカップルになった。ブンは嫌がっていたが、美紀のほうが積極的に、まるでみんなに見せつけるように、ブンにまとわりつく。

意外とつまんないオンナだったんだな、ときみは思う。どうして、いままでそれがわからなかったのだろう。女子のみんなに「あっつーい！」「オーストラリアに連れてってもらいなよ、新婚旅行」「ブンちゃんに婚約指輪買ってきてもらえばいいじゃん」とからかわれて、やだぁ、もう、やめてよぉ、と嬉しそうに嫌がる顔なんて――サイテーだ。

ブンにも、なにやってるんだおまえ、と言ってやりたい。べたべたくっつく美紀に、ブンはなにも言えない。ムスッとした顔をしていても、結局は美紀と一緒に弁当を食べたり、美紀と一緒に帰ったりする。女子の噂では、美紀は選抜チームの練習場所の市営グラウンドまでついていって、スタンドから見学しているらしい。

美紀に付き合う暇があったら、フォーメーションのことを訊いてくれればいいのに。選抜チームの様子を教えてくれればいいのに。もしも選抜チームで壁に当たっているのなら、パスを受けたときのファーストタッチが必ず右に流れる癖を教えてやるのに。「やっぱりだめだよ、モトとツートップじゃないと」と言われたら――うれしいだろうか、悔しいだろうか。どっちにしても、悲しくなるだろうな、とは思う。

きみはブンのいないサッカー部で練習をつづける。ブンと美紀が一緒にいるところに出くわしたくなくて、生徒会室にはめったに顔を出さなくなった。

五月が終わる。

六月も、半ばを過ぎた。

気がつけば、もう一カ月近く、ブンと話をしていない。

言葉は交わす。笑い合ってもいる。ブンの前でそっけない態度をとったら、それはただのひがみになってしまうから。でも、ほんとうはなにも話していない。ブンになにも伝えていないし、ブンからもなにも受け取っていない。

選抜チームの練習が休みの日は、ブンは必ずサッカー部の練習に参加する。「無理しなくていいぞ、バテてるだろ」と中江先生が言っても、みんなと同じメニューをこなす。美紀の姿はない。邪魔だからサッカー部の練習には絶対に来るなと言って、美紀と初めてケンカになった。これも直接ではなく、女子の噂で聞いた。

「モト、遠慮しないでいいから、どんどんワンツー通していこうぜ」

ふくらはぎや太股《ふともも》の裏をテーピングしながら、ブンは言う。

「おう」きみは笑ってうなずく。「遠慮なんてするわけないだろ、甘えんなって」

なのに、パスが通らない。意志が合わない。きみがスペースにパスを出したいときに、ブンは足元に球を欲しがる。ブンがくさびになってパスを送ると、きみは逆方向に走りだしている。

「悪い……なんか俺、選抜のノリで動いちゃってるな……」

ミスをするたびに、ブンは申し訳なさそうに言う。

「違うって。俺がついていけてないんだよ、ブンに」ときみも素直に謝る。

それでも、心の片隅できみは言う。選抜チームのほうがやりやすいんだったら、そっちに行けよ、選抜にはずれた奴に選抜と同じこと求めるなよ、ふざけるなよ……。止まらない声を覆い隠したいから、「俺もレベル上げなきゃなあ」と笑う。

そんなやり取りを聞いた中江先生が「そうだ、いいぞ、そうやって切磋《せっさ》琢磨《たくま》していくんだ」と満足げに言うと、きみとブンは目を見交わして、へへっ、と笑う。でも、ブンがどんな意味で笑っているのか、きみはもうわからない。自分がなぜ笑うのかも、よくわからない。

きみは、自分のことが、どんどん嫌いになっていく。

いつも二人で並んでいた。

出会ったばかりの頃は、きみのほうが少し前を歩いていた、と思う。追いつこうとしてじたばたとあせるブンを見て、そんなにムキにならなくてもいいのに、とあきれたこともあった。

いまは、あの頃のブンの気持ちがわかる。小学生の無邪気な負けず嫌いよりもずっとキツいよな、とも思う。

二人で並んでいる頃は楽しかった。いつまでもこうしていられると信じていた。でも、ブンは一人で前に出た。ぐい、ぐい、と一気に差をつけられた。

ブンと美紀が初めて手をつないだ、と女子の噂が伝えた。ブンは選抜チームで、エースストライカーの背番号9をもらった。五月の終わりの中間試験で、ブンは学年一位をとり、きみは五位にとどまった。『生徒会のお知らせ』を全校朝礼で読んだとき、自信のあったジョークはちっともウケなかった。

パスはあいかわらず通らない。ゴール前のパスミスの連発に、中江先生がカミナリを落とした。「なにやってるんだ！　中西！　もっと先を読んでパス出せ！」――先生は、ブンのことは叱らなかった。

もう追いつけない。ブンの背中が遠ざかる。

きみは歩きながら、自分の影を踏みつけるようになった。嫌な声ばかり聞こえる心はきっとここにあるんだ、と路上に伸びる影の胸を、何度も何度も踏みつける。

3

美紀から電話が来た。携帯電話からかけていた。朝から霧のような細かい雨が降りつづく、日曜日のお昼前——すぐ近所にいる、と美紀は言った。

「電話だと、うまく言えないと思うから……悪いけど、ちょっと出てきてくれると、うれしいんだけど……」

声が震えていた。部屋の窓ガラスは白く曇っていたが、外の肌寒さのせいだけではなさそうだった。「生徒会の用事？」と訊いても返事はなかった。きみは下腹に力を込め、でも声はあくまでも軽く、「夫婦喧嘩したってかぁ？」とつづけた。「そういうのは、本人同士で仲直りしたほうがいいんじゃねえの？」

美紀は黙り込んだままだった。息づかいは、雨の音よりも湿り気を帯びて、くぐもっていた。

「郵便局の前の公園、わかる？　そこで待ってろよ、すぐ行くから」

返事を待たずに電話を切った。

私服姿の美紀と会うのは初めてだった。学校にいるときよりも、少しおとなびて見える。服装というより、「ごめんね、いきなり」と謝ってきみをじっと見つめるまなざしが。

「……ブンがどうしたって？」

美紀はうなずいて、「やっぱりわかっちゃうんだ」と寂しそうに笑った。「親友だもんね」

ふだんは気にならない言葉が、耳に障った。

「違うよ」自分でもびっくりするほど強い声になった。「違うっていうか、親友とか、そういうこと言うなよ、なんか嫌だから」

「でも……和泉くん言ってたよ、中西くんのこと、親友で、相棒で、ライバルだ、って」

きみだって、きっと同じことを言う。誰かにそう言ったことも何度もある。

顔をしかめて「どうでもいいけど」と吐き捨てた。「で、ブンがどうしたって？」

「和泉くん、中西くんに相談とかしてない？」

「だから、なにが？　全然わかんねえよ」

「和泉くんの様子、最近ちょっと変じゃなかった？」

知らない。わからない。傘が少し重くなった。雨音はほとんど聞こえないのに、傘をはずすとやがてびしょ濡れになってしまう。サイテーの雨だ。

「和泉くん、選抜チームやめるって」

「……え？」

「選抜のフォーメーションと学校の部活のフォーメーションが全然違うから、すごい大変なんだって。で、選抜に合わせて練習してると、部活のほうが全然だめになっちゃって、このままだと夏の大会に間に合わないから、って」

きみは傘の柄を握り直した。玄関から適当に選んで差したビニール傘の柄は、いかにもちゃちで、細くて、持ちにくい。

「昨日、聞いたの。今日、選抜の練習があるから監督に言うって話だったんだけど、雨だから練習休みになって、でも、和泉くん、今日のうちに監督の家とか行っちゃいそうな気がするわけ」

黙ってうなずいた。これはわかる。いまでもわかる。ブンは短気で、せっかちで、思ったことはすぐに行動に移さないと気がすまない奴で、あとになって「あんなことしなきゃよかったよ」

と後悔することもけっこうあって……。

「止めてよ、中西くん。中西くんだってそう思うでしょ？　やめないほうがいいに決まってるでしょ？　お願い、説得してよ、和泉くんのこと」

また傘の柄を握り直す。傘を前に少し倒し、顔を隠して、言った。

「あいつが決めたんだったら、俺がなに言ってもむだだよ」

ブンは頑固な奴で、意地っ張りで、自分が間違っていると気づいたあとも引っ込みのつかないまま困りはててしまう奴で……。

傘を倒す角度を深くする。首の後ろに、ぴちゃっ、と雨が落ちる。傘の骨を伝ったしずくは、ほんものの雨粒よりもずっと雨らしい。

「和泉くん……昨日、言ってた」

「なにが？」

「中西くんのこと」

首の後ろに、また雨が落ちる。

「モトが俺でも、絶対に部活のほうを選ぶから、って」

「……勝手に決めんなよ」

へっ、と笑ったはずみに、指先の力が抜けて、傘の柄が手から滑り落ちた。足元ではずんだ傘は、ひっくり返ってしまった。すぐに手を伸ばしたら簡単に柄を握り直すことができたのに、一瞬ためらっているうちに、傘は風にあおられて、公園の奥へ転がっていく。

「カッコつけてんだよ」

小さくはずみながら転がる傘をにらみつけて、言った。「あいつ……カッコばかりつける奴なんだよ」とつづけたとき、まぶたに雨が降りかかった。

「言っとくけど、俺だったら選抜やめないから。やめるわけないじゃん、オーストラリア行けるのに」

「だったら、和泉くんにもそう言ってあげてよ。中西くんの言うことなら聞くと思う」

「でも……ブンはやめちゃうんだよ、あいつ、そういう奴なんだよ、俺らのこと見捨てられないの、バカだから」

傘はアジサイの植え込みにひっかかって、止まった。植え込みの先に、コンクリートの塀がある。小学生の頃はよく、そこにボールをぶつけて一人で野球の練習をしていた。ブンと取っ組み合いのケンカをしたのは、塀の前の、あそこ。ブンのお姉さんが突然あらわれて、なんとなく仲直りをして、危険だからという理由で去年撤去されたジャングルジムに二人で登って、お姉さんに写真を撮られて、「ねじれの位置」とかなんとか、あの頃にはワケがわからなかったことを言われて……。

美紀を振り向いた。

「石川、俺んちの場所、知ってる？」

「うん……その先のマンションだよね」

「玄関はオートロックだけど、郵便受けがずらーっと並んでるから、俺の傘、そこにテキトーに置いといてくんない？」

「え？」

「ってことで」

ダッシュ――。

俺、あいつのこと殴りに行くんだからな、と自分に言った。絶対の絶対の死ぬほど絶対、あいつにパンチとかキックとか頭突きとかスリーパーホールドとか……ギブしてもマジ許さないもんな、絶対の絶対の死ぬほど絶対……。

やれば？

心の片隅の声は、初めて、きみに優しくなった。

ずぶ濡れになって走った。ブンの家が見えた。玄関の前にお姉さんの車が停まって、そこに、いま、家から出てきたブンが、傘を閉じながら乗り込むところだった。

あいつなら——電話では気がすまない。選抜チームの監督の自宅を訪ねて、直接、土下座でもなんでもして、チームをやめると伝える。わかる。あいつなら——絶対に、そうする。

「ブーン！」

走りながら怒鳴った。振り向いたブンに、転びそうになりながら「ブン！　行くな！　選抜やめるな！」とつづけた。「俺、もっと練習するから！　パスちゃんと通してやるから！　選抜やめんなバカ！」

ブンはきょとんとした顔でこっちを見ていた。

「行くな……行くの、やめろ……」

車の前まで来て、息が切れた。はあはあ、ぜえぜえ、と荒い息をついて、きみはブンをにらみつける。

「……どこ、行く……つもりだったんだよ」

「姉貴と一緒に墓参り行くんだけど、って、おまえ、傘なしでなにやってんだよ」

きみに傘をかざし、「けっこう階段が長いし、花とか水もあるから、姉貴、傘差して歩くと危ないんだよ。だから俺、バイトで付き合うの」とつづける。

絶句するしかなかった。ブンの傘のおかげで雨はしのげたが、代わりに、走っているときには止まっていた汗がいっぺんに噴き出してしまった。

「で、いま、おまえ走りながら選抜のこと言ってた？」

「……石川から、聞いた」

ブンは、あーあ、とため息交じりに笑い、「あいつ、だめだなあ、口が軽いよ、マジ」と照れたような怒ったような顔になった。

「心配してるんだよ、おまえのことを」――こっちは、混じり気なしの怒った声になる。

ブンも一瞬気まずそうに目をそらし、「ちょっと待ってろよ、タオル持ってきてやるから」と傘をきみに渡して、玄関に駆け戻った。

「タオルなんかいいから、ちょっと待てよ」

背中に声をかけたが、ブンは引き返さなかった。

「おまえ、ひとのこと親友とかなんとか、勝手なこと言うな！　バカ！」

ドアが閉まった音に紛れて、どこまで聞こえたかはわからなかった。

舌打ちして、でも拍子抜けした気分も半ばして、なんとなく居心地の悪い思いで玄関を見つめていたら、車のクラクションが短く鳴った。

お姉さんが運転席の窓を開けて、「モトくん、ひさしぶりじゃん」と笑う。

あ、どうも……と会釈をすると、お姉さんはずぶ濡れのきみをじっと見つめ、ふうん、と一人で納得したようにうなずいて、言った。

「あんたもおいでよ、お墓参り」

「いや、でも……」

「いいじゃん、ブンに話があるんだったら車の中ですればいいし、モトくんとブンのツーショットの写真もひさしぶりに撮りたいし」

お姉さんはネックストラップにつけたデジタルカメラを手に取って、「乗りなよ」と言った。

4

車は郊外にある霊園へ向かう。友だちのお墓参りなんだと、お姉さんは言った。命日は二月。亡くなって、今年で八年目――「姉貴が中学を卒業する直前だよ」と助手席からブンが言った。きみもブンから聞いたことがある。ほんとうに仲のいい友だちだった、らしい。

「で、今日は、わたしと友だちの記念日なの」

ずうっと昔の今日、お姉さんと友だちは「友だち」になった。「梅雨どきだから、たいがい雨になっちゃうんだよね」とお姉さんは笑い、助手席のブンも「思いだした、去年も俺、付き合わされたじゃん」と苦笑した。

「モトくんちの近所の公園あるじゃない、昔、ブンと一緒に写真撮ったの覚えてない？　あそこでなわとびして、友だちになったの」

「けっこう遠いよなあ、姉貴、ウチから歩いて行ったの？」

「学校の帰りに寄り道したから。で、帰りはお母さんに車で迎えに来てもらったし」

「甘えーっ、おふくろ甘すぎるよ」

「ブンもお母さんと一緒に来たんだよ、ドライブ気分で」

そっけない言い方は昔と変わらなくても、少し声の響きがまるくなったような気がする。

「あの……俺、さっきまで、その公園にいたんです」

リアシートからきみが言うと、ブンが、石川といたの？　と目で訊いた。黙ってうなずいた。

まいっちゃうなあ、とブンも声を出さずに笑う。ひさしぶりにパスがきれいに通った気がする。

「あ、そうなんだぁ」

お姉さんは懐かしそうに相槌を打って、「もう何年も行ってないけど、昔とおんなじ？」と訊いた。

「だいたい変わってないけど……ジャングルジム、もう、ないです」

お姉さんより先に、ブンが振り向いた。「マジなの？」と聞き返す声とまなざしで、ああ、こいつもあの日のことを覚えてるんだな、とわかった。

お姉さんは黙っていた。深い穴に滑り落ちていくような、しんとした沈黙だった。ブンときみも勝手におしゃべりをつづけることができなかった。

車が交差点を一つ越え、二つ目の交差点も越えて、三つ目で赤信号につかまったとき、やっとお姉さんは肩の力を抜いて、「まあ、しょうがないよね、それはね」とつぶやくように言った。

「姉貴もなにか思い出あるの？　ジャングルジムに」

お姉さんは「どうでもいいよ」と昔のようなそっけなさで応え、車を発進させた。

ブンは脚を組み替えて、助手席の窓から外を見た。お姉さんにそっぽを向く格好になった。白く曇った窓ガラスを手のひらでぬぐって、「俺なら行かないな、墓参りとか」と言った。「モトが死んでも、行かない」

お姉さんはべつに怒った様子もなく、「いいんじゃない？　それで」と言った。

「モトもそうだろ？」ブンは窓の外を見たまま、言う。「おまえだって、俺が死んだら墓参りとか行かないだろ？　っていうか、来るなよ。後ろ向きなのって、俺、ヤだからな」

俺だってそうだよ、と言ってやりたかった。あたりまえじゃんよ、絶対に行かねえし、行くわけねえし、後ろ向きなのって、ほんとはおまえのほうじゃんよ、とブンが口を挟む余裕も与えずにまくしたててやりたかった。

でも、その前に、車はスピードを急にゆるめ、花屋の駐車場に入った。

「ブン、なにがあったか知らないけど、お花買ってくるから、二人でゆっくり話せば？」

お姉さんはエンジンを切って、「悪いけど、モトくん、そこに杖があるから取って」と、ハッチバックの荷台を指差した。

いつも見慣れていた松葉杖ではなかった。腕に巻きつけるベルトのような支えと、グリップがついた杖——怪訝そうなきみの顔を察して、ブンが「ロフストランドクラッチっていうんだ」と教えてくれた。「松葉杖よりかさばらないし、こっちのほうが安定性があって、バランスが取りやすいから」

「大学の卒業祝いと就職祝いに、ブンが買ってくれたの」

「ま、安いし。七千円ぐらいだから」

「リボンも付けてプレゼントしてくれたんだよね」

「……うっさいなあ、早く買ってこいよ」

お姉さんはきみが差し出した杖を受け取り、ブンが「傘、だいじょうぶ？」と言うのを手振りで断って、店に入っていった。確かに松葉杖と比べると目立たないし、動きも軽やかで、体の揺れ具合も昔より小さくなったように見える。それでも——こんなことを言う筋合いなどないことはわかっていても、目に馴染んだ松葉杖のほうが……。

「姉貴は、ほんとは昔の松葉杖のほうが気に入ってるんだ」とブンは言った。

パスが、また通った。「おまえもそうなんじゃないの？」ときみが訊くと、「まあな」とうなずいて、「おまえもじゃないのか？」と笑って返してくる。絶妙のパスが往復した。何人ものディフェンスをあざやかに抜き去る光景が、くっきりと浮かんだ。

「でも、マジ、あの杖のほうが使いやすいんだ。仕事だと、ぐずぐずしてられないだろ。だから、ちょっとでも動きやすいほうがいいと思って、ロフストランドのほうにしたんだけど……モトにも言われちゃうと、やっぱり自信揺らぐよなあ、松葉杖だったかなあ……」

そんなことないよ、ときみは笑って首を横に振った。

おまえは優しいよ。そう言ってブンを照れさせてやろうかと思ったが、しゃべった瞬間に自分のほうが照れてしまいそうなので、やめた。

代わりに、いちばん肝心な話を切り出した。助手席とリアシート——向き合わないほうがしゃべりやすい。

「選抜、やめるなよ」

「……俺の自由だろ」

「自由だけど、ブン、勘違いしてるから、そんなのでやめたらバカじゃん」

「勘違いって？　なにが？」

「俺が下手になっちゃったんだよ。だから部活でパスが全然通らなくなったんだ。おまえじゃなくて、俺の動きとか読みがサイテーになってるから……俺が悪いんだよ。中江っちも、だから俺ばっか怒ってんじゃん」

「違うって、モトの動きはいいんだよ、全然悪くないんだよ。俺、自分でもわかるもん、おまえのパスに反応できてないって」

「じゃあ……俺もおまえも、両方下手になってんだよ」

ブンはもどかしそうになにか言いかけたが、まあいいよ、それはそれで、とシートに背中をぶつけるように座り直した。

「ヤバいと思わねえ?」きみは言った。「ツートップが両方とも絶不調って、今度の大会マジにヤバいじゃん」

「そうだよ、ヤバいんだよ、だから……」

「選抜で鍛えてこい、おまえ」

ディフェンスが予想もしなかったスペースに――パス。

「俺のほうも特訓するから」

ボールは、ぽっかり空いたスペースに転がっていく。追いつけ。ラインを割る前に追いつけたら、確実にシュートが決まる。

ブンは黙り込んだ。ボールを追え、追ってくれ、と祈るきみは――ディフェンスの間を縫って、突然あらわれた人影を見た。背番号11。ブンではなかった。ブンは背番号9で、最強のツートップの証の背番号11は――きみだ。

「俺のぶんも、オーストラリアでシュート打ってきてくれよ」

言うつもりのなかった言葉を、心の片隅のきみが、言った。それがラストパスになった。スペースから切り返して蹴り込んだパスを、ブンは満を持《じ》して、渾身《こんしん》の力で右足の甲に載せた。

「今度……モトのアンダーシャツ、サイン入りで俺にくれよ」
ブンは「向こうでゴール決めたら、ユニフォームめくって走りまわってやるから」とつづけて、へっ、とそっぽを向いて笑った。「だから英語だぞ、サイン」

5

霊園の駐車場に車を停めたお姉さんは、きみが差し出した杖を受け取り、よいしょ、と車から降りた。ブンは助手席から出て運転席の側に回り込み、傘をかざす。

車の中では「仲直りできたの？」とは訊かれなかった。お姉さんは花屋から霊園までは黙って車を走らせて、きみもブンもなにもしゃべらなかった。

でも、いま、お姉さんはきみたちを交互に見て、言った。

「まだ先は長いよ」

前置きも説明もない言葉だったが、すんなりと胸に落ちて、ああそうだよなあ、ほんと、と納得できた。

「先が長いことが、幸せなんだって、いつかわかるから」

この言葉も――そう。

「ブン、ここで待ってるから、桶《おけ》に水汲《く》んできてくれる？」

「うん……わかった」

水桶置き場に向かうブンの背中を見送りながら、お姉さんはきみに言った。

「さっき、家の前で面白いこと言ってたね。ブンって、あんたのこと『親友』って言ってるんだって？」

きみはうなずいて、「あと、『ライバル』とか『相棒』とか……」と付け加えた。

「怒ってたよね、モトくん」

「……すみません」

叱られるんだと思っていたが、お姉さんは「まあ、怒っていいんじゃない？」と言った。「ブンもバカだね、つまんないこと言っちゃって」

きみに気をつかっているのではなく、本音でそう思っているみたいだった。

「なんて言えばいいんですか、俺らみたいなの。俺もさっきは怒ってたけど、やっぱ、ブンと同じこと言っちゃうと思うんですよ」

わかるよ、とお姉さんは笑った。でも、答えは教えてくれなかった。

「自分で考えるしかないんじゃない？」

「……ですよね」

「で、さあ、もしブン以外の子がモトくんと『親友』だとか、そういうこと言ってたら、どうなってた？」

「もっと怒ってた……っていうか、怒り方が違ってた、と思います」

だよな、と心の片隅の自分も言う。絶対に違うよ、おんなじわけないじゃん。

お姉さんは「じゃ、だいじょうぶだ」と言った。「けっこうわかってるよ、モトくん」

ブンより――？　ブンより、俺、わかってる――？　心の片隅の自分は急におしゃべりになってきた。ブンのファインゴールをアシストして、いい気になっているのかもしれない。

「まあ……なんていうか、『親友』とか言わなくても、ブンはブンだし、俺は俺だし……って、あんまり意味ないけど……」

「あるよ」

お姉さんは言った。「いまはわからないと思うけど、絶対に、意味はあるんだよ。意味がなくても、すごいことなんだよ」――お母さんが幼い子どもを「いい子、いい子」してくれるような笑顔だった。


三人で階段を上る。水桶を提げたブンが先頭に立って、「そこ、滑りやすいから気をつけて」と、すぐ後ろのお姉さんに細かく声をかける。花を小脇に抱えて、お姉さんの後ろについたきみにも、ブンは「万が一姉貴が足滑らせて落ちそうになったら、おまえが食い止めろよ」と真剣な顔で言った。

お姉さんはずっとうつむいて歩いていた。

それに気づいたブンは「下ばっかり見てると、かえって危なくないの?」と心配そうに言った。でも、お姉さんはかまわずうつむいて歩きながら、「ずっとそうだったから」と言った。「わたしたちは、ずうっと下を向いて歩いてた」

亡くなった友だちと――だろうか。

「わたしは松葉杖の足元が心配だったし、あの子は、なんていうか、根っからのうつむき体質っていうか……ほんと、いつも下ばっかり向いて歩いてた」

だから、とお姉さんはつづけた。

「わたしたち、かげふみをしたら最強のコンビだったと思う」

ブンはあきれ顔で振り向いて「なにそれ」と笑ったが、お姉さんは「うっさい」と傘でブンの背中をつついて、「でも、空も見てた、わたしたち」と、言葉どおり傘を傾けて空を見上げた。

「友だちになって、空を見るようになったんだよ、二人とも」

きみを振り向いたわけではない。でも、お姉さんはきみに話しかけている。きみには、それがわかる。

「空の……どこを見てたんですか？」ときみは訊いた。

お姉さんは前を向いたまま、少し考えてから言った。

「探してたんだよ」

「なにを？」

「なんだろう、よくわかんないけど……大切なもの」

これも――「自分で考えるしかないんじゃない？」の話なんだろうな、ときみはうなずいた。


長い階段の途中に設けられた休憩所に着いた。

お姉さんは、「ちょっと休もう」と初めてきみを振り向き、それからブンを振り向いて、「あんたたちに、いいこと教えてあげる」と言った。

「あのね、うつむいてから顔を上げるでしょ、その瞬間って、けっこう笑顔になってるの。なにも考えずにパッと顔を上げたとき、ほんとに、笑顔が浮かんでるわけ」

やってみなよ、とうながされた。

ほんとうだ。しばらくうつむいてから顔を上げたブンは、ふわっとゆるんだ微笑みを浮かべていたし、きみが顔を上げたときにも、ブンは「へえーっ、姉貴すげえ、ほんとじゃん」と言った。

理由があった。うつむくと自然に息苦しくなって、顔を上げたときに空気を胸に送り込もうとする。そのときに少しでも多くの息を吸うために頬がゆるみ、笑顔になる。

「だから、笑いたいときには、うつむけばいいわけ。自分の影を相手にして、かげふみしてればいいんだよ。そのうちに息が苦しくなって、顔を上げたくなるから」

お姉さんは、きみを見ていた。

黙ってうなずくと、よし、とうなずき返して、階段をまた上りながら言った。

「わたしたちは他の子よりたくさんうつむいてきたから、二人でいたら、たくさん笑えたの。いままでも、まだ、もっと、ずっと、笑えるはずだったんだけどね……」

うつむいて歩いていた。階段を上りきって、友だちのお墓の前に来たら、そこでやっと顔を上げるつもりなのかもしれない。

ブンは小走りにお姉さんを追い越して、また先導役をつとめる。きみもお姉さんのあとについて、ゆっくりと歩きだす。うつむいて階段を上る。次に顔を上げたときには、ブンを最初に見てやろう、と決めた。「おまえ、優しいよなあ」と言ってやろう。あいつが泣きそうなほどうれしくなる笑顔を浮かべてやろう。

泣いたら負けだよな、負けだからな、絶対。

足元の水たまりにうっすら映る影を見つめた。

心の片隅で、また意地悪な自分が言う。じゃあ――おまえ、もう負けてるじゃん。

こいつ、と軽く踏んでやった。水しぶきと一緒に散らばった自分の影は、ひと足先に、うれしそうに笑っていた。

花いちもんめ

1

夜中に、電話がかかってきた。こたつにもぐり込んでいたきみが起き上がろうとすると、母親が「いいから、あんたは横になってなさい」と言って受話器を取った。短い受け答え——ほとんど相槌を打つだけだった母親が最後に「お大事に」と言ったので、きみは横になったまま、ふう、と息をつく。

「持ち直した、って」

母親もほっとした顔で言って、「だから、今夜はもう寝なさい」とつづけた。

「このまま寝ちゃうよ」

「なに言ってんの、風邪《かぜ》ひいちゃうわよ」

平気平気、と枕にしていた座布団を畳み直し、こたつ布団を肩までひっぱると、「自分の部屋で寝なさい」と少し強く言われた。「いま風邪ひいちゃったら、ほんとうに困るのよ。一生後悔しちゃうんだから」

大げさな脅しではなかった。公立高校の受験日が数日後に迫っている。志望校は地区でトップレベルの東《ひがし》高校だったが、ふだんどおりの実力を出せれば合格はまず間違いない。だからこそ、「風邪なんかで失敗しちゃったら悔しいじゃない」と言う母親の気持ちもわかる。

「いま何時？」

「もうすぐ二時……お母さんも眠いから、もう寝ちゃうよ」

付き合ってもらったのだ、今夜も。これで一週間も昏睡《こんすい》状態がつづいている由香ちゃんの万が一――に備えて。

「おばさんも心配してたわよ。これで今日明日にどうこうって感じじゃなくなったから、今夜はゆっくり寝て、少しでも体を休めてちょうだい、って」

きみは黙って、のろのろとこたつから出た。実際、体調が悪い。睡眠不足がつづいている。食欲もないし、唇の横にできた小さなニキビは一日に何度もクリームを塗っても消えない。全身がけだるく、難しいことをなにも考えたくなくて、昨日は学校を休んだ。

こたつの天板に手をついて立ち上がり、室内用の小ぶりな松葉杖で体を支える。頭がくらくらっとして、両手で杖にしがみつかないと倒れ込んでしまいそうだった。

覚悟はしていた。年が明けて由香ちゃんの容態が悪化した頃から、ずっと。

でも、最後のお別れが目の前に迫ったいま、それまでの覚悟なんて甘かったんだな、と思い知らされた。由香ちゃんがもうすぐいなくなる。もう二度と会えない。いまになって、たくさん後悔する。由香ちゃんがまだ学校に通えていた頃に、入院中の由香ちゃんとまだ話ができていた頃に、もっと、もっと、もっと……その先はわからなくても、とにかく――もっと。

くっつく言葉を見つけられない「もっと」が、ぽつんと胸にある。松葉杖をついて歩くと体が大きく上下に揺れ、その動きとは微妙にずれたタイミングで、「もっと」も胸の中で揺れ動く。

もっと――。

それを消し去ることができないのが、なにより悲しくて寂しいんだと、思う。

恵美ちゃん――きみの話をしなくてはいけない。二度目で、そして最後になる。

きみと、きみの友だちの、お別れの話だ。


ベッドに入ったきみは、何度も寝返りを打った。

「五」という数字が頭の片隅から離れない。小学五年生のときに仲良くなって、中学三年生が終わるまぎわに、たぶん、別れる。五年間の「五」。実際には丸五年には満たないけれど、とにかく「五」で計算する。計算したい、と思う。

いまは十五歳だから、五年間は三分の一にあたる。人生の三分の一を、由香ちゃんと一緒に過ごしてきた。すごい。家族以外ではいちばん長い付き合いということになる。

でも、二十歳になって振り返ると、由香ちゃんのいた日々は四分の一になってしまう。三十歳になると六分の一。四十歳だと八分の一。五十歳だと十分の一。六十歳、七十歳……平均寿命は八十歳を超えているから、そこまで生きると、由香ちゃんのいた日々は十六分の一以下の、ほんとうにわずかな、ごく短い期間にすぎない。

生きれば生きるほど、由香ちゃんと過ごした五年間が遠ざかって、小さくなっていく。あたりまえのことが、ぞくっとする寒けとともに胸に迫る。

覚えていたい。いくつになっても、ずっと忘れずにいたい。でも、それができるかどうかわからないから、いま、思う。何度でも思う。
もっと――。

由香ちゃんの家に初めて遊びに行ったのは、小学五年生の夏休み、まだ仲良くなって日の浅い頃だった。


「来週、わたしの誕生日なんだけど……恵美ちゃん、もしよかったらでいいんだけど、暇だったらの話なんだけど、遊びに来てくれたりしてくれたら、いいなって、思ってるんだけど……」

すごく照れくさそうに、遠慮がちに、申し訳なさそうに言った。

誕生日に友だちを呼ぶのは――というより、友だちを家に呼ぶことじたい、初めてだった。

一年の大半を大学病院の小児病棟で過ごしていた由香ちゃんにとって、ほんとうに仲良しの子は学校ではなく病院にいる。でも、その子たちは病院の外には出られない。

「退院した子もいるんでしょ？　その子たち呼べばいいじゃん」

きみが言うと、由香ちゃんは「退院すると、もう会わないの」と笑った。自分でもよくわからない。ただ、決まって、そうなるのだという。はがきのやり取りを二、三回つづけるのがせいぜいで、退院した子がお見舞いに来ることもないし、病院に残っている子もそれを楽しみに待っているわけでもない。

「なんとなく、終わり、なんだよね」

「そういうものなの？」

「うん……そういうものなの」

なんとなく、納得がいかなかった。退院した子と付き合いがなくなること、そのものよりも、それを話すときの由香ちゃんの寂しそうな、でもすべてを受け容れたような淡々とした口調が、ちょっと腹立たしくも感じられた。

「そんなのって、友だちって呼ばないんじゃない？」

ひどいことを言った。いまならわかる。

でも、由香ちゃんは「そうかも」と笑って、「ごめんね、間違ってた」と謝った。

素直すぎる応え方に、またちょっと腹が立って、「いいよ、行ってあげるから」とそっぽを向いて言った。「プレゼント、なにがいい？」

由香ちゃんは、うれしそうに困った顔を浮かべた。そういう表情もあるんだな、ときみは初めて知った。しばらく考え込んで、「でも、来てくれるだけでいい」と顔を上げて笑った由香ちゃんの顔は、今度は、申し訳なさそうにうれしそうだった。

結局、プレゼントはペン立てにした。母親は「おそろいにすれば？」と二つぶん買えるお金をくれたが、「いいよ、そんなの」と青いのを一つだけ買った。お店には同じデザインの白いやつもあった。今度気が向いたら買ってもいいけど、と思っているうちに、白いペン立ては処分されて、棚には別のデザインのペン立てが置かれた。そんなささいなことでさえ、いまでは深い後悔のタネになってしまう。

由香ちゃんの誕生日は、旧暦の七夕《たなばた》だった。家で誕生日を迎えるのは小学校に入ってから初めてだと言っていた。いままでは夏休み中に検査入院をして、二学期に備えていた。今年もその予定だったが、入院の期日をずらしてもらったらしい。どうして、とは訊かなかった。訊かなくても、それくらいはわかる。去年なら絶対に訊いていただろうな、というのも。

平日の昼間なのに、家にはおじさんもいた。にこにこ笑ってきみを出迎えて、おとなと付き合うように握手までして、「ありがとう」と言ってくれた。会社を休んだんだと、由香ちゃんがあとで教えてくれた。

おばさんも張り切って、テーブルに載りきらないほどのごちそうをつくっていた。その真ん中には、近所のケーキ屋さんがわざわざ車で配達してくれた、びっくりするほど大きなケーキが、まるでお菓子のお城のようにそびえていた。

お姫さまみたいだ、と思った。この子、けっこう甘やかされてるじゃん、とも。

いまなら違う。そんなことは絶対に思わない。おじさんやおばさんの気持ちが、ぜんぶとは言わなくても、少しは、わかるようになった。

由香ちゃんがケーキにロウソクを立てるとき、おじさんはビデオカメラを回した。おばさんは由香ちゃんの手元を、じっと黙って見つめていた。

十一本——おしまいの二、三本は、おばさんは涙ぐんでいた。おじさんは、うやうやしい手つきでロウソクに火を灯《とも》しながら、「よーちえん」「しょーうがっこう、にゅーがく」「にねんせーいっ」と、その年の由香ちゃんの学年を歌のような節をつけて口にした。でも、「さーんねんせーいっ」「よねんせーいっ」とつづいたあとの十一本目は、「ごねんせーいっ」ではなかった。おじさんは「おーともだちがでーき、まーし、たーっ」と歌ったのだ。

庭のテラスには七夕の笹が飾ってあった。短冊《たんざく》に書いた願いごとは、どれも、由香ちゃんの病気についてだった。〈学校に毎日通えますように〉がおばさんの字で、〈いつまでも元気で、お友だちと仲良く〉がおじさんの字。由香ちゃんは〈病気が早く直りますように〉と、あまり上手ではない字で書いていた。

「違うよ、これ」きみは由香ちゃんの短冊を指差して言った。「病気の『なおる』は、この字じゃないんだよ」——そっけなく言って、あーあ、ほんとしょうがないなあ、と口をとがらせて、おばさんから借りたペンで「直」を「治」に書き直してあげた。

あの年の七夕の願いごとには、きみの願いもちょっとだけ交じっている。交じっていてほしいと、いま、思う。

願いごとをなんで聞いてくれなかったのよ、と織姫と彦星に文句もつけてやりたい。


由香ちゃんの誕生日に家に招かれたのは、それが最初で最後だった。次の年からは、夏休みはずっと病院で過ごすようになったから。

でも、病室で迎える誕生日でも、おじさんは必ず会社を休んだ。おばさんは小さなケーキを買ってきた。きみが贈るプレゼントは、ぬいぐるみでもキーホルダーでも写真立てでも、ぜんぶ二人おそろいで買った。

小さなケーキにはロウソクを立てることはできなかったが、「おじさん、あの歌、歌ってください」ときみがねだると、おじさんは照れくさそうに、小声で「ちゅーがくせいに、なーりましたっ」「にーねんせいに、なーりましたっ」と歌ってくれた。

あの歌も、もう聴けない。「こーうこうせいになりましたっ」「しゅーしょくしーましたっ」「けーっこんしーましたっ」……ずっと歌いたかっただろうな、おじさん。

だから、思う。悔しさとともに、何度でも思う。

もっと——。

もっと——。

2

休み時間になると、教室はふだんどおりのにぎわいに包まれた。おしゃべりの話題は、受験のことと、卒業式のことと、明日のバレンタインデーのこと……由香ちゃんの話はどこからも聞こえてこない。

誰も知らない。受験前にみんなが動揺するといけないからという理由で、クラス担任の宮崎先生は、由香ちゃんの病状を伏せていた。それは、由香ちゃんの両親が望んだことでもあった。

教室の隅に置かれた由香ちゃんの机は、先週から卒業文集の原稿置き場になっていた。「由香ちゃんが急に学校に来たらどうする？　ヤバくない？」と言い出す子は誰もいなかった。

三年生になってから由香ちゃんがこの教室に来たのは、一学期の半分ほどと、二学期の始業式からの一カ月足らずしかなかった。由香ちゃんは、いない。それがあたりまえになっていた。目の前にいないことがあたりまえだった同級生は、この世界からいなくなってしまっても変わらない。みんなの毎日は由香ちゃん抜きで過ぎていき、これからもずっとつづいていく。

自分の席について社会の受験参考書を開いたら、近くに集まっておしゃべりしている女子の声が聞こえた。もう卒業で、みんなばらばらになっちゃうけどさあ、その前にイベントやりたいよね、思い出欲しいよ、思い出……。

由香ちゃんのお葬式は思い出になるはずだ。でも、由香ちゃんが、ほんの短い間だけ同級生だったということは、みんなの思い出になってくれるのだろうか。

同級生だから友だち——嘘だと思う、絶対に。

交通事故に遭う前、きみは『花いちもんめ』で遊ぶことが好きだった。

あの子が欲しい、あの子じゃわからん、この子が欲しい、この子じゃわからん――相手チームから名前を呼ばれた二人は前に出て、じゃんけんをして、負けた子は相手チームに取られてしまう。それだけの遊びなのに、どきどきして、わくわくして、楽しくてしかたなかった。

「恵美ちゃんが欲しい」と相手チームに呼ばれると、じゃんけんの緊張を感じる前に、ほっとした。じゃんけんで負けて相手チームに入れられても、すぐに味方が「恵美ちゃんが欲しい」と取り返そうとしてくれる。それがうれしい。逆に、いつまでたっても相手から指名されなかったり、じゃんけんに負けたあと味方にずっと放っておかれたりしたら、寂しくて、悲しい。

あの頃は、そのうれしさや寂しさの理由がわからなかった。事故のあとで友だちに嫌われて、ひとりぼっちになって、由香ちゃんと出会ってから、少しずつわかってきた。

誰かに名前を呼ばれることは、とてもうれしい。誰かに「欲しい」と思われることは、とても気分がいい。

だから、嫌な子は、そこを狙ってくる。名前を呼ばないことで、その子のことを消し去ってしまう。「あんたは、いらない」と指でピンと遠くにはじくことで、居場所をなくしてしまう。そして、そういう子はいつだって「みんな」の中に隠れて、にやにや笑っているのだ。

きみは「みんな」を信じないし、頼らない。一人ひとりの子は悪くない。でも、その子が「みんな」の中にいるかぎり、きみは笑顔を向けない。

ときどき想像する。『花いちもんめ』で遊ぶ由香ちゃんの姿を。実際に見たことはないし、本人から聞いたわけでもないし、『花いちもんめ』で遊んだことがあるかどうかも知らない。でも、くっきりと想像できる。

相談しましょ、そうしましょ――のろまでぐずぐずしている由香ちゃんを欲しがる子は、誰もいないだろう。

由香ちゃんは最後まで名前を呼ばれずに、ひとりぼっちになる。でも、由香ちゃんは恨めしそうな顔はせず、しょんぼりと、申し訳なさそうに、でもふわっと笑って、一人で「相談しましょ、そうしましょ」をする。味方がもう一人いたら、由香ちゃんは自分の意見は言わない。あの子はそういう子だ。でも、最後の最後は、自分の味方になってほしい子を自分で決められる。

由香ちゃんは、きっと言う。

「恵美ちゃんが欲しい」

言ってくれるはずだ、と信じている。

じゃんけんになれば、こっちのものだ。由香ちゃんは、きっとグーを出す。大事なじゃんけんで緊張すると、指がうまく開かなくて、いつもグーになる。

きみはチョキを出す。由香ちゃんに負けて、由香ちゃんと同じチームになって、次の「相談しましょ、そうしましょ」では、目と目で作戦を確認する。

「だーれも、いらない！」

向かい合った「みんな」にそう言って、二人で歩きだす。のろまな由香ちゃんと足の悪いきみは、どんなに急いで走っても、どうせ「みんな」に追い抜かれてしまう。だから、ゆっくり歩く。二人で、ゆっくりと歩く。

そんな光景を思い描くと、涙がにじむ。

昏々《こんこん》と眠る由香ちゃんは、いま、どんな夢を見ているのだろう。そこに自分がいてほしいと願いながら、でも、そんなの悪いよ、とも思うから――涙は、ぽろぽろと頬を伝い落ちる。

病室に詰めていたおばさんは、制服姿のきみを見ると「わざわざありがとう」と涙交じりの細い声で言って、由香ちゃんの枕元の椅子を譲ってくれた。

由香ちゃんは酸素マスクで顔の半分を覆われて、点滴を受けながら眠っていた。由香ちゃんの手を包み込むように握っていたおじさんは、きみに小さく会釈をした。昨日と同じ服を着て、昨日よりも無精髭《ぶしょうひげ》が伸びて、丸まった背中が一回り小さくなった。

「恵美ちゃん、ゆうべも遅くまで起きててくれたんでしょ？」

おばさんに訊かれて、黙ってうなずいた。

「受験も近いんだから、ほんと、無理しないでね」

今度は黙って首を横に振る。

病室を訪ねると、いつも思う。由香ちゃんと二人きりにしてほしい。でも、そんなのは身勝手なことだ、ともわかっている。

由香ちゃんが死んでしまうのを誰よりも悲しんでいるのはおじさんとおばさんで、家族に比べたら友だちの悲しみなんて比べるのが申し訳ないほど薄っぺらなもので、そもそも、由香ちゃんときみは「友だち」なのかどうかさえ、いまは自信が持てないでいる。

万が一の奇跡――五分だけでもいい、奇跡が起きて由香ちゃんが意識を取り戻してくれたら、すかさず言う。由香、由香、わたしはあんたのこと大好きだからね、あんたのこと友だちだと思ってて、大、大、大親友のつもりなんだけど、あんたはどうなの、わたしのことどう思ってるの、友だちだと思ってくれてるの……？

想像しただけで胸がどきどきして、頬が熱くなる。でも、すぐに頬は冷えて、胸の動悸は寂しくしぼんでしまう。

万が一の奇跡が起きても、由香ちゃんと最初に話すのは両親に決まっている。あたりまえのことだ。友だちは家族には勝てない。絶対に、なにがあっても。由香ちゃんに話したいことは両親のほうがずっとたくさんあるはずだし、由香ちゃんが誰よりも話したい相手だって、たぶん、きみではない。

「恵美ちゃん」

きみの後ろに立って由香ちゃんを見つめながら、おばさんがぽつりと言った。

「東高は、二中から何人ぐらい受けるの？」

「……二十人ぐらいです」

高望みの子もいるから、受かるのは十五、六人といったところだろう。

「友だちたくさんつくってね、高校で」

おばさんはきみの頭をそっと撫でながら、「高校時代の友だちって、一生付き合っていけるから」とつづける。ひとに髪をさわられるのは好きではない。でも、おばさんの指に髪を梳《す》かれていると、優しさとはこういうことなんだな、と感じる。

「勉強進んでる？　ごめんね、ほんとに、こんな大事なときに」

おばさんの指が離れてしまうのが嫌だから、身動きせずに「いいえ」とだけ言った。

「でも、由香もがんばってるでしょ、すごいよね、こんなに苦しい思いしてるんだもんね、見直しちゃった……」

おばさんの声に涙が交じる。おじさんは由香ちゃんの手をひときわ強く握る。

きみは由香ちゃんの顔をじっと見つめた。四十度近い熱がつづいているはずなのに、汗が出ていない。おしっこも何日も止まったままで、血液透析が休みなくつづけられている。がんばって——とは、もう言えない。

全身がむくんで、チアノーゼで首筋が紫色に染まった由香ちゃんを見ていると、苦しいんだろうな、と思う。こんなに苦しくても、生きているほうがいいんだろうか。「いい」も「悪い」もなくて、機械がただ生かしているというだけなんだろうか。

「死にたくない」と由香ちゃんが言ってくれたなら、心の底から応援する。がんばれ、がんばれ、がんばれ、と声が嗄《か》れるまで言いつづける。

でも、由香ちゃんがほんとうは「もう楽になりたい」と思っているのなら、それでもいい。うん、とうなずいてあげる。そうだね、そうだよね、と言ってあげる。眠ったままのほうがいい。さっき願った万が一の奇跡を取り消した。途中で一瞬でも由香ちゃんが意識を取り戻し、目を開けて、見つめ合ったら——お別れができなくなってしまいそうな気がする。

「おばさん、あのね……」

「うん?」

「チョコ、買ってきたんです。バレンタインのチョコ」

「ああ、そうか、明日よね、バレンタインデー。誰にあげるの? 同じクラスの子?」

「違うの……由香ちゃんに、あげたくて」

鞄からチョコレートの包みを取り出した。

「いちばん好きな子って、やっぱり、由香ちゃんだから」

金色のリボンをほどき、濃いのと薄いのと組み合わせたチョコレート色の包装紙を開いて、箱の蓋を取った。トリュフチョコが八個、一つずつ仕切られて並んでいる。

「昔……一年生の頃とか、由香ちゃんと二人でポッキーとか、よく一緒に食べてて……」

遠足の日にボンタン飴をくれた子がいたのを、ふと思いだした。堀田ちゃんだ。八方美人のせいで、あの頃はみんなからつまはじきになっていた。

堀田ちゃんはちょっとだけ友だちだった。「みんな」からはじかれた寂しい時期の、ほんの一日か二日だけ。いまは別のクラスになった。ときどき廊下ですれ違うときは、いつも誰かと一緒で、いつも笑っていて、楽しそうだ。声はかけない。向こうもきみを呼び止めたりはしない。でも、由香ちゃんのこと、あの子は覚えてくれているだろうか？

チョコを箱ごと、ほら見て、と由香ちゃんの顔に向けた。ほら見てよ、チョコ、あんたと一緒に食べようと思って買ってきた。

「かわいいチョコだね」おばさんはうれしそうに、泣きながら言った。「由香、喜んでる」

チョコをつまんで、口に入れた。砂糖の混じっていないチョコパウダーの苦みに口がすぼんだところに、甘みがじんわりと広がっていく。

おばさんも食べた。「甘いもの、ひさしぶりだから美味《おい》しい」と言ってくれた。

おじさんは黙って、うんうん、とうなずきながら食べてくれた。

由香ちゃんは眠りつづける。

「あ、なんか、笑ってるみたい」

おばさんが言った。「ねえ、ほら、ちょっとだけ、ほっぺ、笑ってるみたいよ」ときみの頭を上から両手で抱え込んで、キスするみたいに顔を寄せた。

「恵美ちゃん、ありがとう……」

髪の分け目に、温かい涙が落ちた。

病室にいた三十分ほどの間、由香ちゃんは結局目を覚まさなかった。椅子から立ち上がったきみが「明日、また来ます」と挨拶したら、おじさんとおばさんはちらりと目配せし合って、おばさんが「エレベータまで送っていくから」と一緒に外に出た。

「だいじょうぶよ」

おばさんは涙の残る目を瞬《また》いて、「受験が終わるまでは平気だと思うから……無理しなくていいから」と言った。

無理してません、ときみが言いかけると、「明日は親戚のひとも来るし、ちょっとばたばたしちゃうの」とかぶりを振る。

「じゃあ、あさって来ていいですか？」

「恵美ちゃん……気持ちはすごくうれしいんだけど、ほんとに、いまがいちばん大切なときなんだから」

公立高校の受験日は、しあさってだった。

「悪いけど、受験が終わるまでは来ないで。そうしないと、由香も、ほら、あの子ってそういうところ気にしちゃう子だし、もしも自分のせいで恵美ちゃんの受験がうまくいかなかったら……って、いま心配してると思うの。だから、受験が終わってから会いに来て」

おばさんは一息に言うと、そのまま小走りに病室に戻っていった。

きみはおばさんの背中を途中まで見送って、エレベータに向かって歩きだす。

いちばん大切なとき――が、ほんとうに受験なのかどうか、よくわからない。「いちばん」の中のいちばんで、「大切」の中のなにより大切なものは、そうじゃないような気もする。ただ、もう、由香ちゃんはおじさんとおばさんのものなんだ、と思う。最後の最後の最後の最後の瞬間は、由香ちゃんは「きみの友だち」ではなく、「おじさんとおばさんの一人娘」になるんだし、そうならなくちゃいけないんだ、とも思う。

どんなに仲良しでも――たった一人きりの友だちでも、きみはクリスマス・イブは家族で過ごした。それと、同じだ。

3

次の日は病院には行かなかった。

代わりに、バスで駅まで行って、階段を一段ずつ、慎重に、松葉杖の振り方や体重のかけ方を加減しながら上っていった。あさっての受験のリハーサルだった。

東高は電車で二駅のところにある。向こうの駅にはエレベータがついているが、こっちの駅は、改札まで階段を上り、ホームへは階段を下りるという不便なつくりだ。駅前のバス停からホームまで何分かかるのか、階段の幅や段差はどうなのか、見当をつけておきたかった。

足を悪くして以来、遠出はめったにしなくなった。両親の車で出かけるか、せいぜいバス。駅の階段を歩くのはひさしぶりで、一人きりというのは、たぶん初めてだった。

覚悟していたよりずっと階段は歩きづらく、危険だった。上っているときには、すれ違うひととぶつかるのが怖い。下りは逆に、後ろから追い越されるときに、ひやっとする。両足が自由に動かせるひとたちは、どうしてこんなに身勝手に、乱暴に歩くのだろう。

あさっては車で送ってやるから、と父親は言ってくれた。でも、なんとなくズルをしているみたいで嫌だから断った。駅の階段だけでも付き添おうか、と母親は言ってくれた。心配そうな顔をしていたから、それも断った。ブン、あんた来てくれる？　小学二年生の弟に言うと、やーだよオレ学校あるもん、とあっさり断られた。それでいい。東高に入学したら毎日この階段を上り下りするのだし、付き添ってくれる由香ちゃんは、もういない。

一人だ。これからずっと、ひとりぼっちだ。

改札からホームに下りる階段の踊り場で少し休んでいたら、後ろから来たおばあさんに、「だいじょうぶ？　具合悪いの？　駅員さん呼ぼうか？」と声をかけられた。

ひとりぼっちをせっかく受け容れたところに、そんなことを言われたものだから——「だいじょうぶです、平気です」と笑って答えたきみは、おばあさんが立ち去ったあと、うつむいたまま、その場からしばらく動けなかった。

由香ちゃんがいなくて寂しくない？

いつか訊かれたことがある。二年生の頃だ。同じクラスだったハナちゃんに言われたのだ。寂しくないと答えると、ハナちゃんは、それを「冷たい」と言った。

ずっと準備してるから——。

そう付け加えていたら、あの子はどんな顔になっただろう。

由香ちゃんの病気のことをきちんと聞いたのは、小学校の卒業式の日だった。

式のあと、由香ちゃんは珍しく自分から、寄り道をしたいと言った。「お母さんにも言ってあるし、恵美ちゃんのお母さんにはウチのお母さんから電話してると思うから」——バス代も二人ぶん、持ってきていた。

向かった先は、大学病院だった。小児病棟。長期入院の子どもたちがいる、昔は由香ちゃんもそこにいた三階。ナースステーションに顔を出すと、看護師さんたちが拍手で由香ちゃんの卒業を祝ってくれた。診察室から出てきたお医者さんも拍手に加わって、由香ちゃんはとてもうれしそうだった。

あらかじめ話を通してあったのだろう、由香ちゃんは挨拶を終えると「こっち」ときみを手招いて、長い廊下を進み、フロアのいちばん奥——『お友だちの部屋』に入った。

話には何度も聞いていたが、入るのは初めてだった。「いいの？」と戸口で足を止めて訊くと、由香ちゃんは、まるで自分の部屋に案内するみたいに「どうぞ」と笑った。

おとぎ話の世界だった。由香ちゃんから聞いていたとおり、壁や天井が空の青で塗られ、風船や鳥や、飛行機や魔法使いがたくさん飛んでいた。

由香ちゃんは天井を見上げて、いくつも浮かんだ雲の一つを指差した。

「あそこにあったの、『もこもこ雲』は」

「……あの雲とは、違うの？」

「うん、似てるけど、ちょっと違う」

目をきみに戻した由香ちゃんは、両手を使って「こーんなふうに、もこもこしてたの」と説明した。天井に描いた雲とどこがどう違うのか、よくわからない。でも、由香ちゃんは自分の説明が通じたんだと思い込んで「ね、違うでしょ」と笑い、もう一度天井を見上げて、思い出の中にだけある『もこもこ雲』を見つめたまま、きみに病気のことを打ち明けた。

おとなになるまで生きられるかどうかわからない。同じ病気だった友だちは、小学二年生のときに亡くなった。生まれつき欠陥のあった腎臓はもう治らないし、検査を受けるたびに、数値は悪化している。

病気が重いことは、きみだって知っていた。でも、そこまで——「死」という言葉をつかわないと説明できないほどだとは思っていなかった。絶句して、足がすくんだ。悲しみは感じない。ショックを受けた、とも違う。くっきりとした感情ではなかった。ぽかんと胸に穴が空いて、腰から下の重みが消え失せたような、ふわふわとした感覚に包まれた。松葉杖をついていてよかった。グリップを思いきり握りしめていなければ、その場にへたり込んでしまったかもしれない。

でも、由香ちゃんは自分の話はそれきりにして、『もこもこ雲』に向かって言った。

「中学に入ってからも、一緒にいていい？」

つづけて言った。

「わたし、途中でいなくなっちゃうかもしれないけど、一緒にいてくれる？」

由香ちゃんの横顔を見ていられなくなって、きみも天井に目をやった。『もこもこ雲』とよく似た雲は、震えるように揺れていた。

「思い出がたくさん残って、死んじゃうと、嫌かもしれないけど……いい？」

由香ちゃんの話はつづいた。声はもう、つけっぱなしのテレビの音みたいに、耳にするすると流れ込んでくるだけだった。

病院で友だちができるのは、半分うれしくて、半分嫌だった。思い出ができると、別れるときがつらくなるから。その子が退院して別れるときには、うらやましくて、悔しくて、悲しい。その子が亡くなってしまったら、よけいなことはなにも考えずに、ただ、悲しい。どっちにしても、たとえ一つひとつの思い出は楽しくても、最後は悲しい思い出にまとめられてしまう。

だからごめんね、と由香ちゃんはきみに謝った。まるでお別れのときを先回りするみたいに、ごめん、ごめんね、怒らないでね、と繰り返した。『もこもこ雲』によく似た雲は、最後は空の青ににじんで、溶けて、なにも見えなくなった。


あれから三年間、由香ちゃんと一緒だった。思い出はたくさんできた。ひとりじめした思い出だって、いくつも。もうすぐ、それはぜんぶ悲しい思い出になってしまうのだろうか。楽しい場面であればあるほど、振り返るときの悲しみは増してしまうのだろうか。

だいじょうぶだよ。由香ちゃんが目を覚ましてくれたら、言ってあげたい。どんなに悲しくても大切な思い出になる。三年間で心を鍛えた。死んでしまうかもしれない友だちと付き合うというのは、そういうことだ。

あんたはわかってないよ、とも言ってやろうか。全然わかってなかったんだよ、六年生のときのアレは。わざと怒った声で言って、ひさしぶりに由香ちゃんをしょんぼりさせてもいい。

ほんとうに悲しいのは、悲しい思い出が残ることじゃないよ。思い出がなにも残らないことが、いちばん悲しいんだよ。

だから、わたしは、いま幸せだよ――。


翌日の教室は、空いている席がいくつもあった。明日の受験に備えて学校を休んでいる子が何人もいたせいだ。

きみも、ゆうべまではそのつもりだった。母親にも「由香ちゃんのことで疲れてるんだから、明日ぐらいは休みなさいよ」と言われていた。

でも、朝になって、学校に行くことを決めた。卒業まであと一カ月とちょっと。一日でも、一時間でも、一瞬でも長く、教室にいたい。ワックスとチョークと給食のにおいが染みた教室の空気を由香ちゃんのぶんも吸って、セロハンテープを剝がした跡がいくつもある教室のたたずまいを、由香ちゃんのぶんも目に焼き付けておきたかった。

理由はそれだけだった。他には、なにも期待していなかった。

ところが、朝のホームルームが終わると、西村さんが遠慮がちにきみの席に来て、手のひらで包むように持っていた折り鶴を差し出した。

「楠原さんの具合……どう?」

由香ちゃんが昏睡状態になっていることは知らないはずだ——もちろん。

「朝起きたら、急に楠原さんのことが気になって……時間なかったから一羽しか折れなかったんだけど……よかったら、これ、お見舞いのときに持って行ってほしいんだけど……」

驚いた顔のきみを見て、西村さんは「ごめん……そういうのって、やっぱりだめかな」とうつむいた。

「そんなことない、全然そんなことない」

きみはあわてて言った。体温がふっと上がった気がした。ほんとうに。

西村さんはそれでやっと安心して、「ハートマーク書いてあるから」と言った。

「ありがとう……」

「楠原さん、卒業式、だいじょうぶかなあ」

そっぽは向かなかった。そっけなくも言わなかった。ただ微笑んで首を横に振ると、それだけで通じた。西村さんは唇を嚙んで、またうつむいて、「和泉さんに任せる」と言った。「渡してくれる気になったら、でいいから」

「渡すよ、絶対に」

教室の外から誰かが「ニシちゃん、ちょっとぉ」と西村さんを呼んだ。西村さんは「じゃあね」と最後にきみに笑いかけて、外に出て行った。

あの頃は転校生のぎごちなさを残していた西村さんも、いまはもうクラスのみんなとすっかり馴染んで、「ニシちゃん」というあだ名もついた。きみと話をしたのは、ずいぶんひさしぶりだった。あの日一緒に折った鶴は由香ちゃんのベッドの横に掛けてあるよ、と言ってあげればよかった。

西村さんは、由香ちゃんのことを、これからもずっと忘れずにいてくれるだろうか——？

授業が始まっても体温は上がったままだった。体温計では計れない、胸のずっと奥深くの温度が上がっている。

それを少し冷ましたくて、休み時間に廊下に出ると、ハナちゃんに呼び止められた。

「よかったあ、和泉さん、来てたんだ、今日」

きょとんとするきみに、「没収されたらヤバいから」と、そっと携帯電話を見せてくれた。

液晶画面に表示されていたのは、夕暮れの、オレンジ色に染まった雲の写真だった。

「昨日、塾に行く途中に撮ったの。なんだっけ、去年ちらっと話してたじゃん、なんとか雲ってやつ。急にそれ思いだして、こんな雲だったっけ、って……」

「なんで？」

「わかんない、でも思いだしたの。ちょうど由香ちゃんのこと考えてて、まだ退院できないのかなって思ってて……」

ハナちゃんはそこで言葉を切って、「でも、なんで由香ちゃんのこと考えてたんだろうなあ」と首をかしげながらつぶやいた。「まだ入院してるんだっけ？」

「うん……ずっと」

「いつ頃から？」

「九月の終わり頃から」

「そんなに長い間入院してるの？　ごめん、なんにも知らなかった……」

「クラス違うからね」

きみは苦笑して、携帯電話の画面をもう一度見つめた。ブラシでさっと描いたような雲——『もこもこ雲』にはちっとも似ていない。去年探してくれた雲のほうが、まだましだった。

でも、「どう？　こんな雲？」と訊くハナちゃんに、指でOKマークをつくってあげた。「サンキュー」とも言った。ハナちゃんはもう眼鏡をかけていない。あの眼鏡、よく似合っていたんだけどな。

体温がまた上がる。由香ちゃんが最後の力を振り絞って、奇跡を見せてくれているんだとわかるから、胸がどきどきする。目を覚ます奇跡ではなく、こういう奇跡を選ぶところが、最後の最後まで由香ちゃんは優しい子だった、ということなのだろう。

昼休み、トイレの帰りに廊下を歩いていたら、向こうから堀田ちゃんが駆けてきた。

「恵美ちゃん！」

きみの前で急ブレーキをかけるように足を止め、向き合ったとき、堀田ちゃんはすでに目に涙を溜めていた。

「ゆうべ……サイテーな夢見ちゃった……ごめん、ほんと、謝りたい夢……」

由香ちゃんが死んでしまった夢——だった。

「わたし、どうしていいかわかんなくて……もう、なんか、サイテーで……」

堀田ちゃんは「だいじょうぶだよね？」とすがるように言った。「由香ちゃん、死んじゃったりとかしないよね？」

きみは微笑むだけで、なにも応えない。

目をいっそう赤く潤《うる》ませた堀田ちゃんは、不意に右手を差し出して言った。

「握手してくれる？」

「……なんで？」

「お見舞い行ってるんでしょ？　わたしと握手した手で、由香ちゃんの体の、手でも足でもどこでもいいからさわって。わたし、それでいい、恵美ちゃんに伝言って感じでいいから、でも、由香ちゃんに伝えて……早く元気になって、って伝えて……」

松葉杖のグリップから右手を離して、握手をした。堀田ちゃんは両手できみの右手を挟んで、クリームを擦り込むように手のひらを滑らせた。

「由香のほっぺ、さわってあげる」ときみは言った。

ふんわりとした由香ちゃんの笑顔を分けてあげてもいいな、と思った。

4

名前を呼ばれた。朝のラッシュで混雑した駅の改札を抜けるとき、確かにきみは、きみを呼ぶ誰かの声を聞いた。

立ち止まる。すぐ後ろを歩いていたサラリーマンが背中にぶつかりそうになって、あわてて身をかわしながら舌打ちをした。すみません、と謝る間もなく、また後ろから来たひとがつっかえて、今度は肩にぶつかった。転びそうになるのを松葉杖のグリップを強く握ってこらえ、すみません、とそのひとにも謝って、しかたなく、また歩きだす。

声はもう聞こえない。ざわめきが邪魔をする。ひっきりなしにホームを出入りする電車の音がうるさすぎる。

誰の声かはわからない。男か女かも、聞き取れなかった。でも、呼ばれた。間違いない。恵美ちゃん、恵美ちゃん——と、名前を二度つづけて。

ホームに下りる階段にさしかかったとき、べつに深呼吸したつもりはないのに、胸に溜まっていた空気がすうっと抜けていくのがわかった。

いま、だったんだな——。

悲しみは湧いてこない。ゆうべ一晩がんばってくれたんだな、わたしの受験の邪魔をしないように、最後の最後、がんばってくれたんだな。微笑みさえ、浮かんだ。もうわたしが電車に乗った頃だと思って、それで安心して、きっとおじさんとおばさんに手を握ってもらって……最後の最後は、苦しくなかったら、いいな。

ゆっくりと階段を下りる。いつでも手すりにすがりつけるように、階段のはしっこを、そろそろと、足元に気をつけて。

引き返さない。夕方、会えばいい。受験をがんばる。由香ちゃんもそう願っているはずだから、人生でいちばん大切な一日を、後ろを振り向かずに……。

足元の階段の、黄色い滑り止めの線が、波打つように揺れた。松葉杖の先の黒いゴムカバーも、揺れて、にじんで、階段の色に紛れて見えなくなった。あわてて手すりにつかまって、コートの袖で涙をぬぐった。

電車が着いた。ホームに吐き出されたたくさんのひとが階段を上ってくる。階段を下りるひとの流れもひときわ速くなる。この電車に乗るのはどうせ無理だ。ホームまで一気に下りるのをあきらめ、もう一段だけ進んでから休もうと、左の松葉杖を浮かせた。

前にかかった体重を右足と右の松葉杖だけで支えた、ほんの一瞬――後ろから階段を駆け下りてきた若い男のひとが履いていた頑丈なブーツが右の松葉杖の先に当たった。つっかい棒が払われたような格好で、きみは前のめりに、階段を転げ落ちていった。

落ちたのは数段。途中の踊り場で止まった。とっさに頭をかばったのでひどい怪我にはならなかったが、膝を擦りむき、右手をついたときに手首をくじいてしまった。立ち上がって松葉杖のグリップを握ると、骨の内側からカナヅチで叩かれたような痛みが走る。

階段を上り下りするひとの流れが、きみのまわりだけ途絶えた。「だいじょうぶですか？」と声をかけてくるひともいたし、踊り場の先まで落ちていった松葉杖を拾ってくれたひともいた。

でも、みんな、きみが立ち上がると、ほっとした顔になって、また歩きだす。「駅員さんに言って、事務室かどこかで休ませてもらったほうがいいんじゃない？」と最後まで心配顔だったおばさんも、準急電車が来ると、あらいけない、こんなことしてる場合じゃないんだ、とあわてて階段を駆け下りていった。

きみは奥歯を嚙みしめる。松葉杖のグリップを強く握る。右の手首に走る痛みを握りつぶすように、思いきり強く。だいじょうぶ、歩ける。階段を上る。擦りむいた膝がズキズキ痛む。かまわない、それは左足だから、どうせ思いどおりに動いてくれない足だから。

あんたのせいだ。

言ってやる、と決めた。由香のせいで、わたしはまた、大、大、大迷惑しちゃった、と言ってやる。でも、そのあとで言わせてほしい。

名前を呼んでくれて、ありがとう。


階段を上りきると、改札までは平らな通路だ。松葉杖を大きく前に振った。はずむ息を詰めて、前へ、前へ、と急いだ。

体が温かいうちに会いたい。あの子はぐずだから、心臓は止まっても、最後の最後の最後の最後まで、耳のスイッチを切り忘れているかもしれない。

人生でいちばん大切な一日の、いちばん大切な瞬間は——そこ、だ。

あの子が欲しい、あの子じゃわからん——誰が呼んだ？　誰が「由香ちゃんが欲しい」と言った？　神さま？　謝れ、神さま。ここにいたい子を連れて行くな、バカ、神さま。

負けたくない。こっちも呼び返す。由香ちゃんの耳元で叫んでやる。

この子が欲しい、この子じゃわからん――。

相談しましょ、そうしましょ――。

由香ちゃんが欲しい！


病室には誰もいなかった。ベッドのシーツは取りはずされて、おじさんやおばさんが座っていた椅子も畳んで壁に立てかけてあった。機械がぜんぶ片づけられた部屋はびっくりするぐらい広くて、由香ちゃんの命がまるごと消え失せてしまったんだな、と実感した。

膝から血を流し、右の手首を紫色に腫らしたきみは、無人のベッドをしばらく呆然と見つめた。

間に合わなかった。最後のお別れができなかった。人生でいちばん大切な一日の、いちばん大切な瞬間は、きみの指先をすり抜けて、もう決して届かないところに行ってしまった。

壁の千羽鶴はない。ワゴンの上にいつも置いてあった吸い飲みもない。三月の卒業式の日に赤い丸をつけていたカレンダーまではずされていた。

でも、不思議と悲しくはなかった。由香ちゃんが死んでしまったことも、お別れの瞬間に間に合わなかったことも。

由香ちゃんは、まだ、ここにいる。由香ちゃんの体はなくなっても、あの子が大切にしていたものは、確かに、ここに残っている。

きみはそっと、マットレスだけのベッドに乗った。由香ちゃんがずっとそうしていたように、仰向けになって横たわった。

天井を見つめる。由香ちゃんを見守ってくれていたものが、そこにある。

きみが描いた『もこもこ雲』の絵だった。

去年の九月——最後の入院生活を始めたとき、由香ちゃんが検査で別の部屋に行っている隙に画用紙を貼った。検査を終えてストレッチャーで部屋に戻ってきた由香ちゃんは、ぐったりとして、看護師さんに抱えてもらわないとベッドにも移れなかった。でも、仰向けになって、一息ついて、天井の『もこもこ雲』に気づいた瞬間、由香ちゃんは笑ってくれた。ふんわりとやわらかく、まんまるで、透きとおった微笑みを浮かべて、きみに「ありがとう」と言ってくれたのだ。

由香ちゃんが小学生の頃から探していた、ほんものの『もこもこ雲』とは違う。でも、にせものではない。きみはそう信じているし、由香ちゃんも許してくれるはずだ。

『もこもこ雲』を見つめて、由香ちゃんはなにを思っていたのだろう。死が迫っていることが怖くなかったのだろうか。悲しくなかったのだろうか。悔しくなかったのだろうか。

わからない。わからなくていい。わかったふりはしたくないし、たぶん、いつか——できればずっと先のいつか、天国で由香ちゃんと再会したときに訊いてみても、あの子は「どうだったたっけ……」としょんぼりした顔で言うだけだろう。由香ちゃんはそういう子だ。最初から最後までそういう子だった。

きみは目をつぶる。胸の上で両手を組んだ。マットレスの微妙なくぼみが由香ちゃんの体の重みによってできたのなら、そのくぼみに体をぴったりと添わせたい。部屋の中の空気に由香ちゃんの吐いた息が溶けているのなら、それをぜんぶ吸い込んでしまいたい。

由香ちゃん。

あんたが、欲しい。

5

由香ちゃんは、雲ひとつない青空にのぼっていった。

告別式にはクラス全員で参列したが、おじさんとおばさんが火葬場まで連れて行ってくれたのは、きみだけだった。

由香ちゃんが灰になる。西村さんがくれた折り鶴と一緒に。棺《ひつぎ》に菊の花を入れたとき、由香ちゃんの頰を右手でそっと撫でた。堀田ちゃんとの約束を守った。やわらかいはずの頰は、もう冷たく、固くなっていたけれど。

親戚のひとで一杯だった控え室を出て、中庭から空を見つめた。煙突の先に目をこらしても、煙の色は見えない。でも、陽炎《かげろう》のように揺れているのが、わかる。それとも、その陽炎は、泣き腫らした目に残った涙がつくっているのだろうか。

中庭に出てきたおばさんに「寒くない？　まだ時間かかるから、中に入ってれば？」と手招きされた。「ここでいいです」と答えると、おばさんも「じゃあ、由香と最後のお別れしようかな」と一緒に空を見上げた。

お通夜のときにおばさんに教えてもらった。由香ちゃんが息を引き取った時刻は、きみが思っていたよりずっと早かった。明け方——安らかに、眠るように逝った。

電話をくれなかったおばさんを恨むつもりは、もちろん、まったくない。由香ちゃんが夢に出てこなかったのも、起こしちゃ悪いからと気をつかってくれたんだろうな、と思う。

駅で聞こえた声は、別れを告げたのではなかった。いま天国に着いたよ、と教えてくれたのだ。

生きているときにぐずだった子は、意外と天国へは速くたどり着けるのかもしれない。

「二次募集、決めたの？」とおばさんに訊かれた。

公立高校の受験を休んでしまったきみは、三月の二次募集を受けるしかない。倍率の高い東高には、二次募集の枠はないはずだ。

「ごめんね、東高、行けなくなっちゃって」

そんなことないです、と笑った。

その代わり、人生でいちばん大切な一日の、いちばん大切な瞬間がわかったから——。

それを言うと照れくさいし、ちょっと嘘っぽいし、なによりまた涙が出そうになってしまうから、もう一度「そんなこと、全然ないです」とだけ言った。

「由香のことは、ときどき思いだしてくれればいいから。恵美ちゃんは高校でたくさん友だちをつくってね」

「……はい」

「由香とずっと仲良くしてくれて、ほんとうにありがとう」

胸がいっぱいになって、どう答えればいいかわからない。おばさんも同じなのだろう、言葉はそれ以上つづかなかった。

煙突の先の陽炎が、少し大きく揺れた。照れくさそうにもじもじしているように、見えた。


ああ——わかった。

きみは心の中でつぶやいた。

『もこもこ雲』は、こうやってできるんだ。

優しい子は天国に行くときに、『もこもこ雲』を空に残す。自分と似ている子どもを見守るために、『もこもこ雲』になる。優しい子どもはたいがい要領が悪いから、あまりみんなと仲良くできない。『もこもこ雲』は強い陽射しをさえぎって、がんばれ、と言う。空にぽつんと浮かんで、ちゃんと見てるよ、と伝える。ときどき涙を流す。それが、雨になる。

誰かを見守ってよ、と空に祈った。

誰でもいい、ぐずで、のろまで、でもほんとうは優しい子どもを、あんたはずっと見守っていきなよ——そっけなく、怒った声で、祈った。

きみは霊園の階段を上る。

由香ちゃんのひいおじいちゃんが二十年前に亡くなったときに買った霊園なので、バリアフリーなんてほとんど考えられていない。松葉杖をついて上りきるには、段差も数もかなりキツく、しかも由香ちゃんの家のお墓は最上段の区画にある。

サイテー、もう、なにこれ、サイテーだよ、由香……。

汗びっしょりになって、ぶつくさ言いながら、でも笑顔で、きみは階段を上る。

一人でさっさと上っていく弟とは、もうだいぶ距離が開いてしまった。お花と水桶を持ってくれた父親と母親は、きみよりもっとゆっくりと、階段の両側に広がる数えきれないほどのお墓のデザインを「ああいうの、いいんじゃない?」「凝りすぎてるよ、こんなのは地味なぐらいでちょうどいいんだから」なんていちいち品定めしながら歩いている。

ゆうべ、「由香ちゃんのお墓に行ってみたい」ときみが言いだしたときには、両親は揃ってあきれていた。「だって、由香ちゃんのお骨《こつ》、まだ家にあるんでしょ?」——それはそうなのだ。

四十九日の法要と納骨は再来週で、きみは明日、中学を卒業する。

「きれいなお墓に入れてあげたいから、掃除しに行きたいの」

町はずれの霊園までは、車でないと行けない。「眺めもいいみたいだから、ドライブのつもりで連れてってよ」と両手で拝んで両親に頼み込んだ。

父親は、「まあ……そりゃあいいけどさ」と、あきれ顔のままうなずいてくれた。行くと決まったら母親も張り切って、「公園もあるのよね、あそこは。じゃあお弁当つくって行こうか」と言いだした。

でも、きみは小さな嘘をついていた。お墓の掃除は、いちばんの目的ではなかった。ほんとうの目的は——いま、ジャケットのポケットの中にある。

「お姉ちゃん」

弟が振り向いて、「ねえ、写真撮ってよ、一枚」と言った。

きみは「だめ」と笑って首を横に振る。

「撮ってくれるって言ったじゃん」

「だから、ブンはあとで撮ってあげるって」

「同じじゃん、いま撮っても」

「だめったら、だーめ」

ポケットの中には、卒業祝いに両親に買ってもらったデジタルカメラが入っている。まだ一枚も撮っていない。最初に撮る写真は、絶対にこれにするんだ、と決めていた。

立ち止まり、額の汗をハンカチで拭きながら、空を見上げる。ちょっと霞がかかっていたが、いい天気だ。くっきりと鮮やかな青空ではないところが、逆に、由香ちゃんには似合っているような気もする。

弟は「ちぇーっ、ケチ」とまた階段を上っていく。ただ歩くだけでは物足りないのか、一段飛ばしでダッシュしたり、跳び蹴りの真似をしたりして、小学二年生の男子はむだな動きばかりする。お姉ちゃんの友だちが死んじゃったという意味が、弟にはまだわからない。早くわからなきゃだめだよ、と半分思い、残り半分で、一生わからないほうがいいんだよ、とも思う。

後悔があった。きみは由香ちゃんと一枚も写真を撮っていない。由香ちゃんが一人で写っている写真も持っていない。

お葬式のあとで、おじさんは、由香ちゃんの写真を何枚も焼き増ししてきみに渡してくれた。でも、きみがほんとうに欲しいのは、「おじさんとおばさんの一人娘」の由香ちゃんの写真ではない。きみと二人でいるときや、きみを見て笑っているときの――「きみの友だち」の由香ちゃんの写真だった。それはもう、永遠に手に入れることはできない。「きみの友だち」は、きみの記憶の中にしかいない。

だから、せめて、いまの由香ちゃんを撮ろう、と思った。空にいる。あの日の陽炎が『もこもこ雲』を一つつくって、これからはずっと、由香ちゃんは空に浮かんでいる。

やっと由香ちゃんの家のお墓に着いた。おじさんやおばさんがすでに掃除をしていたらしく、お墓はじゅうぶんきれいだったが、両親はなにも言わずに墓石を水洗いして、区画の境の御影石のブロックもていねいに洗って、お花を供えてくれた。

ポケットからカメラを出した。両手をかざすようにカメラをかまえ、空のてっぺんにレンズを向けて、小さな雲を見つけた。ほら、チーズだよチーズ、と声に出さずに言って――シャッターを押した。

明日の卒業式、これで一緒に出られる。

式が終わって体育館から教室に戻ったら、まず、西村さんの写真を撮ろう。大急ぎでほかの教室にも回って、堀田ちゃんとハナちゃんの写真を撮ろう。ちょっとだけ友だちだった子は、三人とも別々の高校に進む。もう会うことはないだろう。でも、きみは三人のことを忘れない。三人にもわたしのことを忘れてほしくないな、と初めて思った。


線香の束に火を点けた父親が、「ほら、恵美、お参りしちゃえよ」と言った。「肝心の主役はいないんだけど、まあ、これから由香ちゃんのことをよろしくお願いします、って頼んどけばいいだろ」

母親は「主役って、なに？　それ」とおかしそうに笑ったが、弟が「ぼくもお参りするーっ」ときみの隣に立とうとしたら、「ブン、あんたはこっち」と真顔になって呼び寄せた。

きみは父親から受け取った線香を手に、お墓と向き合った。

線香を立て、柄杓《ひしゃく》で汲んだ水を水入れに満たして、あらためてお墓を見つめる。手を合わせ、目をつぶって、ゆっくりと頭を垂れる。

遠くの、遠くの、うんと遠くの空で、きみの友だちが笑っていた。

きみの友だち

1

失礼しまあす、と低い声でギャラリーに入ってきた青年を見た瞬間、わかった。

「きみが、モトくんだろ」

本人は、初対面の僕にいきなり話しかけられて困惑気味だったが、彼のあとについて入ってきたブンは「あ、やっぱ、すぐにわかりました？」と言った。

「わかるさ。子どもの頃の面影、残ってるもんな」

まだ戸惑っているのだろう、モトは「はあ……」と背の高い体を窮屈そうに折り曲げる。その肩をポンと叩いて、モトより少しだけ背の低いブンが、僕を紹介してくれた。「今日の主役だよ」――いたずらっぽい口調で。

モトもそれでやっと頬をゆるめ、もじもじした様子で、あらためてお辞儀をした。

「今日は、あの……おめでとうございます」

僕は「ありがとう」と応え、「でも、主役は俺じゃないよ」と言った。

「ですね」とブンが笑い、モトも「あ、そっか」と笑う。

二人とも、この春、高校を卒業した。十八歳。大きくなったよな——子どもの頃の彼らと会っていない僕にも、なんともいえない感慨がある。恵美が撮りつづけた二人の写真を見ていたからだろうか、それとも、二人の話を恵美から聞いているうちに、まるで自分もその場に居合わせたような気になっているのだろうか。

「モト、ほら、おまえの写真もあるぜ」

ブンが壁の一角を指差すと、モトは「おおーっ、ほんとだ、俺だよ」と声をはずませて部屋の奥に進んでいった。

ギャラリーとはいっても、本格的なものではない。一軒家のレストランに併設された離れの小さな洋室を、オーナーに頼んで、一日かぎりの個展会場にしてもらった。外に看板は出ていない。招待客だけに披露する、最初で最後の恵美の写真展だ。

部屋には天窓がある。澄み切った青空が見える。五月——空を見上げるにはなによりの季節。恵美は下見に訪れたとき、天窓をなによりも気に入っていた。「ここなら由香にも見てもらえるよね」と言って、「なんてね」と笑ったあとで、目をほんのりと赤くした。

ブンとモトは小学生時代の写真を、並んで見ている。ジャングルジムに二人で登って、お互いにそっぽを向いた一枚だ。小声でなにか言ったブンを、モトがからかうように肘で小突く。今度は逆に、モトが耳打ちして、ブンはくすぐったそうに「うっせえなあ」と笑う。

ほんとうに大きくなった。「おまえさあ、ネクタイぐらい締めてこいよ」と普段着のモトに言うブンは、おろしたてのスーツを着込んでいる。三十歳を超えた僕の目から見ると、ブンのスーツ姿はまだまだ板についていない。「だって、普段着で来いって招待状に書いてあったじゃん」

と言い返すモトの無精髭も、顔になじむにはしばらく時間がかかるだろう。それでも、二人とも昔は半ズボンだったのだ。

二人のためにコーヒーをいれて、応接コーナーに呼んだ。

「ほんとうはシャンパンで乾杯したいところだけど、未成年だもんな」

「意外とカタいんだよなあ」

ブンは少し不服そうに言ったが、コーヒーを一口啜《すす》ったモトは、僕に気をつかってくれたのだろう、「おいしいです」と笑った。

「あ、モト、おまえ急にオトナになってないか？　やだなあ、大学生って」

「違うって、マジ、俺コーヒー好きだし」

二人のやり取りが懐かしい。同窓会のような気分にひたって、僕はモトに声をかける。

「京都って、コーヒーの美味い喫茶店はけっこうあるだろ」

「あれ？　俺の大学とか知ってるんですか？」

「ああ……きみのことなら、たいがい知ってる。いろいろ聞いたから、恵美さんに」

「そうなんですか……」

「モトって姉貴のお気に入りだったもんな。で、モトもひそかに姉貴に憧れてたの。な、そうだよな？　俺わかってたもん、中学の頃からずーっと」

「バカ、違うよ、なに言ってんだよ」と素直に顔を赤くするモトに、「ええっ？　マジ、ビンゴだったの？」とおどけて驚くブン――顔を合わせるのは高校の卒業式以来でも、なんのブランクもないようにしゃべって、笑う。

モトは京都の大学に入学した。そこの大学にしか設置されていない学部にどうしても行きたくて受験したのだ。

ちょっと高望みの大学を狙ったブンは、いまは予備校に通っている。たぶん来年は合格するだろう。

小学五年生からずっと一緒だった二人が、離ればなれになってしまった。ブンは卒業間際まで「なんでわざわざ京都まで行くんだろうなあ」とぶつくさ言っていたが、「でも、まあ、そういうところがモトらしいけど」とも付け加えていた。モトはモトで、浪人覚悟で滑り止めを受けなかったブンのことを「あいつらしいですよ、いかにも」と恵美に言っていたらしい。

僕はおとなの特権で、よく冷えたドライシェリーを啜る。「飲み過ぎないでくださいよ、今日は大事な一日なんだから」と軽くにらむブンに、だいじょうぶだいじょうぶ、とグラスを振って笑った。

これから、きみたちは少しずつ離れていくんだ——。

二人は「そんなことないですよ」と声をそろえて、口をとがらせるだろう。世の中って、そういうものなんだよ——とつづけると、短気なブンは怒りだすかもしれない。

僕はなにも言わない。高校時代の友だちの近況で盛り上がる二人を、ただ黙って見つめる。

離れても、ずっと友だちでいられるといい。

きみたちには、そのお手本がすぐそばにあるのだから。二人が友だちでなくなってしまったら本気で怒りだすはずのひとを、僕たちはいま、少し緊張気味に待っているところなのだから。

恵美ちゃん——そして、たくさんの、きみたち。

後日譚を語らせてほしい。

時間を行きつ戻りつした長い物語は、今日のためにある。

物語が終わったあとの付け足しではあっても、この一日が、なにかの始まりであってくれれば、うれしい。


二人がコーヒーを飲み終えた頃、ブンの携帯電話が鳴った。液晶画面に表示された発信者名を見て「おっ」と笑ったブンは、電話に出ると「なにやってんだよ、信じられねえよ」とあきれ顔になって、席を立つ。

「モト、ちょっと俺、そこまで迎えに行ってくるわ。道がわかんねえっていうタコがいるから」

「……誰？」

「けっこう懐かしい奴。見ればわかるよ」

「じゃあ俺も一緒に行くよ」

「いいっていいって、びっくりさせてやるから、ここで待ってろよ」

ブンがさっさと外に出てしまうと、残されたモトは少し決まり悪そうに、僕に言った。

「ブンから名前聞いて、このままネットで検索してみたんですけど……すみません、なんか、見つからなくて」

「探してくれたの？」

「ええ、やっぱ、読んでみたいなって思って」

僕の職業はフリーライターだ。「ノンフィクション作家」と呼ばれるほどのまとまった仕事はしていない。週刊誌のページを埋めるために、編集部の注文に応じて現場へ飛び、取材をして、原稿を書く。ブンはその仕事を少し大げさに、格好良く伝えていたのかもしれない。

「単行本を出せるほど売れっ子じゃないんだ。雑誌の仕事もほとんど無署名だし」

苦笑交じりに言うと、モトはかえって恐縮してしまい、「すみません……」と肩をすぼめた。

いい奴だ。想像していたより、もっと。ブンもそうだった。「姉貴の話なんか真に受けたらだめっすよ、どうせ当社比三割引でしゃべってんだから」と笑われたこともある。

だから、一つだけ、特別サービスを——。

「小説も書いてるんだ。そっちは何冊か本も出てる」

「そうなんですか？」

「うん……ペンネームで。そっちもあんまり売れてないんだけどな」

「ペンネーム、なんていうんですか？」

僕はまた苦笑して、かぶりを振った。教えない。ブンにだって内緒のままだ。

「えーっ、教えてくださいよ」

やっと表情がほぐれた。恵美やブンから聞いていたとおりの、いや、三割増しの、ひとなつっこい笑顔になった。

「俺、ぜんぶ買って読みますから」

だから、教えないのだ。

ごめんな、きみを主人公にした小説を勝手に書いたことがあるんだ——。

正直に打ち明けたら、モト、きみは喜んでくれるだろうか？

ドアベルが軽やかに鳴って、ブンが新しい招待客を連れて入ってきた。

「モト、ほら、覚えてるだろ、三好だよ」

「……え、マジ？　マジ？　おまえ、三好なのぉ？」

小柄なニキビ面の青年が、ブンに肩を抱かれて、照れくさそうに戸口に立つ。

三人そろって会うのは中学を卒業して以来だという。工業高校の機械科に進んだ三好くんは、高卒で自動車メーカーに就職したばかりで、いまは浜松の工場で研修中らしい。「なんかもうキツくて、辞めちゃうかもしんない」と早くも弱音を吐いているところも、それでも仮ごしらえの名刺をぎごちなく二人に差し出すところも、なるほど、いかにも三好くん、だな。

「三好、おまえの写真もあるぞ」

ブンはギャラリーの奥を指差して言った。

「……写真って？」

「俺もよくわかんないんだけど、泣いてんの、おまえ。泣いてる顔、姉貴に撮られてるんだよ」

怪訝そうだった三好くんは、あっ、と声をあげた。

「覚えてんのか？」

「うん……あったあった、うん……撮ってもらった……」

三好くんはブンからもモトからも視線をはずし、何度も繰り返しうなずいて、へへっと笑った。泣き顔とすれすれの笑顔だった。

「姉貴はなんにも教えてくれないんだけどさ、いつ撮ったんだ？」

ブンに訊かれても、三好くんは泣きだしそうに笑うだけで、なにも答えない。僕の思い描いていたとおりの笑顔だった。

三好くん、僕はきみの物語を書いたこともあるんだ――。

2

二年前、ルポルタージュの連載を持っていた女性週刊誌の仕事で、僕は小さなフリースクールを訪ねた。さまざまな事情で学校に通えなくなり、友だちをうしなってしまった子どもが通う、入学試験も卒業証書もない「学校」だ。子どもたちと職員の交流を描くことで、いまの教育に欠けているものを探る——あらためて書くと気恥ずかしくなってしまうような、お定まりの記事だった。

カメラマンと一緒に、何日か通った。NPOが運営するその「学校」では、専従の職員だけでなく、会社勤めや学校に通う合間に手伝いに来る数人のスタッフも働いていた。その一人に、足の不自由な女性がいた。左手に杖をついて、歩き方はいかにもぎごちなく、そのせいなのかどうか、僕たちの取材をあまり歓迎しているふうには見えなかった。なにを訊いても、そっけなく、最低限のことしか答えてくれない。カメラマンが撮影したフィルムの中にも笑顔の写真は一枚もなかった。

こんな取材は嫌いだから——と彼女は言った。僕たちの取材は決して「学校」を批判するものではなく、むしろ応援する姿勢だったのだが、だからこそ大嫌いだ、と。

理由を尋ねると、彼女はきっぱりと言った。

「この子たちやわたしたちは、『みんな』のための見世物じゃないから」

カメラマンは鼻白《はなじろ》んでしまい、「学校」の他の職員もあわてて取りなそうとした。

でも、僕は彼女の言葉を面白いと感じた。正確に言うなら、彼女自身に興味を持った。

「学校」の子どもたちに話を聞いた取材メモには、彼女のあだ名が走り書きしてある。苗字とも下の名前ともつながりのない、でも不思議とすんなりと耳に馴染むあだ名だった。

子どもたちが帰宅したあとの教室でインタビューの時間を取ってもらったとき、最初に質問をしたのも、そのことだった。

「和泉さんは、みんなから『もこちゃん先生』って呼ばれてるんですね」

答えは要らない。あだ名の由来はすでに子どもたちから聞いていた。

「この部屋の雲……ぜんぶ、和泉さんが貼ったんですってね」

教室の壁や天井には、いくつもの雲が貼ってある。画用紙にクレヨンで描いた雲、雑誌のグラビアから切り抜いた写真の雲、マンガのような雲、水彩絵の具で描いた本格的な雲……。

子どもたちは元の学校に通えるようになると、フリースクールを「卒業」する。そのとき彼女は「卒業生」に、気に入った雲を一つだけ持ち帰らせる。おっくうがる子には無理やりにでも持たせる。二つ欲しがる子にも一つしか与えない。

彼女はそれを『もこもこ雲』と呼んでいた。『もこもこ雲』をつくってくれる先生だから、もこちゃん先生——子どもたちは「怒ると怖いけど」「けっこう態度冷たいけど」と言いながら、彼女を慕《した》っていた。「なんか、俺らと似てるニオイするっていうか」と、ひどいいじめに遭って学校に行けなくなった中学生の男の子は言っていた。

「『もこもこ雲』について、お話を聞かせてもらえませんか」

僕が言うと、彼女は露骨にムッとして、「嫌です」と言った。

「違うんです、『みんな』のために聞きたいんじゃないんです」僕はすかさず言った。「僕が、知りたいんです」

「……なんで？」

僕は部屋じゅうの雲をざっと指差して「なんとなく、みんな寂しそうな雲だから」と言った。

「キザだったよねえ」と、あとで何度となく言われた。確かに、ちょっときれいすぎる言い方だったかもしれない。

でも、僕は嘘はつかなかった。正直な感想を伝えただけだ。

彼女もそれはわかってくれていたはずだ。だから、少しずつ――ほんとうに、彼女の歩き方のようにゆっくりと、少しずつ、僕に昔の話をしてくれるようになった。

連載のための取材が終わったあとも、僕は暇を見つけては「学校」に顔を出して、彼女の思い出話を聞いた。彼女は「こんな話、ほんとに面白いんですか？」と訝《いぶか》しそうだった。僕にもそれはよくわからなかったが、大切な話なんだ、とは思っていた。「どこが？」と訊かれても、うまく答える自信はなかったけれど。

やがて、僕は「学校」を訪ねる日を優先してスケジュールを組むようになり、彼女と「学校」以外の場所でも会うようになった。メモを取るのをやめて、その代わり、思い出を語る彼女をじっと見つめることが増えた。

彼女は、きみになった。

きみは僕の誕生日に、雲の写真でつくったカードを贈ってくれた。初めて手にしたデジタルカメラで最初に撮った写真――「由香ちゃんのお墓で撮ったやつ」ときみは言って、「心霊写真じゃないから」とそっけなく付け加えた。

ギャラリーには少しずつ客が増えてきた。レストランの支配人が気を利かせて、予定より少し早めの時間だったが、ウェルカムドリンクと自家製のマカロンが乗ったワゴンをギャラリーに運び入れてくれた。

あと三十分たらずで祝宴が始まる。主役をつとめる恵美の到着はぎりぎりになってしまいそうだ。あわてることはない。今日は、恵美のための一日で、集まってくれたひとたちは皆、恵美の友だちだ。ずっと待っていてくれる。ゆっくりと来ればいい。ゆっくりと、由香ちゃんのお墓の前で思い出話をしてから、両親と一緒にここに来ればいい。

ギャラリーに飾られた写真は、三十点ほどだった。半分は雲で、半分はひと。作品の出来映えだけを見れば、とても個展を開くようなレベルではない。けれど、引き伸ばしてパネルにした写真はどれも——いや、狭いギャラリーには運び込めなかったすべての写真が、恵美にとってはかけがえのないものだった。そして、写真に写ったすべてのひとにとっても、そうであってほしい、と僕は思う。

いま、ギャラリーで写真を見ているひとたちは、恵美の最近の友だちだった。僕と顔見知りのひとも何人かいるし、恵美を交えて三人で食事をしたことのあるひともいる。「今日はおめでとうございまーす!」と僕に抱きつく真似をした奥野さんは、恵美が勤める会社の同僚で、わざわざ花束を持ってきてくれた大学時代の親友の寺居《てらい》さんには、パーティーで友人代表のスピーチを頼んでいる。

これから恵美と長く付き合っていくのは彼女たちだろう、とも思う。

でも、僕はギャラリーからテラスに出て、中庭に向かう。写真を見終えた客がいくつかのグループにまとまって、ベンチに座っている。その中のいちばん小さなグループ——なんとなく肩身が狭そうに並んでいる三人連れの女性に声をかけた。

ちょっと驚いた顔で振り向いた三人は、あらためて自己紹介を受けなくてもわかる。

堀田ちゃんは、きみ。

ハナちゃんが、きみ。

そして、きみが西村さん。

中学を卒業して以来付き合いの途絶えていた三人を、恵美は「どうしても招待したいの」と言った。ふつうに招待状を出しただけでは来てくれないかもしれないから、と三人それぞれに宛てた長い手紙も同封した。なにを書いたかは、僕にも教えてくれなかった。


「恵美ちゃん、もう来たんですか?」

堀田ちゃんが訊いた。ギャラリーに飾ってある卒業式の日の写真では、恵美から聞いていた話どおり、いかにも女子の人気者という感じの丸っこい顔で笑っていたが、いまの彼女はあの頃よりずいぶん顔が細くなり、金色に染めた髪に合わせて派手な化粧をしているぶん、まなざしの微妙な暗さがにじみ出ていた。

「まだなんです。由香ちゃんのお墓参りしてから来るって言ってましたから」

僕の答えに、堀田ちゃんは「ああ、そうか、由香ちゃんのねえ……そうよね、うん」と何度もうなずいて、懐かしさと寂しさの入り交じった顔になった。

もしかしたら、堀田ちゃんはいま、あまり幸せな日々は送っていないのかもしれない。

堀田ちゃん、僕はきみを主人公にした短い物語を書いたとき、「みんなぼっち」という言葉をつかった。辞書には出ていなくても、それを聞いただけで「ああ、わかる、そういうの」と言ってくれるひとはきっといるはずだと信じて、きみもその一人だと思っている。
いつか——僕が小説を書くときのペンネームを打ち明けたら、読んでみてほしい。

「恵美ちゃんって、変わったかなあ。どんなふうになってんのか、なんか楽しみ」

ハナちゃんは、ふふっと笑って言ったが、おそらく、ひさびさの再会でびっくりするのは恵美のほうだろう。

小学校の先生になったハナちゃんは、いま、眼鏡をかけている。ギャラリーに飾られた中学の卒業式の写真では、眼鏡なしの笑顔で卒業証書の筒を抱いていた。高校時代の終わり頃からコンタクトレンズを使うようになり、大学時代に眼鏡が意外と似合うことに気づいてからは、ずっと眼鏡だという。

「でも、あの頃ちょっとだけ眼鏡かけてたことがあるんですよ。目そのものが悪くなったわけじゃなくて、その頃わりと精神的にキツくて、それが視力に出ちゃったんです」

僕はうまく「そうだったんですか？」と驚いた顔をつくれただろうか。

「卒業式の写真もよかったけど、せっかくだったら、そのときの眼鏡の写真を撮ってもらったほうがよかったかなあ」

ほんの少し残念そうに言ったハナちゃんは、空を見上げてつづけた。

「でも、自分がそういう経験したことが、いま、わりと仕事で役に立ってるんです。小学生でもいまどきはけっこう悩んでますから」

それを聞いて思わず浮かべた僕の笑顔は——ちょっと、喜びすぎていたかもしれない。

僕は三人の座るベンチの後ろにまわって、言った。

「恵美はたぶん……中学生の頃より、だいぶ変わってますよ」

「見た目？」と訊くハナちゃんに、「それはあんまり変わってないかな」と苦笑して答え、「でも、ちょっと優しくなったって自分では言ってたけど」とつづけた。

「あ、でも、あの子、昔から優しい子でしたよ」——西村さんが横から言った。

「クールなところはあったし、友だち付き合いしてるのも由香ちゃんだけだったけど、わたしには優しかった……うん、優しかったと思う……」

最後は自分に言い聞かせるような口調になって、抱っこした赤ちゃんに「優しかったんだよー、ほんとだよー」と声色《こわいろ》をつくって語りかける。

西村さんは二十三歳で結婚して、二十四歳でママになった。二十五歳のいまは——「団地の公園の人間関係って、けっこう大変なんだよ」と、さっきハナちゃんと堀田ちゃんに愚痴《ぐち》っていた。

ママの肩越しに覗き込むと、赤ちゃんと目が合った。いまのママよりも、むしろギャラリーに飾られた中学時代のママのほうに似た面立ちの女の子だった。人見知りもせずに、にこにこ笑って、小さな手が虚空に浮かぶなにかをつかもうとするように動く。

はじめまして。

僕は、きみのママを主人公にした小説を書いた。いつか、きみにも読ませてあげる。

3

三人のおしゃべりは、やがて恵美と由香ちゃんの思い出話になった。

一緒にベンチに座っていても、三人は、昔もいまも、特に仲良しというわけではない。ハナちゃんは中学三年生の時に転校してきた西村さんのことを最初はうまく思いだせない様子だったし、人付き合いのよかった堀田ちゃんも、西村さんともハナちゃんともずっと別のクラスだったので、共通する思い出はほとんどないらしい。

だから、恵美と由香ちゃんが、三人をつなぐ。おしゃべりの声が温もるにつれて、松葉杖をついた少女となにをやらせてもぐずだった少女の姿が、ゆっくりとたちのぼってくる。

堀田ちゃんが、ハナちゃんに訊いた。

「あんたの教えてる子にも、恵美ちゃんとか由香ちゃんみたいな子っている？」

「うん……いるね、似てる子は。いつも二人でくっついてて、二人だけの世界をつくってて」

「でも寂しそうじゃない、でしょ？」

「そうなの。こっちはみんなで一緒に遊べばいいのにって、つい思っちゃうんだけど、本人たちはべつにちっとも寂しくないんだよね」

「わかる……」

「で、わたしから見ると、なんでこの二人がこんなに仲良くくっついてるんだろう、って感じなのね。性格とか趣味とか全然違ってると思うんだけど、でも、仲良しなの。ああいうのって、ほんと、不思議だよね」

ずっと納得できなかったのが、招待状が届いたのをきっかけに恵美と由香ちゃんの記憶がよみがえって、すとんと腑《ふ》に落ちた、という。

「理屈とか理由とか、関係ないんだよね、友だちって」

僕もそう思う。コンピュータの相性診断で友だちが決まるのなら、たぶん、この世の中には映画も小説もドラマもマンガも必要なくなってしまうだろう。

　きみたちは知っているだろうか。恵美はいつだったか僕に言っていたのだ。由香ちゃんとずっと友だちだった理由について。「結局ね、気が合う合わないじゃなくて、松葉杖のわたしとぐずな由香は歩く速さがおんなじだった、ってことだと思うの」――「それだけっ」と憎まれ口の一言を付け加えて、だから、本気で。

　ハナちゃんは言った。

「いま担任してるのって、三年生なの。だから、まだちょっと難しいと思うけど、いつかタイミング見て、恵美ちゃんと由香ちゃんの話、してあげようかな、って」

「昔むかし、あるところに……って？」

　堀田ちゃんが混ぜっ返すと、西村さんが「やだぁ」と笑った。

　昔むかし、あるところに、松葉杖をついてちょっとひねくれた女の子と、なにをやらせてもぐずでしょんぼりしていた女の子がいました――。

　二人の出会いを書いた短い物語は、そんな書き出しでもよかったかもしれない。


　僕が友だちの話を小説にすると言いだしたとき、きみは「やめてよ」と反対した。「そんなつもりでしゃべったんじゃないんだから」

　それはわかる。正論だと思う。「そんなに書くネタに困ってるんだったら、小説なんてやめちゃえば？」――まったくもって、正しい。

　でも、書きたかった。

「なんで？」

キザなことを言うから、カッコつけたこと言うけど怒るなよ、と何度も念を押して、言った。

「俺にも『もこもこ雲』をつくらせてほしいんだ」

僕の書く、きみの友だちの物語が、誰かにとっての『もこもこ雲』になってくれれば――。

「そういうのって、おせっかい」

きみは、ぷい、とそっぽを向いてしまった。


西村さんは招待状を受け取った夜、ベビーベッドで眠る赤ちゃんの寝顔を見ていたら、不意に涙がぽろぽろとこぼれ落ちたのだという。

「由香ちゃん、ずっとどんな気持ちで生きてたんだろう。赤ちゃんの頃から具合悪くて、入院ばかりしてて、自分はあんまり長生きできないかもしれないってわかってて……そんなのって、なんか、もう……」

堀田ちゃんは小さくうなずいて、「でも、よかったじゃん、ほんとのほんとに仲良しだった子が一人、最後までいてくれたんだから」と言った。「それだけでも幸せなんじゃない？」

ハナちゃんも「だね……」とうなずきかけたが、自分で打ち消すように首を横に振った。

「でも、もし由香ちゃんが生きてたら、今日、あの子がいちばん喜んでると思うよ」

それはそうだ。絶対にそうだ。そして、たとえこの世にはいなくても、今日の恵美を誰よりも祝福してくれているのは由香ちゃんで、だから今日の空は朝からきれいな青で、そこに真っ白な雲がふわりと浮かんでいた。

「わたしね……」

西村さんは赤ちゃんを抱き直して、「自分が、おとなになったなあって感じた瞬間があったの」

と話をつづけた。

「だって、おとなじゃん」と笑う堀田ちゃんにかまわず、ハナちゃんは「どんなとき?」と身を乗り出して、西村さんの顔を覗き込んだ。堀田ちゃんもそれ以上はジョークに紛らせずに、話のつづきを待った。

「あのね……由香ちゃんのお父さんやお母さん、つらかっただろうなあ、って。わたしだって、この子がもし自分より先に死んじゃったら、もう、死ぬほどつらいもん。だから、由香ちゃんのお父さんやお母さんも、ほんとに、もう、ほんとに、悲しかっただろうなあって思って……そういうのって、子どもを産むまで、あんまり考えたことなかったんだよね」

でも、最近は違う。交通事故でもなんでも、子どもが死んでしまうニュースを見たら、すぐにその子の親のことが思い浮かぶ。

「だからね、なんていうか、恵美ちゃんの両親は今日、最高にうれしい日だと思うし、由香ちゃんの両親はそういう幸せを味わえなかったんだなあって思うとね、うん、やっぱり……」

話しているうちに、西村さんの声はくぐもり、肩が小さく震えはじめた。堀田ちゃんやハナちゃんも、黙ってうつむいた。


最初はあれほど小説に書かれるのを嫌がっていたのに、何日かたったあと、きみは急に「ほんとうに書きたいんだったら、書いてもいいよ」と言った。

由香ちゃんのために。

「どうせ小説なんだから、細かいところは適当につくっちゃうんでしょ?」

「適当ってことはないけど……まあ、フィクションだから」

「でも、由香のことは、ほんとうのことだけ書いて。どんなに嘘っぽい話でもいいけど、あの子があの子だったことは……っていうか、うまく言えないけど、そっくりじゃなくてもいいから、ほんとうのことを書いて」

その約束を、僕は守ったつもりだ。

本ができあがったら、真っ先に届けたいひとがいる。きみは言った。いまはもう白髪《しらが》交じりになった一組の夫婦に渡したい。

「いい？　おじさんやおばさんに胸を張って渡せるような本を書いてよ。絶対だよ」

僕は、その約束を守れているだろうか？


僕は振り返って、テラス越しにギャラリーを見つめた。

そのひとたちの背中が見えた。さっきからずっと——もう十分近く、ギャラリーの中にいる。夫婦そろって写真を一枚ずつ眺めて回り、締めくくりに最初の写真の前に戻って、そのまま、じっと見入っている。

雲の写真を並べたコーナーではなく、ひとの写真の中に一枚だけ交じった、雲の写真。僕の誕生日に恵美がカードにしてプレゼントしてくれた、最初で最後の由香ちゃんの写真を、五十代の夫婦はいつまでも飽かずに見つめる。

僕は西村さんの肩を軽くつつき、ギャラリーのほうを振り向かせて、由香ちゃんの両親が来ていることを伝えた。

「今日は最後までいてくださるそうです。由香ちゃんが元気だった頃の写真も、お母さん、持ってきてくれました。恵美ちゃんの晴れ姿、由香に見せてあげたいから、って」

すでに赤く潤んでいた西村さんの目から、大粒の涙があふれた。

堀田ちゃんも泣いた。ハナちゃんも眼鏡を白く曇らせて泣いていた。

きみたちは、由香ちゃんの友だちでもあったんだな――。

4

忙しそうにギャラリーとダイニングルームを往復し、玄関の受付の様子を確かめていたブンは、中庭からギャラリーに戻ってきた僕を見つけると、「いま、親父から電話があって、あと十分ぐらいで着くって」と駆け寄ってきた。

開宴時間は、五分後に迫っている。

「道、混んでるのか？」

「っていうか、姉貴、泣いちゃったんですよ、由香さんのお墓の前で。もう、わんわん泣いちゃって、で、メイクがぼろぼろになっちゃって……おふくろが必死で手直ししたんですけど、それで時間くっちゃって」

ブンは早口に言って、「だから、メイクの前に墓参りしとけって言ったんですよ、俺」とぼやいた。「だって、泣いちゃうの見えてるじゃないですか」

「服は？」

「もうアレですよ、お墓参りから直行ですから、本番のまま。霊園のひともびっくりしちゃいますよね、なにかって思って、幽霊なんじゃないかって」

ははっ、と気ぜわしげに笑って、「霊園の階段上ったり下りたりするのも、けっこう大変だったみたいですよ」と付け加える。「松葉杖なんかひさしぶりに使ったら、腋の下とか痛くなるのあたりまえじゃないですか。だからいつものを使えって言ったのに」

　まあまあ、と僕はブンの肩を叩いてなだめた。

　今日の恵美の気持ちを、いつかブンもわかってくれるだろう。

　頼むぜ、と目で伝えた。僕はきみが出てくる物語を何本も書いた。「ブンが読んだら顔が真っ赤になっちゃうようなのも書いて」と恵美に頼まれたから。「あの子って、勉強もできるしスポーツもできるんだけど、ひとの心とか読むの鈍いところあるから、そこを鍛えてやって」——恵美のそんな思いも、いつか、わかってくれるよな、きみは。

　おかげでこっちは、ブンが子どもの頃からずっと付き合ってきたような気分だ。そして、これからも長い付き合いになる、はずだ。

「あと、さっきレストランのひとが言ってたんですけど、もうダイニングのほうは準備いつでもOKなんで、場合によっては先にみんなに着席してもらってても、って」

「うん……でも、まだいいよ、とりあえず、ここで、みんなでお姉さんを迎えよう」

　僕は答えて、天窓をちらりと見上げた。陽がだいぶ傾いたので、天窓から射し込む光にもうっすらとオレンジ色が溶けている。もう少しすると、陽射しはスポットライトのように、ギャラリーの真ん中にたたずむひとを照らしてくれるだろう。

「あと、受付のほうは問題なく進んでますから」

　クロークは、モトと三好くんが手伝ってくれているらしい。

「招待客三十人のパーティーって、最初は少ないと思ってたんですよ。なんか寂しいかも、って。でも、そんなことないですね。みんなの顔見てると、けっこう盛り上がりそうな予感しますもん」

「人数は少ないけど、みんな、お姉さんの友だちだからな」

「ですね」とブンがうれしそうにうなずいたとき、ギャラリーに入ってきた青年が、遠慮がちに「あの……」とブンの肘をつついた。

ヒップホップ風のいでたちにキャップをかぶった、ちょっと場違いな青年は、振り向いたブンに、「俺のこと……覚えてるか?」ともっと遠慮がちに言った。

きょとんとしたブンの顔は、ワンテンポおいて笑顔に変わった。

「ええーっ? もしかして、佐藤先輩っすかあ?」

「……だよ」

佐藤くんの態度は、一転、ぶっきらぼうになる。キャップを目深にかぶった甲斐があったな、と僕は笑いをこらえて、懐かしい物語の懐かしい主人公を見つめる。

「このひと、俺の中学時代のサッカー部の先輩なんです。一コ上で、すげえ世話になって」

知ってるよ——とは言わなかった、もちろん。

「佐藤さん、いまなにやってんすか?」

「……っせなあ、プーだよ、プー」

佐藤くんはキャップのツバをさらに下ろして、「文句あんのかよ」と言った。

「ないっすよ、全然オッケーっすよ。っていうか、来てくれてうれしいです」

「……返事出しただろ、行くって」

「そりゃそうっすけど、でも、マジうれしいですよ、俺」

「招待されたんだから、しょうがねえだろ」

佐藤くんは七分丈のジャージを穿《は》いていた。ポケットに両手をつっこんで、耳のピアスをちらちらと光らせて、せいいっぱいすごみを利かせて体を揺する。

たぶん、ろくな仲間と付き合っていない。中学時代よりかなり太っていたが背丈はブンより頭一つ低く、胸板や腕の様子も体を鍛えているふうには見えない。

もしも、佐藤くんを主人公にした物語の続編を書くのなら、それは決して明るい話にはならないかもしれない。

けれど、佐藤くん、「あの子って、意外といい子だと思うよ」と言った恵美の言葉を僕は信じる。恵美にそう言ってもらったきみのことを、信じたいと思う。

「……で、俺の中坊の頃の写真、飾ってんだって？」

「そっす。ほら、俺が二年で佐藤さんが三年のときの、バレンタインデーの」

「知ってるよ、そんなこと……どこに飾ってんだよ」

「あ、俺、案内しますよ」

ブンは僕に「じゃあ、あとで」と一声かけ、まいっちゃうんですよね、とこっそり苦笑して、佐藤くんを連れてギャラリーの奥へ進んでいった。

肩で風を切って歩く佐藤くんの、虚勢だらけの背中に、心の中で言ってやった。

きみは、今年、バレンタインデーのチョコをもらえたかい――？

いったん小説を書くことを許したあとは、きみはいくつもリクエストを出してきた。

「ウチの『学校』に来てる子たちが、元気になれるようなやつね」

「みんな」からはじかれたり、こぼれ落ちたりした誰かのために――。

「なにやっても思い通りにいかない子が、まあいいや、ゆっくり歩いていくかあ、って思えるようなやつね」

たとえば、それは『ぐりこ』でグーでしか勝てない子のこと、だろう。試合に一度も出られなかったサッカー部員だって、あり、だ。

「友だちってなんなんだろうって、わかんなくなっちゃった子に、ヒントをあげてくれる？」

正解——とは言わないところが、よかった。

そして、きみは最後に、自分のためのリクエストを出した。

「由香ちゃんと再会できるストーリーなんて、いいなあ……」

僕の書き継いできた物語は、もうすぐ、最後の最後の場面を迎える。

5

携帯電話を手に持ったまま、ブンが人混みをかきわけるように僕に近づいてきた。

「親父から電話で、いま、もう、そこの信号まで来てるって」

そうか、とうなずくと、テラスに出たモトが中庭にいる招待客に「そろそろギャラリーにお集まりくださーい！」と声をかけた。

「緊張してます？」

ブンが小声で僕に訊く。

「だいじょうぶだよ……なに言ってんだよ」

た。

「声、震えてますよ」

からかって笑ったブンは、咳払《せきばら》いして頬を引き締め、居住まいを正して、僕に右手を差し出した。

「生意気っぽいけど、これからよろしくお願いします」

僕はゆっくりと、その手を握り返す。目が合った。生意気なことを言ったりやったりしていても、十八歳の青年は、すでに目を赤くしている。

「俺……姉貴と歳が離れてたんで、ピンと来なかったんですけど、やっぱ、ずーっと松葉杖で、キツかったと思うんです。中学の頃とか、あとでおふくろに聞いたら、友だちって由香さんしかいなかったみたいだし……だから今日、あの頃の友だちが三人も来てくれたのって、俺、マジにうれしかったし、俺の友だちも……モトも京都から来てくれて、三好とか佐藤先輩とかまで来てくれて、なんか俺、うれしくて……だから、なんか、ほんと、マジ……姉貴のこと……ずっと、よろしくお願いします……」

泣くなよ、と息だけの声で叱ってやった。ブンは握手をしたまま、深々と頭を下げる。右手の甲を、僕の左の手のひらで包んでやると、骨張った手の甲に脈打つ血の流れが、指先に伝わった。

「ブンちゃん、ブンちゃん、お姉さん来たぞ！」

玄関の外で様子を見ていた三好くんが、はずんだ声をあげてギャラリーに駆け込んできた。招待客から温かいどよめきがあがる。ギャラリーの中央に陣取っているのは恵美の最近の友だちで、中学時代の友だち三人は隅のほうで遠慮がちに身を寄せていた。でも、三人とも手を取り合って、わくわくしながら、再会の瞬間を待ってくれている。

由香ちゃんの両親も、いちばん奥まった場所で、恵美を待っている。お母さんはハンカチを目に押し当て、お父さんの胸には、由香ちゃんの小さな写真が、あった。

「はいはい、真ん中空けてください、下がって下がって……」

のっそりと歩き回りながら、客を手振りで後ろに下げているのは、佐藤くんだった。

だめだよ先輩、ガラ悪すぎーっ、と泣き笑いの顔になったブンが、小声で言った。でも、佐藤くんのおかげで、天窓の真下が空いた。恵美を迎える場所がオレンジ色の光に染めあげられた。

ドアベルが、カラン、と鳴った。

最初に見えたのは、白いベールだった。

拍手と歓声に迎えられて、恵美が入ってくる。純白のウェディングドレスに身を包み、ブーケの代わりに小さな花を飾った松葉杖をついて、一歩ずつ、一歩ずつ、部屋の中に入ってくる。

顔を上げた。ベール越しに、僕を見つめた。

僕は微笑んで、天窓の下を手のひらで指し示す。ここまで来て、と伝える。拍手と歓声がひときわ高くなるなか、恵美はこっくりとうなずいて、松葉杖を小さく振った。


オレンジ色の光に包まれた恵美は、拍手をつづけるみんなに一礼して、ゆっくりと天窓を見上げた。

四角く切り取られた空に、雲が浮かんでいる。大きな雲からぽつんと離れて浮かぶ、小さな、ふわっとした雲だ。

恵美ちゃん——僕は、きみのリクエストに応えることができただろうか？

恵美は天窓を見上げたまま、しばらく動かなかった。

拍手がやんで、ギャラリーはしんと静まりかえった。困惑の交じった落ち着かない沈黙ではなかった。誰もが恵美と由香ちゃんのことを知っているわけではない。だが、ここにいるすべてのひとは、恵美の友だちだ。

やがて、恵美は、ふう、と息をつき、顔を下ろした。

「ごめんね……みんなの顔しっかり見たいし、これ、邪魔だから、取っちゃうね」

思いのほかあっけらかんと言って、顔を覆うベールを脱いだ。

笑顔だった。

ギャラリーは再び拍手と歓声で沸き返る。

恵美は笑顔のまま、みんなを見つめる。一人ずつの顔を確かめるように、小刻みにうなずきながら。うわっ、と驚いた顔をしながら。照れくさそうに肩をすくめながら。

小さく会釈をしたのは、由香ちゃんの両親と目が合ったとき。へえーっ、あんたらも一丁前になったじゃない、といたずらっぽい含み笑いになったのは、三好くんや佐藤くんを見つけたときだろう。

涙ぐむモトを見て、なにやってんの、とあきれ顔で首をかしげたくせに、次の瞬間――堀田ちゃんとハナちゃんと西村さんと目が合うと、そんな強がりは吹き飛んで、笑顔はたちまち泣き顔に変わりかけて、それでも、ふん、と拗《す》ねたように目をそらして、涙はこぼさない。

恵美ちゃん、きみはそういう女の子だ。子どもの頃から、ずっと。

そんなきみのために、友だちが集まってくれた。数は少なくても、そのぶん深い拍手を贈りつづけてくれる。それを僕は、なによりも、なによりも、幸せなことだと思う。

「今日は、ありがとう！」

きみは、きみの友だちに言った。天窓のはるか上のほうから拍手をしてくれている友だちにも聞こえるよう、大きな声で。

そして、きみは僕に向き直る。じっと僕を見つめる。

ブンが僕の背中をつついて、「ほら、兄貴、迎えに行かなきゃ」とささやいた。初めての呼び名は、耳よりも胸にくすぐったく響く。

僕はうなずいて、足を前に踏み出した。きみも松葉杖をついて歩きだす。僕たちは一歩ずつ近づいていく。

僕の妻になってくれたひとは、途中で足を止め、目をつぶって、僕を待った。

あと三歩、あと二歩、あと一歩……。

肩を抱いた。

きみの閉じたまぶたから、初めての涙が、頬を伝い落ちた。

発表誌　いずれも「小説新潮」

なわとび……二〇〇四年七月号
ねじれの位置……二〇〇四年九月号
ふらふら……二〇〇四年十一月号
ぐりこ……二〇〇五年一月号
にゃんこの目……二〇〇五年二月号
アンダンテ……二〇〇五年三月号
千羽鶴……二〇〇五年四月号
かげふみ……二〇〇五年五月号
花いちもんめ……二〇〇五年六月号
きみの友だち……二〇〇五年七月号

単行本化にあたり、「なわとび」を「あいあい傘」と改め全面改稿、他篇も「アンダンテ」を「別れの曲」と改めたほか、大幅な加筆・改稿を施しました。

きみの友《とも》だち

著者／重松 清（しげまつ きよし）

発行／2005年10月20日
32刷／2025年 3 月 5 日

発行者／佐藤隆信
発行所／株式会社新潮社
郵便番号 162-8711 東京都新宿区矢来町 71
電話 編集部 03(3266)5411／読者係 03(3266)5111
http://www.shinchosha.co.jp

印刷所／株式会社精興社
製本所／加藤製本株式会社

ISBN978-4-10-407506-5 C0093

卒業

重松清

前を向いて、歩いていこう。

私たちは、あと何度
「卒業」のときを迎えるのだろう。

悲しみを乗りこえて旅立つために—
渾身の四篇。